Drei herzerwärmende [
Times und US Today Bes

Dieses Buch enthält Dra
und *Peanut kommt in di*
Kurzgeschichte aus der Serie der Alten Völker, bisher
einzeln veröffentlicht). Alle drei handeln von den Cuelebres,
der Ersten Familie der Wyr.

Dragos macht Urlaub: Als die Familie Cuelebre sich nach
Bermuda aufmacht, um ein paar Tage wohlverdiente Ruhe
zu geniessen, wird dies alles andere als gewöhnliches
Wochenende in der Sonne. Mit Piraten, einer Schatzsuche
und einem Drachenjungen – was kann da schon schief
gehen?

Pia rettet die Lage: Die Cuelebres sind aufs Land im Staate
New York gezogen, wo sie ihrer Wyr-Natur frönen können
und Liam in Sicherheit aufwachsen kann. Dieses Idyll wird
zerstört, als Dragos in einem Unfall verletzt wird und sein
Gedächtnis verliert. Ohne Pias besänftigenden Einfluss gibt
es nichts, was Dragos bedrohlichste Aspekte in Schach hält.

Peanut kommt in die Schule: Dragos Cuelebre ist nicht
mehr der einzige Drache in der Welt. Im zarten Alter von
gerade einmal sechs Monaten ist Liam bereits zur Grösse
eines fünfjährigen Jungen herangewachsen. Um ihm einen
Geschmack von Normalität zugeben, melden sie ihn in der
ersten Klasse an. Allerdings hält die Schule eine über-
raschende Menge von Stolperfallen bereit, und Liam
entwickelt sich rasch zu einem der gefährlichsten Geschöpfe
der Alten Völker.

Familienalbum eines Drachen

Eine Erzählungsreihe
der Alten Völker

THEA HARRISON

Übersetzt von Cornelia Röser

Familienalbum eines Drachen

Originaltitel: A Dragon's Family Album
Copyright © 2014 Teddy Harrison LLC
Copyright für die deutsche Übersetzung: © 2016 Cornelia Röser

Originaltitel: Dragos Takes a Holiday © 2013 Teddy Harrison LLC
Copyright für die deutsche Übersetzung: Dragos macht Urlaub © 2014
Cornelia Röser

Originaltitel: Pia saves the day © 2014 Teddy Harrison LLC
Copyright für die deutsche Übersetzung: Pia rettet die Lage © 2015
Cornelia Röser

Originaltitel: Peanut goes to school © 2014 Teddy Harrison LLC
Copyright für die deutsche Übersetzung: Peanut kommt in die Schule ©
2015 Cornelia Röser

ISBN: 978-0-9981391-1-1

Covergestaltung: Angie Waters LLC
Stand: 21. Oktober 2016
Deutsche Erstausgabe

Inhaltsverzeichnis

Dragos macht Urlaub

Eine Novelle
der ALTEN VÖLKER

THEA HARRISON

Übersetzt von Cornelia Röser

Kapitel Eins

E INES ABENDS NACH einem besonders harten
Arbeitstag lehnte Dragos am Kühlschrank und sah Pia
beim Zubereiten des Abendessens zu.

Sie hatten Privatköche und konnten sich aus jedem
Restaurant in New York Essen liefern lassen, doch in letzter
Zeit kochte Pia meist selbst. Obwohl sie ihr Leben lang
Veganerin gewesen war, hatte sie ihren Ekel vor Fleisch um
seinetwillen überwunden. Er liebte es, sie mit der Zunge
zwischen den Zähnen über einem Rezept brüten zu sehen,
und genoss jede Mahlzeit, die sie ihm zubereitete und ihm
voller Triumph und Erleichterung servierte.

Nachdem sie in einem Bräter einen Lendenbraten mit
Möhren und Kartoffeln vorbereitet hatte, legte sie einen
seltsam aussehenden Klumpen in einen separaten Bräter und
gab ebenfalls Gemüse hinzu.

„Was in aller Welt ist das?", fragte Dragos.

„Ein veganer Getreidebraten."

Er schüttelte den Kopf. „Tut mir leid, Liebste,
irgendjemand hätte dir das inzwischen erklären müssen. Die
Wörter ‚vegan' und ‚Braten' können nicht zusammen in
einem Satz verwendet werden." Skeptisch beäugte er den
unappetitlichen Klumpen. „Woraus besteht das?"

Pia warf ihm einen amüsierten Blick zu. „Seitan,
verschiedene Mehlsorten, Samen, Sojasauce, Gewürze,

manchmal Nüsse …"

Nach der ersten Zutat hatte er das Interesse verloren. „Mit anderen Worten: nichts Essbares."

„Für dich ist es vielleicht nicht essbar, aber ich finde es köstlich." Sie wischte sich die Hände an einem Handtuch ab und grinste ihn fröhlich an. „Du darfst es gern probieren, wenn es fertig ist."

Er erwiderte das Grinsen. „Nein danke, ich passe."

Fast augenblicklich wurde er wieder ernst. Er hatte einen schrecklichen Tag gehabt, aber in letzter Zeit waren alle Arbeitstage schrecklich. Angefangen hatte das im vergangenen Jahr, als er zwei seiner sieben Wächter verloren hatte, weil diese Frauen als Gefährtinnen gewählt hatten, die außerhalb des Wyr-Reichs lebten.

Dieses Jahr war es nicht gerade leichter geworden. Nachdem er Rune und Tiago endlich durch zwei neue Wächter ersetzt hatte, waren die alten allesamt urlaubsreif gewesen. Als Dragos' Erster Mann hatte Graydon darauf bestanden, als Letzter zu gehen, und wenn der aus seinem Urlaub zurückkam, würde Dragos seit über einem Jahr in Unterbesetzung gearbeitet haben.

Dragos war schon an seinen guten Tagen unbeherrscht. Im Augenblick war ihm danach zumute, jedem den Kopf abzubeißen, der ihn auch nur schief ansah.

Für den Moment war er froh, dass der Tag vorbei war. Immer noch in seinem Anzug, den er heute Morgen um halb sieben zur Arbeit angezogen hatte, lehnte er am Küchentresen.

Liam war aufgewacht, und Dragos hatte ihn auf dem Arm. Obwohl das Baby erst drei Monate alt war, wuchs es in übermenschlichem Tempo und war den meisten gleichaltrigen Babys in der Entwicklung weit voraus. Bei der letzten

Untersuchung hatte Pias Ärztin Dr. Medina gesagt, er sei doppelt so groß wie ein drei Monate altes Menschenbaby.

Er konnte sich schon ohne Schwierigkeiten aufsetzen. Vor ein paar Tagen hatte er sich auf Hände und Knie gestützt und hin und her gewiegt. Schon bald würde er krabbeln, und er verstand viel mehr von den Gesprächen um ihn herum, als den meisten bewusst war. Er war das erste Drachenbaby der Welt, und er steckte so voller Magie, dass sein ganzer Körper davon glühte. Niemand wusste, was von ihm zu erwarten war, nicht einmal Dragos.

Vater und Sohn sahen zu, wie Pia sich in der Küche bewegte. Sie hatte einen Lockenstab benutzt und sich das Haar hochgesteckt, sodass es in weichen blassgoldenen Wellen herabfiel. Es juckte ihn in den Fingern, diese glänzende, üppige Masse zu zerwühlen.

Nach der Schwangerschaft hatte ihr Körper wieder seine schlanke Läuferstatur angenommen, nur Brüste und Hüften waren ein wenig voller geblieben. Nach etwa einem Monat überraschter Unentschlossenheit war sie dazu übergegangen, figurbetonte Kleidung zu tragen, die ihre neuen Kurven betonte und Dragos ganz wild machte.

Heute Abend trug sie ein freches, rot-weißes Neckholder-Kleid mit schmaler Taille und weitem, knielangem Rock. Große Erdbeeren zogen rote Kreise auf dem weichen Stoff, am Stiel abgesetzt mit ein wenig Grün. Sie hatte sich die Zehen in der gleichen fröhlichen Farbe lackiert und lief barfuß durch die Küche. Am liebsten hätte Dragos sie auf der Stelle angeknabbert.

Später, versprach er sich. Wenn sie Liam ins Bett gebracht hatten und es im Penthouse still und dunkel war, würde er Pia auf die Terrasse tragen, sie unter dem Sternenhimmel auf einen der gepolsterten Loungesessel betten und sich jeden Zentimeter ihres verlockenden Körpers schmecken lassen. Er würde diesen sexy Rock anheben und ihre herrlichen Beine auseinanderschieben …

Liam fing an zu quengeln und drückte sich die Fäuste in sein kleines rundes Gesicht. Stirnrunzelnd betrachtete Dragos das Baby. Normalerweise hatte sein Sohn ein sonniges Gemüt. Es war ungewöhnlich, dass er so weinerlich war. Die seidigen, weißblonden Haarbüschel standen ihm vom Kopf ab, und seine dunkelvioletten Augen sahen verquollen und müde aus.

Pia öffnete den Heißluftofen und stellte die beiden Bräter hinein, bevor auch sie sich Liam ansah. „Ich glaube, er zahnt schon. Die letzten Tage waren ziemlich anstrengend. Er wollte ständig an die Brust, und heute jammert er und reibt sich das Gesicht. Als ich ihn vorhin dazu gebracht habe, den Mund aufzumachen, konnte ich etwas Weißes an seinem Zahnfleisch sehen."

„Gut." Behutsam tätschelte Dragos Liams windelgepolsterten Po. „Ein Drache braucht gesunde Zähne."

Pia sah ihn mit großen Augen an und lächelte breit. „Ja, natürlich braucht er die. Aber er ist erst drei Monate alt!"

Er zuckte die Achseln. „Er hat noch einiges an Wachstum vor sich, und er wird viel Fleisch brauchen. Womöglich wird seine Drachengestalt am Ende so groß wie meine."

„Er entwickelt sich nicht, er explodiert regelrecht." Pia schüttelte den Kopf. „Wahrscheinlich wird er seine eigene Definition dafür aufstellen, was normal ist. Wir müssen nur einen Weg finden, mit ihm mitzuhalten."

Über den Kopf des Babys hinweg lächelte Dragos sie an. „Wir haben den König der Dunklen Fae besiegt, da werden wir auch mit einem frühreifen Kind fertig."

„Du klingst immer so zuversichtlich." Sie ging zur Edelstahl-Kücheninsel, auf der eine Flasche Rotwein und zwei Weingläser standen. Erfreut stellte Dragos fest, dass sie einen seiner Lieblingsweine geöffnet hatte, einen Château Lafite Rothschild Pauillac, der seinerzeit in Versailles den Beinamen „der Wein des Königs" bekommen hatte.

„Weil ich zuversichtlich *bin*."

„Damit hast du zweifellos recht." Sie konzentrierte sich darauf, die schwere, rubinrote Flüssigkeit in die Gläser zu gießen. „Ich glaube, sein Hase ist im Wohnzimmer, damit geht es ihm vielleicht besser. Würdest du ihn holen?"

„Natürlich." Er ging mit dem Baby durch den Flur.

Liams Hase war so eine Sache, die Dragos nicht verstand. Das Stofftier war sehr weich, hatte Schlappohren und große, dunkle Augen. Liam liebte es, allerdings war Dragos nicht ganz sicher, warum. Im echten Leben hätte ein Häschen von dieser Größe kaum einen Appetithappen abgegeben.

In seiner Anzugtasche summte das iPhone, und auf dem Display sah er Graydons Namen. Der konnte eine Nachricht hinterlassen. Dragos drückte auf eine Taste, um den Anruf zu ignorieren, und ließ den Blick durchs Wohnzimmer gleiten. Der großzügige Raum lag größtenteils im Dunkeln, nur einige kleine Strahler spendeten indirektes Licht. Liams Hase lag an einem Ende der Couch. Als Dragos darauf zuging, sah er etwas Goldenes aufblitzen.

Plötzlich aufmerksam geworden, drehte er sich um.

Der goldene Schimmer kam vom Schutzumschlag eines gebundenen Buches, das auf einem Stapel anderer Bücher auf einem der beiden Beistelltische neben der Couch lag. Geistesabwesend hob er das Häschen auf und hielt es Liam hin. Dieser schnappte sich das weiche Stofftier und drückte es an sich, den Kopf an Dragos' Brust geschmiegt. Den weichen Hinterkopf des Babys streichelnd, trat Dragos an das Buch heran, um sich das Cover aus der Nähe anzusehen.

Das Buch war aufwändig in satten, leuchtenden Farben gestaltet: eine Schatztruhe vor einem bronzefarbenen Hintergrund und darunter der Titel *Verlorene Schätze des siebzehnten Jahrhunderts*. Unter dem offenen Deckel quollen alte Golddublonen hervor.

Dragos schlug das Buch auf, um die Innenseite des Schutzumschlags zu lesen. Das Buch kam aus der öffentlichen Bücherei, und die Erzählung handelte von einigen europäischen Schiffen, die auf Entdeckungsreisen verschwunden waren.

Als Pia mit zwei Gläsern Wein ins Wohnzimmer kam, sagte er: „Ich verstehe nicht, warum du immer noch in die Bücherei gehst, anstatt dir die Bücher zu kaufen, die du willst."

„Weil ein Besuch in der Bücherei ein Erlebnis ist." Pia stellte sein Glas auf den Beistelltisch und kuschelte sich auf die Couch. „Es macht Spaß, mal aus dem Tower rauszukommen, Liam mag die Vorlesestunden und die anderen Kinder, und ich möchte die Bücherei unterstützen."

Bei ihren Worten nahm sich Dragos vor, dem öffentlichen Bibliothekswesen einen großzügigen Scheck auszustellen. Wenn Pia und Liam gern dorthin gingen, würde er dafür sorgen, dass die Bücherei ihnen alles bieten konnte, was sie sich wünschten.

„Warum habe ich dieses Buch noch nicht?" In seiner Privatbibliothek hatte er einige Bücher über Schätze, aber er wusste, dass er dieses hier nicht besaß. An den golden glänzenden Umschlag hätte er sich erinnert.

„Du hattest ziemlich viel zu tun. Es ist letzten

November erschienen."

„Hm."

Er legte es beiseite und nahm das nächste, ein großes Taschenbuch mit dem Titel *Die Verschollenen der Alten Völker*. Er wendete den schweren, glänzenden Einband, um den Klappentext zu überfliegen.

„Das fehlt mir auch." Er runzelte die Stirn.

„Ich glaube, es ist im März rausgekommen. Ich habe all deine Bücher über Schätze überflogen, und sie haben mich neugierig gemacht, deshalb habe ich nur Bücher ausgeliehen, die du noch nicht hast." Pia nippte an ihrem Wein. „Hast du nicht gesagt, du seist früher oft auf Schatzsuche gegangen?"

„Ja, das habe ich. Damals hatte ich natürlich mehr Freizeit." Er wog das Taschenbuch in einer Hand, während sein Blick sich in der Ferne verlor. „An diesen Fall kann ich mich noch erinnern."

„Wirklich?"

„Es war Anfang des fünfzehnten Jahrhunderts. Isabeau, Königin der Hellen Fae in Irland, und ihre jüngere Zwillingsschwester Tatiana hatten sich jahrelang befehdet. Daraufhin sandte Tatiana das Schiff Sebille aus, um nach neuem Land zu suchen, auf dem sie sich mit ihren Anhängern niederlassen konnte. Gerüchten zufolge sollte das Schiff mit Gold und allen möglichen Kostbarkeiten beladen gewesen sein, damit der Kapitän mit den eingeborenen Völkern um die Bodenrechte verhandeln konnte."

„Tatiana … Meinst du die Königin der Hellen Fae in Los Angeles?", fragte Pia.

„Ja." Er legte das Buch ab und setzte sich neben sie auf die Couch. Liam hatte angefangen, auf den Schlappohren des Hasen herumzukauen. „Letztendlich hat sie sich in

Kalifornien niedergelassen, aber die Sebille ist spurlos verschwunden, und seitdem wird nach ihr gesucht. Einige behaupten sogar, Isabeau hätte Wind von der Expedition bekommen und sie sabotiert, aber das bezweifle ich. Nach allem, was ich gehört habe, wollte Isabeau ihre Schwester genauso dringend loswerden, wie diese fortwollte."

Pia rutschte näher zu ihm und lehnte den Kopf an seine Schulter. Wärme breitete sich in ihm aus, als er einen Arm um sie legte und mit der anderen Hand Liams Rücken streichelte. „Was glaubst du, was der Sebille zugestoßen ist?"

Dragos erinnerte sich. „Es gab Gerüchte, sie sei vor der Südostküste Nordamerikas gesunken. Mich würde interessieren, ob das Buch dazu genauere Details nennt."

Sie hob den Kopf. „Du meinst, das Schiff könnte irgendwo im Bermudadreieck verschollen sein?"

„Möglich ist es, auch wenn es damals noch nicht Bermudadreieck hieß." Weil er weder Liam noch Pia stören wollte, indem er sich nach seinem Weinglas streckte, trank er einen kleinen Schluck aus ihrem und gab es ihr wieder zurück. „Damals hieß es Teufelsdreieck, und manchmal wird es auch heute noch so genannt. Zu der Zeit, als das Schiff verschwand, wusste man noch nicht viel über dieses Gebiet."

„Ich denke nicht, dass man heute viel darüber weiß."

Er gab der Versuchung nach, die Hand in ihrem weichen, üppigen Haar zu vergraben. „Es ist unberechenbar, was nicht ganz das Gleiche ist. Im ganzen Gebiet gibt es ein Gewirr von Übergangspassagen. Die Wege sind ineinander verschlungen und überlagern sich gegenseitig, und die wechselnden Meeresströmungen machen es praktisch unmöglich, sie auf einer Karte zu verzeichnen. Allerdings sollen alten Legenden zufolge Piraten einige

Übergangspassagen in Anderländer gefunden haben und dort in geheimen Verstecken hausen."

Ein Zittern überlief sie. „In einer solchen Übergangspassage kann man stecken bleiben und für immer verschwinden."

„Theoretisch ja. Und vielleicht ist der Sebille genau das passiert." Er neigte den Kopf und barg das Gesicht in ihrem seidenweichen Haar, das nach ihrem Blüten-Shampoo duftete. „Aber auch das ist nicht wahrscheinlich, weil sie durch Zufall genau auf den richtigen Verlauf der Übergangspassage gestoßen sein müssten. Wenn sich die Schiffe an die bewährten Schifffahrtswege halten, sind sie eigentlich sicher. Wahrscheinlich ist die Sebille gesunken."

„Warst du schon mal auf Bermuda?" Sie ließ ihre Fingerspitzen über seine Brust gleiten.

„Nein, ich bin nur ein paarmal darüber hinweggeflogen."

„Bermuda, die Bahamas, die Karibik – ich war noch nie auf einer solchen Insel. Bestimmt ist es dort wunderschön." Sie klang sehnsüchtig.

Beide seufzten, als sein Handy abermals summte. Er nahm es aus der Jackentasche und sah aufs Display. Wieder Graydon. Dragos knirschte mit den Zähnen. „Wie lange braucht das Essen noch?"

Vor einigen Monaten hatten sie die Vereinbarung getroffen, dass Dragos während des Abendessens keine geschäftlichen Telefonate oder Anrufe seiner Wächter entgegennahm. Pia sagte: „Noch mindestens eine halbe Stunde. Du hast genug Zeit, dich um den Anruf zu kümmern."

Er gab ihr einen Kuss auf die Stirn, reichte ihr Liam und stand auf. Er war schon auf dem Weg den Flur hinunter, als er ans Telefon ging.

„Tut mir leid, dich zu stören." Graydon entschuldigte sich immer, wenn er außerhalb der Arbeitszeit anrief.

„Kein Problem. Was gibt's?", fragte Dragos.

Nachdem er seinem Wächter ein paar Sätze lang zugehört hatte, wechselte er die Richtung und ging zurück ins Wohnzimmer. Er fing Pias Blick auf. „Könntest du das Abendessen vielleicht für mich warmhalten? Ich mache es so kurz wie möglich."

Sie wirkte nicht überrascht, als sie nickte. „Natürlich."

Er ging hinaus und war erst nach Mitternacht zurück.

Als er endlich nach Hause kam, lag das Penthouse in tiefer Dunkelheit, nur über dem Herd in der Küche brannte noch ein Licht. Pia hatte ihm eine Nachricht auf den Tresen gelegt. *Dein Abendessen steht im Kühlschrank. Drei Minuten in der Mikrowelle. Ich liebe dich.*

Er lächelte. Trotz aller Herausforderungen des letzten Jahres hatte sie nie die Geduld mit ihm verloren. Er öffnete den Kühlschrank und fand sein Abendessen. Sie hatte das Roastbeef hübsch auf einem Teller angerichtet und es sogar mit einem Zweig Petersilie garniert.

Zu hungrig, um zu warten, bis das Essen warm wurde, aß er es kalt und im Stehen am Tresen. Dann ging er durch den Flur zum Herzstück der Wohnung, dem großen Schlafzimmer, das er mit Pia teilte. Er freute sich darauf, zwischen die kühlen Seidenlaken zu schlüpfen.

Sie hatte auch ihre Nachttischlampe eingeschaltet gelassen. In ihrer dunkelblauen Baumwollshorts und einem passenden dünnen Trägertop lag sie auf dem Bauch, die Beine unter der Decke, und schlief tief und fest. Die Bücher aus der Bibliothek lagen wie vergessene Spielzeuge um sie herum verstreut. In ihrer rechten Hand hielt sie *Die*

Verschollenen der Alten Völker.

Mit vorsichtigen Bewegungen, um sie nicht zu wecken, stapelte er die Bücher auf ihrem Nachttisch. Als er sich nach den *Verschollenen der Alten Völker* bückte, hörte er Liams Weinen über das Babyfon.

Pia bewegte sich. „Hmm …?"

„Bleib liegen", flüsterte Dragos. „Ich sehe nach ihm."

„Sicher?" Ihre Stimme war vom Schlaf undeutlich. „Du hattest einen so langen Tag."

„Ganz sicher."

„Ist alles in Ordnung?"

„Alles ist bestens, schlaf weiter."

Er drückte ihr einen Kuss auf die nackte Schulter und deckte sie sorgsam zu. Mit dem Buch in der Hand ging er ins Kinderzimmer.

Der sanfte Schimmer eines Nachtlichts erhellte den Raum. Liam hatte sich in seiner Wiege auf Hände und Füße gestützt, war dann aber ein Stück zurückgesunken, sodass er jetzt wie ein Frosch dasaß und weinte. Dragos legte das Buch auf den Beistelltisch neben dem Schaukelstuhl und nahm das Baby auf den Arm.

„Was ist los?", fragte er mit sanfter, freundlicher Stimme. „Das Leben ist nicht halb so tragisch, wie du jetzt glaubst."

Liam zitterte und schniefte und blinzelte mit seinen violetten, tränenfeuchten Augen zu Dragos auf. Er war die Unschuld in Person, seine Energie war so hell, so strahlend und neu, und Dragos liebte ihn mit einer wilden Heftigkeit, wie er sie noch nie für irgendetwas oder irgendjemanden außer Pia empfunden hatte.

„Also, was hast du?", fragte Dragos. „Ist es dein Mund?"

Das Baby nickte, und sein weiches Gesichtchen zog sich zusammen.

Sanft bettete Dragos Liam an seine Brust. „Ich helfe dir."

Er ging zu dem großen Schaukelstuhl, setzte sich hinein und flüsterte einen Zauber, bis sich der kleine Körper entspannte. Während Dragos ihn wiegte, nuckelte das Baby eine Zeit lang am Daumen und schlief schließlich ein.

Friede hüllte Dragos ein wie eine warme Decke. Er war müde, und er wollte ins Bett. Er wollte den Rest der Welt ausblenden und mit Pia schlafen. Aber diese leise, intime Zeit mit seinem Sohn war zu vollkommen und würde allzu schnell vorübergehen. Von Augenblicken wie diesen wollte er sich nicht zu schnell abwenden.

Ihm fiel das Buch wieder ein, und er hob es auf. Während er weiterschaukelte, schlug er es auf und fing an zu lesen. Und verlor sich in Gedanken an antikes Gold und verlorene Schätze.

Kapitel Zwei

„BIST DU SICHER, dass du es nicht zu subtil angestellt hast?", fragte Eva. „Versteh mich nicht falsch, ich weiß, dass er sehr intelligent ist. Er ist der Lord der Wyr und so, aber *trotzdem* ist er nur ein Mann."

Evas Skepsis ließ Pia unbeeindruckt. „Warte nur ab. Es ist keine Frage, *ob* wir in Urlaub fahren, sondern nur *wann.*"

Helle Morgensonne strömte in Dragos' und Pias Schlafzimmer – allerdings war die Bezeichnung Schlafzimmer vielleicht nicht ganz zutreffend. Der Raum mit dem King-Size-Bett an einem Ende und dem Kamin mit den weißen Sofas am anderen war riesig. Bei Pias Einzug im Cuelebre Tower war das Zimmer schlicht und kahl gewesen, doch inzwischen hatte sie mit leuchtend bunten Kissen und Überwürfen, einer prächtigen Tagesdecke und ein paar Teppichen strahlende Farbakzente geschaffen.

Pia stand neben dem Bett und stapelte die Sachen, die sie einpacken wollte. Schwungvoll hob sie ihren Koffer aufs Bett und öffnete ihn.

Eva lag vor den Balkontüren auf dem Boden neben einer dicken, weichen Decke, auf der Liam spielte. Allerdings hatte Eva nicht sonderlich viel Erfolg dabei, Liam auf der Decke zu halten. Er hatte heute Morgen wieder etwas Neues entdeckt und rutschte jetzt unablässig rückwärts über den Boden.

„Du bist dir so sicher, dass du schon packst?"

„Ja. Er braucht eine Auszeit, und er will sie auch. Er weiß es nur noch nicht. Er ist so müde, dass er gestern Abend im Kinderzimmer eingeschlafen ist, während er Peanut im Schaukelstuhl gewiegt hat. Da habe ich ihn heute Morgen gefunden." Sie sah Eva vielsagend an. „*Dragos* ist eingeschlafen. Normalerweise kann er tagelang am Stück wach sein, wenn es darauf ankommt."

Eva kratzte sich am Hinterkopf. Golden schimmerte das Sonnenlicht auf ihrer dunkelbraunen Haut. „Ich hoffe nur, du freust dich nicht zu früh."

„Wenn ich du wäre, würde ich auch schon mal packen." Pia hob den Zeigefinger. „Wenn er erstmal eine Entscheidung getroffen hat, ist er bemerkenswert entschlossen. Wir könnten schon morgen im Flugzeug sitzen, vielleicht sogar noch heute Abend. Ich werde vorschlagen, dass wir nur dich und Hugh mitnehmen."

Eva richtete sich auf. „Cool."

Pia unterbrach sich und sah zu, wie Liam den kleinen Windelpopo in die Luft reckte und rückwärts auf sie zurobbte. Nur mit Mühe konnte sie sich ein lautes Auflachen verkneifen. Blitzgescheit, wie er war, würde er vielleicht mitbekommen, dass sie über ihn lachte. Sie wollte ihn nicht kränken.

Zu Eva sagte sie: „Wir werden keine Leibwächter brauchen, aber ich möchte Babysitter dabeihaben, damit Dragos und ich allein ausgehen können."

„Verstehe." Eva grinste. „Wissen wir zufällig auch, wohin Dragos in Urlaub fahren möchte?"

Pia verzog das Gesicht. „Nein, natürlich nicht. Aber ich würde Bermuda, die Karibik und Kap Hoorn nicht ausschließen."

Eva legte den Kopf schief. „Also definitiv was mit Wasser."

„Definitiv was mit gesunkenen Schiffen." Pia schüttelte einen Rock aus und legte ihn sorgfältig zusammen. „Oder vielleicht sollte ich sagen, mit dem Klimpern verlorener Schätze?"

„Du sprichst von diesen Büchern, die du neulich aus der Bücherei ausgeliehen hast, oder? Mensch, du bist gut! Weiß Graydon schon, dass wir fahren?"

Pia sah sie mit großen Augen an. „Wovon soll er etwas wissen? Es ist doch noch gar nichts entschieden."

Lachend kam Eva in einer geschmeidigen Bewegung auf die Füße. „Ich gebe Hugh Bescheid und fange an zu packen."

Als Eva gegangen war, sah Pia ihren Reise-Kulturbeutel durch, der Minifläschchen von allem enthielt, was sie brauchen würde. Sie legte ihn in den Koffer und bückte sich nach Peanut.

„Auch für dich müssen wir packen, weißt du?", flüsterte sie. „Ich vermute, wir fliegen nach Bermuda, schließlich hat dein Daddy letzte Nacht das ganze Buch durchgelesen."

Das Baby sah ihr tief in die Augen und tätschelte ihr mit beiden Händen das Gesicht.

✧   ✧   ✧

MOMMY BRACHTE IHN in sein Zimmer. Er dachte, alles würde prima laufen, bis sie ihn auf dem dicken, weichen Teppich mitten auf dem Boden absetzte.

Nein, das war nicht das, was er gewollt hatte. Das war ganz und gar nicht das, was er gewollt hatte.

Er war wieder müde, sein Mund tat weh, und die ganze Zeit hatte er Hunger. Hunger auf etwas, das er nicht kannte.

Hunger. Hunger!

Also zog er ein grimmiges Gesicht und konzentrierte sich mit aller Macht auf das *Etwas, das er wollte.*

Und die Welt veränderte sich.

Er fühlte sich besser. Viel besser sogar. Sein neuer Mund tat überhaupt nicht weh, aber er hatte immer noch so großen Hunger.

Mommy sprach weiter, während sie im Zimmer hin und her lief. Sie nahm Windeln aus Schubladen, legte sie auf den Wickeltisch und ging zum Schrank. „… ich will dich an den Strand mitnehmen und mit dir im Sand spielen, aber ich weiß nicht, ob das gut wäre. Bist du noch zu klein, um im Sand zu spielen oder ins Salzwasser zu gehen? Peanut, du bist so ein Sonderfall, dass ich meistens überhaupt keine Ahnung habe, was ich mit dir anstellen soll."

Die Arme voller Kleidung, wandte sie sich vom Schrank ab. Als sie ihn sah, schrie sie auf und ließ alles fallen.

Das erschreckte ihn so sehr, dass plötzlich Angst in ihm ausbrach. Er drehte sich um, weil er so schnell wie möglich rückwärts auf sie zurobben wollte, aber etwas schlackerte auf seinem Rücken, und seine Arme und Beine gehorchten ihm nicht so, wie sie sollten. Verwirrt blieb er stehen und blickte an sich hinab.

Dünne, weiße Vorderbeine waren auf dem Boden ausgestreckt. Er hob eine Vorderpfote und starrte die ungewohnten Krallen an. Auch sein Rücken fühlte sich komisch an, und als er über die Schulter sah, entdeckte er glatte, zierliche Flügel. Hinter ihm lag ein Schwanz auf dem Boden. Er griff mit der Vorderpfote danach, und als er daran zog, wackelte sein Po. Der Schwanz gehörte zu ihm.

Mommy kniete sich vor ihn und nahm sein Gesicht in beide Hände. Er sah in ihre Augen. Sie waren feucht geworden, und doch lächelte sie. „Du bist das klügste Baby auf der Welt. Du bist so wunderschön und genau so, wie ich dich in meinem Traum gesehen habe."

Freude erfasste ihn, er lächelte sie an.

Da wurden ihre Augen sehr groß und rund, und sie strahlte ihn an. „Und du hast da einen ganz ordentlichen Satz Zähnchen im Mund."

Sie nahm ihn auf den Arm, und er kuschelte den Kopf in ihre Halsbeuge. Das war so schön und beinahe alles, was er wollte. Bis auf …

Er hatte *solchen* Hunger.

Weil er jammerte und weinte, setzte sie sich auf den Boden und wiegte ihn in den Armen, während sie das Handy aus der Tasche nahm und den Daumen eilig über das Tastenfeld bewegte. „Dragos, du musst nach Hause kommen. Jetzt gleich."

Daddys Stimme drang scharf aus dem Telefon. „Was ist passiert?"

„Nichts Schlimmes. Aber Liam hat sich verwandelt, und er ist unzufrieden."

„Was soll das heißen, er hat sich verwandelt?"

Mommy wiegte ihn schneller hin und her, doch ihre Stimme blieb sanft. „Das heißt, er hat seine Drachengestalt angenommen, und ich kann dir gar nicht sagen, wie wunderschön er ist. Außerdem ist er aus irgendeinem Grund schlecht gelaunt. Vielleicht hat es ihm Angst gemacht? Und du verpasst das alles. Du musst kommen und es dir ansehen."

„Bin gleich da."

Mommy legte das Telefon weg, während Liam wimmernd an ihrer Bluse zerrte. „Hast du Hunger?", fragte sie sanft. Er nickte. „So kann ich dich nicht stillen, mein

Schatz, nicht mit diesen vielen messerscharfen Zähnen."

Das war das Traurigste, was er in seinem ganzen Leben gehört hatte. Er hob den Kopf und sah sie von Trauer ergriffen an.

„O Peanut, es tut mir so leid. Sieh mich bitte nicht so an." Verzweifelt musterten sich die beiden gegenseitig, bis Mommys Gesicht schließlich einen entschlossenen Ausdruck annahm. Er legte die Flügel an und hielt sich an ihr fest, als sie aufstand und ihn in die Küche trug.

Sie öffnete die Kühlschranktür und nahm einen Bräter heraus. Darin war etwas, was er sehnlichst begehrte. Oh, es roch so gut. Sein Magen knurrte, und er streckte die Pfoten und seinen ganzen Körper danach aus.

„Warte, lass mich erst die Plastikfolie wegnehmen."

Als sie auf den Boden rutschte, versuchte er, sich freizustrampeln, um dem appetitlichen Geruch näherzukommen. Sie riss die Plastikfolie ab und stellte den Bräter auf die Küchenfliesen, damit er sich über den übriggebliebenen Lendenbraten hermachen konnte. Mit geschlossenen Augen, am ganzen Körper angespannt, konzentrierte er sich allein darauf, gierig das Fleisch hinunterzuschlingen.

Im Hintergrund hörte er rennende Schritte, aber das war nur Daddy, also ignorierte er es. Im nächsten Moment sagte Daddy leise: „O verdammt. Sieh sich das einer an. Hallo, kleiner Mann."

Eine große, sanfte Hand legte sich zwischen die Flügel auf Liams Rücken. Zufriedenheit erfüllte ihn.

„Ich wusste nicht, was ich sonst tun sollte." Sie deutete auf den Bräter. „Er hat sich aufgeführt, als wäre er am Verhungern, aber er hat so viele Zähne. Dann fiel mir wieder ein, dass du gesagt hast, er würde viel Fleisch brauchen."

„Er hat dir Zeichen gegeben, was er brauchte, und du bist deinem Instinkt gefolgt", sagte Daddy. „Du hast genau das Richtige getan."

Nachdem Liam den Braten verschlungen hatte, war der Hunger verschwunden, und sein Bauch war voll und dehnte sich angenehm. Schläfrigkeit überkam ihn. Bevor ihm die Augen zufielen, warf er einen Blick über die Schulter. Daddy und Mommy knieten zu beiden Seiten neben ihm und lächelten ihn an.

Er robbte rückwärts auf Mommy zu. Als sie ihn hochhob, drehte er sich, um an ihr hochzuklettern und sich ihr um die Schultern zu legen.

„Ich sage dir, das ist genau wie in meinen Träumen." Während Mommy mit einer Hand sein Bein streichelte, hörte er auf, ihren Gesprächen zuzuhören, schob die Schnauze in den Halsausschnitt ihrer Bluse und schlief fest ein.

✧　✧　✧

WEIL SICH DIE Muskeln in ihren Beinen vor Erleichterung wie Pasta anfühlten, ließ Pia sich einfach auf den Boden sinken, und Dragos setze sich zu ihr. Er lehnte sich mit dem Rücken gegen den Kühlschrank, während sie ganz aufrecht saß. Solange Liam auf ihr schlief, wollte sie ihn nicht stören.

Sie drehte den Kopf, um Dragos anzusehen. „Was sollen wir tun, wenn er sich nicht mehr zurückverwandelt und in diesem Tempo weiterwächst?"

Dragos streckte die Beine aus, lockerte seine Krawatte und kratzte sich am Kinn. Obwohl erst Mittag war, lag schon wieder ein frischer Bartschatten auf seinen schmalen Wangen. Er trug das tiefschwarze Haar stets kompromisslos kurz geschnitten, und die Strenge seines schwarzen Anzugs betonte den satten Kupferton seiner Haut und die intelligenten goldenen Augen.

Im vergangenen Jahr war Pia aus einem Leben am Rande der Wyr-Gesellschaft direkt an deren Spitze katapultiert worden. Sie hatte alle möglichen mächtigen Wesen aus verschiedenen Alten Völkern auf der ganzen Welt kennengelernt, aber in ihren Augen gab es niemanden mit einem so eindrucksvollen Körper.

Mit etwas über zwei Meter zehn und einem Gewicht von annähernd dreihundert Pfund überragte er selbst seinen größten Wächter, und seine Drachengestalt war so riesig wie ein Cessna-Jet.

In seiner Attraktivität lag eine Härte, von der ihr noch immer der Atem stockte. Nicht einmal seine Müdigkeit konnte die Kraft und die magische Energie dämpfen, die um ihn herum brodelte. Er war so stark wie die Erde selbst, und wann immer ihr Blick auf ihn fiel, spürte sie, wie ihm ihr Herz entgegenflog.

Er seufzte. „Eigentlich müsste ich ihn dazu bringen können, sich wieder zurück zu verwandeln, aber ich glaube nicht, dass er immer in seiner Menschengestalt bleiben kann. Als Mensch hat er keine Möglichkeit, Fleisch zu essen. Wenn er dem Muster anderer Wyr-Kinder mit großen Tiergestalten folgt, wird er immer wieder seine Drachengestalt annehmen müssen, um zu fressen."

„Wir werden einen größeren Wolkenkratzer brauchen." Sie rieb sich mit Daumen und Zeigefinger die Augen. „Ein Teil von mir kann nicht glauben, dass ich das gerade gesagt habe."

Dragos' Handy summte. In seinem goldenen Blick blitzte Ärger auf. Ohne einen Blick aufs Display nahm er den Anruf mit einem Tastendruck an und sagte:

„Nein." Nachdem er wieder aufgelegt hatte, sah er sie an.
Seine Miene wurde nachdenklich. „Es ist wohl an der Zeit,
noch einmal über einen Umzug in den Norden zu reden."

Sie nickte resigniert. Im Norden des Staates New York
besaß Dragos ein Landgut in der Nähe von Carthage. Wobei
ihr einfiel, dass sie jetzt vermutlich Miteigentümerin war,
schließlich waren sie verheiratet, und von einem Ehevertrag
war mit keiner Silbe die Rede gewesen. Das Anwesen
verfügte über fünfzig Zimmer, ein eigenes Haus für den
Gutsverwalter und hundert Hektar Land mit sanften,
waldigen Hügeln.

In ihren Flitterwochen waren sie auf dieses Landgut
gefahren und hatten im Haus des Gutsverwalters gewohnt.
Das Haus hatte vier Schlafzimmer, vier Bäder und ein
Wohnzimmer mit Kamin und Blick auf einen See. Pia liebte
dieses Haus. Hier hatte sie Liam zur Welt gebracht. Für das
palastartige Anwesen empfand sie hingegen gar nichts.

Allerdings wusste sie, dass sie in diesem Punkt nicht
ganz rational war. Beim ersten Anblick hatte die schiere
Größe des Hauses sie eingeschüchtert, aber vielleicht würde
es ihr besser gefallen, wenn sie erst einmal einige Zeit dort
verbracht hatte. Schließlich hatte sie auch beim Cuelebre
Tower und dem Penthouse ein mulmiges Gefühl gehabt,
aber die wachsende Vertrautheit hatte viel dazu beigetragen,
dass sie sich hier wohlfühlte.

Sie seufzte. „Er wird den Platz brauchen, nicht wahr?
Ganz besonders, wenn er fliegen lernt."

„Ja, das wird er. Das Haus oben im Norden ist
abgeschiedener, es gibt viel Grün und freie Flächen." Nachdenklich hielt er inne. „Und wir können es besser sichern."

„Hundert Hektar geben einen verdammt großen
Spielplatz für ihn ab", murmelte sie.

Bisher war Pia, dem Rat ihrer Mutter folgend, immer in der Stadt geblieben, wo sie sich leichter verstecken konnte. Sie hatte noch nie ernsthaft darüber nachgedacht, aufs Land zu ziehen. Doch als sie sich näher mit der Idee befasste, ging ihr auf, dass hundert Hektar auch für sie selbst ein verdammt großer Spielplatz wären. Das Wyr-Wesen in ihr begrüßte diese Vorstellung. Es begrüßte sie mit stürmischer Begeisterung.

„Wenn wir fliegen, sind wir in zwei Stunden in der Stadt." Dragos legte den Kopf schief, während er darüber nachdachte. „Das ist gar nicht übel. Wenn man hier im Verkehr stecken bleibt, braucht man auch nicht viel kürzer, um einmal quer durch die Stadt zu kommen. Ich könnte auf dem Grundstück einen ganzen Bürokomplex bauen lassen."

Sie legte ihm eine Hand aufs Bein. Sein handgenähter Armani-Anzug war aus leichter gewebter Wolle, die sich über seinem kraftvollen Oberschenkelmuskel spannte. „Allerdings bräuchten wir mehr als nur den Bürokomplex. Wir bräuchten Unterkünfte für Security und Angestellte und auch für die Wächter, weil sie pendeln müssten. So geräumig das Herrenhaus auch ist, es ist nicht Cuelebre Tower. Wir können nicht alle dort leben, und ich möchte es auch gar nicht ausprobieren."

Er strich ihr über den Rücken, fuhr mit geschickten Fingern ihre Wirbelsäule entlang. „Wir könnten am Ufer des Sees bauen. Es gibt reichlich Platz. Niemand bräuchte sich eingeengt zu fühlen."

Zögerlich schnitt sie ein anderes Thema an. „Ich würde das Haupthaus gern neu einrichten. Vielleicht sogar einiges renovieren."

„Mach das", sagte er lächelnd. „Zum Teufel, wenn du willst, kannst du das ganze Ding abreißen und neu bauen lassen."

Diese Vorstellung war ein wenig zu überwältigend. „Ich weiß nicht, ob wir ganz so weit gehen müssen."

Dragos schob ihr eine lose Haarsträhne aus dem Gesicht. „Aber den Umzug halten wir beide für notwendig?"

Sie senkte den Blick. Liams Gewicht ruhte auf ihrem Nacken und ihren Schultern, die schlanken, eleganten, weißen Beine und der Schwanz lagen gleich unter ihrem Schlüsselbein. Es wirkte zwar etwas unbequem, aber augenscheinlich machte ihm das nichts aus. Er schien es im Gegenteil sogar ziemlich gemütlich zu finden, denn er schlief tief und fest.

Er war nicht ganz weiß, sondern eher elfenbeinfarben. Seine Haut hatte den gleichen irisierenden Schimmer wie Dragos', doch die helle Farbe hatte er von ihr bekommen. Sie fragte sich, was die Leute denken würden, wenn sie ihn sahen. Sacht legte sie ihm eine Hand auf die Vorderbeine, und er reckte sich, streckte die Pfoten und seufzte.

„Ja, wir müssen umziehen. Aber vor Juli werden wir keine Zeit haben, mit dem Bau oder der neuen Einrichtung zu beginnen. Erst müssen wir alle Feierlichkeiten zur Sommersonnwende mit den anderen Alten Völkern hinter uns bringen, und Graydon braucht seinen Urlaub."

„Einverstanden." Er sah sie mit einem schiefen Lächeln an, das seine schroffen Züge weicher wirken ließ und die Müdigkeit aus seinem Gesicht vertrieb. „Wäre es in der Zwischenzeit zu viel Unruhe, für ein verlängertes Wochenende wegzufahren?"

Sie liebte ihn so sehr, von ganzem Herzen. Sie liebte seine schroffe Seite und brauchte seine Unbarmherzigkeit, weil sie wusste, dass er immer für sie und Liam sorgen und sie mit jedem Funken seiner ungeheuren Macht beschützen würde. Doch wenn er sie auf diese Art anlächelte, hellte sich alles in ihr auf, und sie bekam das Gefühl, in einem Meer aus Licht zu treiben. Sie wurde schwerelos und trunken vor Freude.

Verstohlen sah sie ihn durch die Wimpern hindurch an. „Ich weiß nicht, Dragos. Das kommt furchtbar plötzlich. Wohin würdest du denn wollen?"

Während er ihr eine Haarsträhne hinters Ohr steckte, fiel ihr Blick auf sein Handgelenk. Es war ein Jahr her, dass sie ihm eine geflochtene Strähne ihres Haars darumgebunden hatte, und er trug sie immer noch. Er hatte sie mit irgendetwas geschützt, und sie hatte einen magischen Schimmer.

„Du hast gesagt, du warst noch nie auf Bermuda oder in der Karibik." Mit schiefgelegtem Kopf betrachtete er ihr Gesicht. „Hättest du Lust, dorthin zu fahren? Es könnte Spaß machen, ein bisschen auf Schatzsuche zu gehen. Wir können schwimmen, Sonne tanken und Essen gehen. Ich könnte eine Pause brauchen, bevor ich mich in diese ganzen Veranstaltungen um die Sommersonnwende stürze, auch wenn sie nur kurz wäre. Und du auch, würde ich wetten."

Sie lächelte. „Ich würde unheimlich gern wegfahren."

„Wie schnell könntest du reisefertig sein?"

Sie legte den Kopf schief, und aus ihrem Lächeln wurde ein Grinsen. „Ist dir eine Viertelstunde schnell genug?"

„Wirklich? Eine Viertelstunde." Plötzlich verengten sich seine goldenen Augen. „Diese Bücher. Diese Unterhaltung. Du kleiner Machiavelli, du hast mich reingelegt."

Sie kniff ein Auge zu und hielt Daumen und Zeigefinger dicht aneinander. „Vielleicht ein klitzekleines bisschen. Genau genommen habe ich dir nur Möglichkeiten vor

Augen geführt."

Er lachte. „So nennst du das also? Inzwischen sollte ich eigentlich gelernt haben, so etwas von der Diebin zu erwarten, die in meinen Hort eingedrungen ist und mich bestohlen hat."

Ihre Augen wurden rund. „Darüber wirst du nie hinwegkommen, oder? Ein einziges Mal habe ich etwas gestohlen, und es war nur ein Penny."

„Ich kann dir gar nicht sagen, wie froh ich darüber bin", sagte Dragos. „Du bist nämlich ziemlich lausig darin. Nur die Götter wissen, in was für Schwierigkeiten du dich gebracht hättest, wenn du an einem Leben als Kriminelle festgehalten hättest."

Ihre Stimme klang betrübt. „Das ist überhaupt nicht wahr. Den Diebstahl, *den einzigen*, habe ich hervorragend gemeistert. Die Flucht hingegen war nicht ganz so hervorragend."

„Da muss ich dir recht geben."

Sie wurde ernst. „Alle anderen haben Urlaub bekommen, und du hast eine Auszeit dringender nötig und mehr verdient als irgendjemand sonst. Aber du bist so getrieben, und ich wusste, solange du dich nicht auf etwas anderes konzentrieren kannst, würdest du dich nur schwer von der Arbeit lösen können. Deshalb bin ich in die Bücherei gegangen und habe ein bisschen recherchiert. Als ich auf neue Bücher über verschollene Schiffe stieß, dachte ich, wenn ich dein Interesse an einer Schatzsuche wecken könnte, wäre das für dich eine Möglichkeit, dich mal ein bisschen entspannt zurückzulehnen – oder in deinem Fall, irgendwelchen Glitzerkram zu suchen."

Ein begehrliches Funkeln trat in seine Augen. „Es ist lange her, dass ich einen schönen Schatz gefunden habe."

„Ich weiß."

„Und du bist klüger und so viel netter, als ich es verdient habe", sagte er leise. Er beugte sich vor und küsste sie. Sie schloss die Augen, als sie seine warmen, festen Lippen zärtlich auf ihren spürte. „Und so verdammt gerissen."

„Das gehört zu den Dingen, die du am meisten an mir liebst", erinnerte sie ihn.

Sein Flüstern wurde zu einem tiefen Knurren. „Verdammt richtig."

„Was musst du noch erledigen, bevor wir aufbrechen können?" Sie streichelte sein Gesicht.

„Packen. Mit Graydon habe ich schon gesprochen, für ihn ist es in Ordnung. Der Jet steht im Hangar, also ist nur ein Anruf nötig. Während wir uns reisefertig machen, soll Kris eine schöne Unterkunft für uns suchen. Wie sieht es bei dir aus?"

„Liams Sachen muss ich noch fertig packen, aber das wird nicht länger als fünf oder zehn Minuten dauern. Ich würde gern Hugh und Eva mitnehmen, damit sie babysitten können."

Er neigte den Kopf zur Seite. „Wir werden in einem Restaurant am Strand zu Abend essen."

Sie strahlte ihn an. „Du meinst, wir haben ein Date?"

Er lächelte. „Sobald wir hier raus sind."

Kapitel Drei

D
A PIAS BEWEGUNGSFREIHEIT durch Liam eingeschränkt war, half Dragos ihr beim Packen der Babysachen. Während er seinen Anzug gegen Khakishorts und ein schwarzes Strickhemd tauschte und seine Sachen packte, rief sie Eva und Hugh an.

Eva lachte. „Mädchen, deine Zauberkräfte sind mir echt unheimlich."

„Ich kenne einfach meinen Mann." Pia war zu aufgeregt, um selbstgefällig zu werden.

Kurz darauf kamen Eva und Hugh ins Penthouse.

Stumm vor Schreck starrten sie den schlafenden Babydrachen an, der um Pias Hals lag. Sie legte lächelnd einen Finger an die Lippen, um sie wortlos zu ermahnen, leise zu sein. Die beiden nickten, lächelten breit und kümmerten sich um das Gepäck.

Während Dragos Telefonate erledigte, plünderte Pia in der Küche seine Vorräte an getrocknetem Bio-Rindfleisch. Für den Fall, dass Peanut mit dem gleichen verzweifelten Hunger aufwachte wie vorhin, wollte sie reichlich Snacks in der Handtasche haben.

Dragos kam in die Küche und sah sie und Liam an. „Wenn ihn die Leute in seiner Wyr-Gestalt sehen, würde es einen Aufruhr auslösen, und wir kommen niemals hier raus. Lass uns mit dem Privataufzug direkt in die Tiefgarage fahren.“

„Klingt gut“, sagte sie erleichtert.

Liam rührte sich nicht, während sie mit dem Lift nach unten fuhren und zusammen mit Eva und Hugh in die wartende Limousine stiegen. Vorsichtig hob Pia ihn von ihren Schultern, setzte ihn in den Kindersitz und schaffte es mit ein paar kleinen Tricks, ihn anzuschnallen. Auf der Fahrt zum Flughafen unterhielten sie sich leise. Pia wand sich innerlich, als Dragos' Handy summte. Wenn er weiterhin auf Anrufe und Textnachrichten reagierte, würde er nicht viel Erholung bekommen.

Er sah auf das Display und lächelte. „Kris hat eine Unterkunft für uns gefunden. Ein Haus an der Cambridge Beach Bay.“

Er reichte Pia das Handy, und sie scrollte durch die Bilder. Es war eine pfirsichfarbene historische Villa mit einer Veranda zur Meerseite, acht Schlafzimmern und fünf Bädern, einem Privatpark und einem Grillplatz. Zwei Lebensmittelgeschäfte waren in fünf Minuten zu Fuß zu erreichen, und in der Nähe gab es Restaurants, Geschäfte sowie einen Bootsverleih. Ein von blühenden Sträuchern und Palmen gesäumter Weg führte in flachen Stufen hinunter zum Strand.

Ihr Blick fiel auf den astronomisch hohen Preis auf der Webseite. Fast zehntausend Dollar kostete die Miete für eine Woche.

Die Zahl tanzte vor ihren Augen. Sie holte tief Luft und atmete langsam wieder aus. Es gab keinen Grund zu hyperventilieren. Dragos zahlte jeden Monat einen doppelt so hohen Betrag auf ein persönliches Konto für sie ein, nur für Nebenausgaben. Obwohl sie sich und Peanut alles kaufte, was sie wollte, behielt sie trotzdem noch gutes Geld übrig, genug, um es auf einem schnell anwachsenden, schon jetzt gut gefüllten Sparkonto anzulegen. Dieses Haus konnten sie sich also locker leisten.

„Vergiss meine Zauberkräfte", sagte sie zu Eva. „Der richtige Zauberer ist Dragos' Assistent." Sie wandte sich an ihren Mann. „Das ist erstaunlich. Wie hat er das so kurzfristig geschafft?"

Ein Lächeln umspielte Dragos' Mundwinkel. „Kris hat angedeutet, es habe eine sehr kurzfristige Stornierung gegeben."

Oder Dragos hatte die anderen Urlauber dafür bezahlt, ihre Pläne zu ändern. Einen Moment hielt Pia inne, um auf ihren inneren Radar zu lauschen. Hatte sie deshalb ein mulmiges Gefühl?

Nein. Ihr innerer Radar war heute ziemlich ruhig. Die anderen hatten sicher ein Angebot erhalten, das sie nicht ablehnen konnten, und Dragos musste seine dringend benötigte Auszeit bekommen. Und außerdem: Strand! Das Wasser sah so herrlich aus.

„Wir können das Haus bis zu einer Woche haben, wenn wir wollen", fuhr Dragos fort. „Der Verwalter des Anwesens wird den Kühlschrank mit reichlich Lebensmitteln und Getränken auffüllen und stellt für die Dauer unseres Aufenthalts ein Kinderbett auf. Wenn wir ankommen, brauchen wir uns um nichts zu kümmern. Wir können uns einfach entspannen und tun, was wir wollen."

In die Fotos versunken, sagte Pia: „Ich frage mich gerade, warum wir keine Privatinsel haben."

Sie hatte es als Scherz gemeint, doch Dragos' Gesicht nahm einen nachdenklichen Ausdruck an. „Gute Frage. Ich werde mich mal umhören."

Sie riss den Kopf hoch und starrte ihn mit großen

Augen an. Er erwiderte ihren Blick vollkommen ernst. Wortlos wandte sie den Blick nach vorn.

Hughs Schultern bebten, und Eva verbiss sich hinter vorgehaltener Hand ein Kichern.

Behutsam nahm Dragos ihr das Telefon aus den kraftlosen Händen. Aus dem Augenwinkel sah sie, wie er es ausschaltete.

✧   ✧   ✧

ES WAR EIN kurzer Flug, nur knapp über zwei Stunden. Eva und Hugh saßen vorn in der Kabine, unterhielten sich und spielten Schach. Dragos und Pia setzten sich mit Liam auf eines der beiden Sofas im hinteren Bereich des Flugzeugs.

Gegen Ende des Fluges sah Pia aus dem Fenster, und als sie in der grenzenlosen Weite des blauen Wassers Land entdeckte, wallte ihre Aufregung von Neuem auf. Liam erwachte, als das Flugzeug in den Sinkflug ging. Der Babydrache, dem der Sinkflug überhaupt nichts auszumachen schien, sah zusammen mit ihr aus dem Fenster.

Mit einem Teil ihrer Aufmerksamkeit nahm Pia die Landschaft unter ihnen wahr, während ein anderer Teil den Kopf ihres Sohnes mit der eleganten, schlanken Schnauze betrachtete. Er war voll entwickelt, entsprach bis ins Detail Dragos' Drachengestalt, nur eben im Miniaturformat.

Obwohl sie ihn zur Welt gebracht hatte, war er ein solches Mysterium für sie. Seine mitternachtsdunklen, violetten Augen, die wie Edelsteine funkelten, waren fasziniert geweitet. Mit seinen Raubvogelaugen konnte er wahrscheinlich schon winzige Einzelheiten in zwei, drei Kilometern Entfernung erkennen, doch Pia fragte sich, wie viel er von der Landschaft, die sich unter ihnen erstreckte, auch begriff. Im Augenblick waren die Konturen seines

Körpers eher zierlich als kraftvoll, doch wenn Dragos recht hatte und Liam eines Tages die Größe seines Vaters erreichte, würde er zu einer Naturgewalt heranwachsen.

Die Magie in seinem Inneren brannte heiß. Auch wenn Liams Wyr-Gestalt ein Drache war, floss in seinen Adern ebenso ihr Blut wie das seines Vaters. Liams magische Energie wirkte auf sie kühler als der feurige Strahlenkranz, der Dragos umgab. Wie würde sich diese Kombination in Liams Begabungen und Fähigkeiten äußern? Bis jetzt wussten sie nur, dass er etwas von ihrer Heilkraft besaß, denn er hatte ihr bereits einmal das Leben gerettet, bevor er überhaupt zur Welt gekommen war.

Sie drückte die Lippen auf seinen Kopf und flüsterte telepathisch: *Ich liebe dich.*

Er schloss die Augen und schmiegte sich seufzend an ihre Wange.

„Komm her, kleiner Mann." Dragos streckte die Hände nach Liam aus.

Liams Körper versteifte sich protestierend an Pias Hals. Sie musste sich ein Lachen verbeißen, während sie sein Bein tätschelte. So sehr er seinen Vater auch liebte, in diesem Stadium seines jungen Lebens war er eindeutig ein Muttersöhnchen.

Bei seinen nächsten Worten klang Dragos' tiefe, volle Stimme beruhigend. „Du kannst ja gleich wieder zu deiner Mama. Aber jetzt musst du zu mir kommen."

Während er leise murmelnd mit seinem Sohn sprach, entspannte sich Liams Körper, und die scharfen, schlanken Krallen lösten sich aus Pias T-Shirt. Er leistete keinen Widerstand, als Dragos ihn mit sanfter Hand hochhob.

Pia steckte die Finger durch die frischen Löcher in ihrem Oberteil. „Wenn das so weitergeht, brauche ich eine neue Garderobe", murmelte sie.

Sie beobachtete, wie Dragos Liam an seiner Brust wiegte. Als der kleine weiße Drache den Blick hob, senkte Dragos den dunklen Kopf und flüsterte Liam einige Minuten lang etwas ins Ohr. Lauschend bettete das Baby den Kopf an Dragos' Brust. Pia verstand die einzelnen Wörter nicht, bekam aber Bruchstücke von deren Wirkung mit. Er strahlte Beruhigung, Lob und Ermutigung aus.

Der Anblick von Vater und Sohn verfehlte nie seine Wirkung auf sie. Dragos war der tödlichste und beste Kämpfer, den sie je gesehen hatte. Er war mörderisch schnell und ungeheuer groß, und einmal hatte er sie mit bloßen Händen aus dem zerdrückten Blech eines Autowracks befreit.

Als er jetzt Liam hielt, wirkten seine Hände neben dem winzigen Körper des Babys noch riesiger. Mit äußerster Vorsicht hatte er seine langen, kraftvollen Finger am Ansatz der filigranen Flügel platziert. Ein Schimmer überlief den kleinen Drachen, und sein Körper veränderte sich. Gleich darauf hatte sich das Baby, das Dragos an seiner Brust wiegte, wieder in einen Menschen verwandelt.

In Pias erleichtertes Seufzen mischte sich ein Gefühl von Ehrfurcht. Ihr Vater war ein Mensch gewesen. Sie selbst hatte erst letztes Jahr gelernt, sich in ihre Wyr-Gestalt zu verwandeln, und dabei hatte sie Dragos' Hilfe benötigt. Liam hatte keine vier Monate gebraucht.

Dragos tätschelte Liams runden Windelpopo. „Gut gemacht. Nachdem du jetzt weißt, wie man seine Gestalt wechselt, kannst du dich jederzeit wieder verwandeln, wenn es nötig ist." Er hob den Kopf und gab ihr das Baby zurück.

Während sie Liam entgegennahm, flüsterte sie Dragos zu: „Dafür kriegst du alle Super-Daddy-Punkte."

Er senkte die Lider, um die gefährliche Sinnlichkeit zu verbergen, die in seinen Augen aufflammte. Opportunistisch wie immer, fragte er leise: „Und was bekomme ich dafür?"

„Wenn du deine Karten richtig ausspielst, könntest du nachher Glück haben."

Er strich mit dem Zeigefinger über die Kontur ihres Kiefers. „Wie wäre es, wenn ich ein Abendessen am Strand mit ins Spiel bringe?"

Es war gut, dass sie beide saßen, denn bei dieser flüchtigen Zärtlichkeit wurden ihr die Knie weich.

Ihre Blicke trafen sich, und alles Geplänkel löste sich in Luft auf. Zurück blieb etwas Pures und Rohes, eine erschütternd tiefgehende Verbindung, die in ihrem Körper und ihrem Geist widerhallte. Als sie in seine entschlossenen goldenen Augen sah, verschwand alles andere auf der Welt. Sie war gefangen in einem Zauber, der niemals enden würde. Sie würde mit ihm überall hingehen, würde alles für ihn tun. Sie liebte ihn so sehr, dass sie kaum noch atmen konnte.

Sie suchte nach einer guten Erwiderung. Schließlich sollte er nicht zu eingebildet werden. „Ein Abendessen am Strand könnte deine Chancen ein klein wenig verbessern."

Seine harten, sexy Lippen verzogen sich zu einem Lächeln. Mit sanftem Druck legte er ihr die Hand in den Nacken. Die Reibung seiner Schwielen auf ihrer sensiblen Haut jagte ihr eine Welle der Empfindungen über den Körper. Sie leckte sich die Unterlippe und sah, wie er die Bewegung mit seinem Blick verfolgte.

Mit zitternden Lippen formte sie seinen Namen und flüsterte atemlos und lautlos: „Dragos."

Sein Körper strömte unsichtbare, vulkanische Hitze aus. Langsam grub er die Finger in die Haare in ihrem Nacken und ballte die Hand zur Faust. Er hielt sie in besitzergreifendem, barbarischem Griff, aber alles was er tat, war besitzergreifend und barbarisch, und Pia hätte ihn um nichts in der Welt ändern wollen.

Liam brabbelte fröhlich auf ihrem Schoß und zupfte an ihrem Shirt und durchbrach damit den glutheißen Zauber, der zwischen ihr und Dragos in der Luft brannte. Blinzelnd sah sie auf das Baby hinab. Einen Moment lang wusste sie nicht mehr, warum sie im Flugzeug saßen oder wohin sie flogen.

Dragos hatte seinen Griff in ihrem Haar nicht gelockert. Sehr leise knurrte er: „Heute Abend."

Sie brachte ein bebendes Nicken zustande. Heute Abend. Was hatte sie doch für ein Glück.

Nein, natürlich war er es, der Glück hatte.

Sooo großes Glück.

Der Winkel des Sinkflugs wurde steiler, und ihre Sinne vermeldeten ein erstes Kribbeln von Landmagie. Behutsam löste Dragos die Finger aus ihrem Haar, während sie ihre Aufmerksamkeit wieder Peanut zuwandte. Der steigende Luftdruck in der Kabine schien ihm überhaupt nichts auszumachen, also stillte Pia ihn und wechselte ihm die Windel, während Dragos in den vorderen Bereich des Flugzeugs ging, um mit Eva und Hugh zu reden.

Die letzten Minuten des Fluges waren rasend schnell vorbei, und dann landeten sie auf dem L. F. Wade International Airport. Da der Flughafen klein war und die Landebahn kurz, bremste das Flugzeug scharf und kam rasch auf dem Rollfeld zum Stehen. Binnen weniger Augenblicke hatte die Bodencrew die Außentreppe an ihren Platz gerollt. Sie gingen von Bord und wurden von hellem, heißem Sonnenschein empfangen.

Auf dem Parkplatz wartete ein gemieteter Mercedes-

SUV. Sie passten den Baby-Autositz in einen der Schalensitze ein, und nachdem Liam sicher angeschnallt war, steuerte Eva den Wagen, während Hugh auf dem Beifahrersitz und Dragos, Liam und Pia hinten saßen.

Der Flughafen befand sich auf St. David's Island an der Nordostspitze von Bermuda. Da ihr Haus an der nordwestlichen Spitze der Hauptinsel lag, fuhren sie über den Damm und die Küstenstraße entlang. Sie waren zwar am anderen Ende der Insel, aber Bermuda war nicht besonders groß, und so dauerte die Fahrt nicht lange.

Pia konnte gar nicht schnell genug alles in ihrer Umgebung ansehen. Während sich der Wagen durch den Verkehr fädelte, reckte sie den Hals, um das tiefgrüne Laub, die Palmen und die bunten Häuser zu sehen und kurze Blicke auf das Meer und den Strand zu erhaschen.

Neben ihr saß Dragos gemütlich zurückgelehnt, und betrachtete ebenfalls die vorbeiziehende Landschaft. „Wusstest du, dass es in den flachen Riffen um die Bermuda-Inseln über fünfhundert gesunkene Schiffe aus dem sechzehnten Jahrhundert gibt?"

Pia drehte sich zu ihm um und starrte ihn an. „Fünf*hundert*?"

Er nickte. „Und das sind nur die, die identifiziert werden konnten. Ein paar sind sogar beliebte Ziele für Sporttaucher."

„Der Meeresboden muss ja wie ein Schrottplatz für Schiffe aussehen. Wie um alles in der Welt willst du unter all diesen Wracks die Sebille finden?"

Er rieb sich das Kinn. „Nun, wenn die Sebille in flachem Wasser gesunken wäre, hätte man sie schon längst entdeckt. Wenn sie dort draußen ist, muss sie in größerer Tiefe liegen."

Sie blinzelte. Wenn das Schiff in der Tiefsee gesunken war, wunderte es sie nicht, dass es noch niemand gefunden hatte. „Heißt das, du kannst sie gar nicht finden?"

Er schüttelte den Kopf. „Das lässt sich unmöglich vorhersagen. Aber auf jeden Fall heißt es, dass es eine Herausforderung wird."

Pia betrachtete seine harten Gesichtszüge. Der düstere Ausdruck, der so viele Monate auf seinem Gesicht gelegen hatte, war sanfter geworden. Er sah entspannt, aufmerksam und interessiert aus. Für die Schatzsuche selbst hatte Pia nicht viel übrig, aber sie war froh, dass Dragos sich dafür begeistern konnte, und die Geschichte der Sebille hatte beinahe gegen ihren Willen ihr Interesse geweckt.

„Wie willst du sie aufspüren?" Die meisten professionellen Wracktaucher und Meeresarchäologen hatten für ihre Schatzsuchen hochentwickeltes und teures Equipment. Eine einzige Expedition konnte Hunderttausende Dollar verschlingen.

Er hob gelassen die Schulter. „Als Erstes werde ich die Gegend rund um die Inseln in Quadranten einteilen. Dann suche ich systematisch, indem ich flach über das Wasser fliege. Mein Magiesinn ist stark ausgeprägt, unter isolierten Bedingungen kann ich Magie in einer Entfernung von mehreren Kilometern wahrnehmen. Selbst wenn die Sebille keine Schätze geladen hatte, wird sie bei einer derart wichtigen Reise magische Objekte an Bord gehabt haben – mindestens einen verzauberten Sextanten, um in tiefem Wasser unter dichter Wolkendecke navigieren zu können. Und wenn ich einen Funken Magie entdecke, kann ich danach tauchen."

Sie versuchte sich vorzustellen, so tief zu tauchen, so viel Wasser zwischen sich und der Atemluft zu haben. Ein

Zittern drohte sie zu erfassen, aber sie unterdrückte es. „Könntest du bis zum Meeresgrund tauchen?"

Wie immer verzichtete er auf machohafte Angeberei, so etwas hatte er nicht nötig. Er sagte einfach: „Ja."

„Was hast du vor, wenn du beim Überfliegen nichts findest?"

Er zuckte die Schultern. „Trotzdem tauchen, bis ich alle Bereiche gründlich abgesucht habe. Zuerst konzentriere ich mich auf die wahrscheinlichsten Routen, auf denen Schiffe aus Irland gesegelt sind, und erweitere meinen Radius von dort aus. An dem Punkt würde ich, wenn ich Ernst mache, in den örtlichen Archiven nach Primärquellen suchen. Ein Gespräch mit Tatiana wäre hilfreich, aber sie ist möglicherweise nicht bereit, über Einzelheiten dieser Reise zu sprechen. Das Schiff könnte Geheimnisse bergen, die sie lieber weiterhin im Verborgenen wissen möchte."

„Das klingt nach reichlich anstrengender körperlicher Arbeit."

„Das ist es auch." Die Vorstellung schien ihn zu freuen. „Viel Fliegen und Schwimmen und viel Zeit im Freien, an der frischen Luft und in der Sonne."

Sie schürzte die Lippen. Vielleicht konnte sie die lokalen Quellen ausfindig machen, während Dragos mit der eigentlichen Suche beschäftigt war.

Eva lenkte den Mercedes langsam über einen schmalen, gepflasterten Weg, bis sie schließlich neben einer dichten, frisch getrimmten Hecke vor der großen pfirsichfarbenen Villa anhielt. Ein Weg aus Steinplatten führte durch eine Öffnung im Grün.

Weil Peanut auf Pias Arm eingeschlafen war, hielt Eva ihr die Tür auf, damit sie aussteigen konnte. Eva und Hugh luden das Gepäck aus, während Dragos und Pia gemeinsam den Pfad entlanggingen.

Das Haus hatte zwei Stockwerke und war in einen Hügel gebaut. Eine Treppe führte zum Haupteingang und einer umlaufenden Veranda auf der oberen Etage. Als sie die Stufen hinaufstiegen, wurde die Tür geöffnet, und eine attraktive Frau in den Vierzigern empfing sie. Sie trug einen leinenen Sommeranzug und Ballerinas und hatte ihre dunklen Haare im Nacken zu einem Knoten zusammengebunden.

„Willkommen, Lord und Lady Cuelebre." Sie sprach mit strengem britischem Akzent und lächelte sie an. „Ich bin Leanne Chambers, die Grundstücksverwalterin. Es ist uns eine solche Ehre, dass Sie uns besuchen."

„Hallo." Pia erwiderte das Lächeln. „Es ist wunderschön hier. Ich habe mich auf Anhieb in das Haus verliebt."

„Ist es nicht reizend? Von allen Häusern, die ich verwalte, ist mir dieses am liebsten." Der Blick aus Leanns dunklen Augen fiel auf Liam, und ihr Lächeln wurde milde. „Wenn Sie möchten, zeige ich Ihnen als Erstes das Schlafzimmer, in dem ich das Kinderbett aufgestellt habe."

„Vielen Dank, aber wenn ich versuche, ihn an einem fremden Ort hinzulegen, wacht er nur auf und weint."

Die andere Frau neigte den Kopf. „Wenn Sie gestatten, würde ich Ihnen gerne kurz das Haus zeigen, damit Sie sich anschließend in Ruhe einrichten können."

Sie übergab Dragos zwei Schlüsselsätze und führte sie freundlich plaudernd durchs Haus. Die Villa war im neunzehnten Jahrhundert erbaut worden und seitdem stets als Feriendomizil genutzt worden. Die geräumigen Zimmer hatten hohe, elegante Fenster und Holzböden und waren mit schlichten, gemütlichen Möbeln eingerichtet.

Pia konnte sich gut vorstellen, wie Menschen in viktorianischer und edwardianischer Kleidung den großen Salon und das Wohnzimmer mit seinem riesigen Kamin bevölkerten oder auf der Veranda Karten- oder Brettspiele spielten. Der Vorgarten war gerade groß genug für ein Krocket-Set, und am Ende des in Stufen abfallenden Weges konnte Pia zwischen den Bäumen ein Stück Strand ausmachen.

Trotz seines Alters war das Haus mit sämtlichen modernen Annehmlichkeiten ausgestattet. Eine Außendusche war installiert worden, damit man sich nach dem Strandbesuch abbrausen konnte, bevor man hineinging. Die große Küche hatte neue Edelstahlgeräte, und in zwei der fünf Badezimmer gab es Whirlpools. Nur eines der Schlafzimmer hatte ein angeschlossenes Bad, und Pia stellte erfreut fest, dass es noch mit den ursprünglichen Emailfliesen und einer Badewanne mit Klauenfüßen ausgestattet war.

In der Tür zur Master-Suite blieb Leanne kurz stehen. „Ich war so frei, das Kinderbett im Zimmer neben diesem aufzustellen. Da das Haus so groß ist, habe ich ein Babyfon besorgt. Zusammen mit Ihrer Lebensmittelbestellung habe ich den Kühlschrank mit vier Flaschen Weißwein und einem Tablett mit Obst und Süßigkeiten auf Kosten des Hauses bestückt."

Pia lächelte die Frau an. „Vielen Dank."

„Es ist mir ein Vergnügen. Brauchen Sie sonst noch etwas?"

„Mir fällt nichts ein", erwiderte sie. „Ich liebe dieses Haus. Alles ist einfach wunderbar."

Sie warf Dragos einen Blick zu und ließ die Schultern sinken, als sie sah, dass er das Handy eingeschaltet und den

Kopf über das Display gebeugt hatte. Stirnrunzelnd sah er sie an.

Er steckte das Handy ein und sagte zu der Verwalterin: „Danke, das wäre dann alles."

„Sehr gut." Sie neigte respektvoll den Kopf. „Ich finde allein hinaus. Genießen Sie Ihren Aufenthalt."

Pia trat ans Fenster und blickte hinaus auf das funkelnde Wasser. Das Baby schnarchte leise. Er klang wie ein Quietsche-Entchen. Tief und fest schlafend, lastete er schwer auf ihren Armen, und nachdem sie ihn so lange herumgetragen hatte, tat ihr nun der Rücken weh.

Enttäuschung drohte ihre vorherige Aufregung und Freude zu dämpfen. Sie hatte Dragos sein liebstes Hobby vor die Nase gehalten, und gerade waren sie buchstäblich im Paradies angekommen, aber trotzdem konnte er sein Handy nicht ausgeschaltet lassen. Als sie sich auf die Beziehung mit ihm eingelassen hatte, hatte sie gewusst, dass sie seine Zeit und Aufmerksamkeit würde teilen müssen, doch ihr war nie bewusst gewesen, was für ein großes Problem das werden könnte oder wie sehr es sie in Momenten wie diesen stören würde.

Meistens kam sie damit zurecht. Das war keine Rationalisierung, es stimmte wirklich. Mit den überwältigenden Anforderungen der Verpflichtungen in seinem Unternehmen und dem Wyr-Reich trug er eine schwere Last, und sie fühlte sich in ihrer unterstützenden Rolle an seiner Seite wohl. Sie war weniger getrieben als er und völlig vernarrt in den Luxus, sich ganz auf Peanut konzentrieren zu können, so lange er noch so klein war.

Nur gelegentlich, wie in diesem Moment, verursachte es ihr einen dumpfen Schmerz in der Brust.

Dragos trat hinter sie und legte ihr die Hände auf die

Schultern. „Was hat dein strahlendes Lächeln verdunkelt?"

Sie überlegte, was sie Positives, Unterstützendes sagen könnte. „Findest du es hier nicht wundervoll? Das Haus ist herrlich."

Er fasste sie fester und senkte den Kopf, bis seine Lippen ihre dünne, sensible Ohrmuschel berührten. Dann flüsterte er: „Ich habe das Handy eingeschaltet, um ein Restaurant für das Abendessen zu suchen."

Sie sah ihn über die Schulter an. „Wirklich?"

„Wirklich. Es ist schon wieder aus."

Das bleierne Gefühl in ihrer Brust verschwand. Im gleichen Moment spürte sie ein Kribbeln in der Nase, und ihre Augen wurden feucht. Peinlich berührt von diesem plötzlichen Gefühlsausbruch, presste sie die Lippen zusammen und nickte.

Sein Blick war zu eindringlich und verständnisvoll. Er strich ihr über den Rücken. „Auch wenn ich das letzte Jahr gegen nichts eintauschen würde, war es trotzdem hart für uns beide."

Sie lehnte sich an seinen starken Körper, und er schloss sie und das Baby in die Arme. „Ich würde es auch gegen nichts eintauschen."

„Es wird leichter, das verspreche ich dir." Er bettete die Wange auf ihren Scheitel. „Sobald alle Wächter ihre Arbeit wieder aufgenommen haben, fahren wir in den Norden und verbringen ein paar Monate dort."

„Bist du sicher, dass du so lange aus der Stadt fortbleiben kannst?" Sie lehnte den Kopf an seine Brust, und er streichelte ihr das Haar.

„Ja. Wir werden Pläne für die Renovierung und Neubauten machen müssen, aber wir können es in unserem eigenen Tempo angehen und uns so viel Zeit lassen, wie wir wollen. Wenn ein Notfall eintritt und ich arbeiten muss, sorge ich dafür, dass es nicht mehr als fünfundzwanzig Stunden pro Woche sind. Kris ist schon so lange mein Assistent, er sollte mit den meisten Sachen fertig werden. Wir können mit Liam wandern gehen. Es wird ein richtiger, ausgedehnter Urlaub. Wie klingt das?"

Sie musste sich räuspern, bevor sie sprechen konnte. „Das wäre wirklich wundervoll."

„Finde ich auch." Er gab ihr einen Kuss auf die Schläfe. „Betrachte es als abgemacht."

„Okay." Sie drehte sich zu ihm um, und er rieb die Nase an ihrer.

Liam bewegte sich auf ihrem Arm, hob das verschlafene Gesicht und sah sich um. In seinen riesigen Augen und dem weichen, offenen Mund spiegelte sich die Überraschung über die neue Umgebung. Pia lächelte breit. Das Letzte, was Liam mitbekommen hatte, war der Blick aus dem Flugzeug gewesen.

„Okay, Peanut. Dann führe ich dich mal herum. Anschließend spielst du mit Tante Eva und Onkel Hugh, während ich mich umziehe, und dann gehen Mommy und Daddy auswärts essen."

„Möchtest du in ein vornehmes Restaurant oder in ein Lokal am Strand?", fragte Dragos. „Wenn du nämlich etwas Vornehmes willst, müsste ich das Handy noch mal einschalten, um einen Tisch zu reservieren."

Sie zögerte keine Sekunde. „Oh, bitte am Strand."

Er grinste. „Dachte ich mir doch, dass du das sagen würdest. Deshalb hatte ich es nämlich schon wieder ausgeschaltet."

Sie stellte sich auf die Zehenspitzen und küsste ihn. „Du kennst mich so gut."

Er legte ihr eine Hand auf den Hinterkopf und zog sie an sich, um ihren Kuss innig zu erwidern. In ihr erwachte eine schwelende Hitze.

„Geh dich fertigmachen. Ich hoffe, du hast Appetit." Seine Stimme war so tief, dass sie kaum mehr als ein Vibrieren an ihren Lippen war.

Als er sie losließ, nickte sie wie berauscht. Er wandte sich ab und sah sie dabei unter schweren Lidern an – und sie wusste, dass er nicht das Essen gemeint hatte.

Kapitel Vier

PIA ZEIGTE LIAM das Haus und das Zimmer mit seinem Kinderbett, seiner Kleidung und seinen Spielsachen. Aus Erfahrung wusste sie, dass er sie leichter gehen lassen würde, wenn er erst einmal gesehen hatte, wo er war. Und sie hatte recht. Als sie ihn an Eva übergab, wurde er nicht unruhig.

Dragos überließ ihr das Master-Schlafzimmer und das dazugehörige Bad und ging selbst mit einem Satz frischer Kleidung und seinem Kulturbeutel in eines der anderen Badezimmer. Als Pia die Fenster öffnete, drang das nahe Rauschen der Wellen herein.

Leise summend rasierte sie sich die Beine und wusch sich das Haar. Nach dem Föhnen beschloss sie, es offen zu lassen. Sie schlüpfte in ein schlichtes, dunkelblaues Etuikleid, das ihr bis zur Hälfte der Oberschenkel reichte, und dazu in flache silberne Sandalen, die ihre schlanken Füße und Beine zur Geltung brachten. Die meiste Zeit verwendete sie auf ihr Make-up. Sie betonte die Augen mit dunklem, rauchigem Lidschatten und trug cranberryroten Lippenstift auf.

Die satten Farben ließen ihr dichtes, hellgoldenes Haar schimmern und schmeichelten ihrem Teint. Als sie fertig war, starrte sie ihr Spiegelbild an. Vorfreude brachte ihre Augen zum Funkeln.

„Sieh dich nur an", flüsterte sie dem strahlenden,

lebhaften Geschöpf im Spiegel zu. „Du siehst glücklich aus."

Glücklich. Noch vor einem Jahr hatte sie nicht einmal gewusst, was dieses Wort bedeutete.

Sicher, das letzte Jahr war in vielerlei Hinsicht schwer gewesen. Neben all den anderen Herausforderungen, die Dragos und sie bewältigen mussten, war sie im Wyr-Reich immer noch nicht vollkommen akzeptiert. Auch wenn Peanut viel dazu beigetragen hatte, die Herzen aller zu erweichen, gab es weiterhin scharfe Kritik daran, dass sie ihre Wyr-Gestalt verheimlichte.

Trotzdem war ihr Leben verdammt nahe dran, perfekt zu sein. Sie hatte mehr, als sie sich je erträumt hatte. Sie hatte einen Ehemann und Wyr-Gefährten, und er liebte sie mit einer Heftigkeit, die ihr hätte Angst machen müssen, es aber irgendwie nicht tat. Außerdem hatte sie den wundervollsten Sohn, den man sich vorstellen konnte. Sie hatte Freunde, gute Freunde, und auch wenn sie und Aryal sich immer noch nicht nahestanden, hatte selbst die Harpyie ihre Feindseligkeit gegenüber Pia aufgegeben.

Plötzlich ließ eine abergläubische Angst sie frösteln. Sie war zu glücklich.

So großes Glück konnte nicht von Dauer sein. Irgendetwas musste passieren.

Sobald ihr dieser Gedanke kam, ballte sie die Fäuste und schob ihn wieder von sich. Und wenn schon, dann passierte eben etwas. Irgendwas war ja immer. Wenn es geschah, würden Dragos und sie es als Team angehen, wie sie es im letzten Jahr auch sonst gemacht hatten. Solange sie zusammen waren, würden sie mit allem fertigwerden, was das Leben ihnen in den Weg legte.

Sie würde mit allem fertigwerden, bis auf den Verlust von Dragos oder Liam.

Wütend auf sich, weil sie sich von einer so grundlosen Angst die Stimmung verderben ließ, fuhr sie sich noch ein letztes Mal mit der Bürste durchs Haar, steckte ein paar Dinge in eine kleine silberne Handtasche und verließ das Bad.

Auf dem Weg durch den Flur hörte sie hohes Babyquietschen. Im Wohnzimmer warf Dragos Liam in die Luft und fing ihn wieder auf. Liam kicherte so wild, dass sich sein Gesicht schon verfärbt hatte. Daneben hatten es sich Hugh und Eva auf den Sofas gemütlich gemacht. Ihre Gesichter verzogen sich amüsiert, während sie das Paar beobachteten.

Auch Pia musste grinsen. Liams Lachanfall war einfach zu ansteckend, um ihm zu widerstehen. Als sie ins Zimmer kam, sagte sie: „Wenn irgendjemand anderes das tun würde …"

Dragos warf Liam noch einmal in die Luft. „Ich lasse ihn nicht fallen."

„Ich weiß."

Dragos hatte ein Poloshirt aus schwarzer Seide und eine cremefarbene Hose angezogen. Seine Kleidung war teuer, schlicht und ungemein wirkungsvoll, wenn es darum ging, die Kraft und Eleganz seines muskulösen Körpers zu betonen. Obwohl er nicht viel davon hielt, Schmuck zu tragen, hatte er seinen Ehering noch nie abgelegt. Außerdem liebte er die goldene Rolex, die Pia ihm zu Weihnachten geschenkt hatte. Sie glänzte neben ihrer geflochtenen Haarsträhne vor dem dunklen Kupferton seiner Haut. Als er das Baby ein letztes Mal auffing und sich zu ihr umdrehte, sah sie, dass er sich rasiert hatte.

Er hatte sich Mühe gegeben, gut für sie auszusehen. Dieses Wissen fühlte sie tief in ihrem Bauch, und es verstärkte die Anziehungskraft, die er stets auf sie ausübte. Sein Blick glitt an ihrem Körper hinab, und als er wieder aufsah, schimmerte Hitze und Leidenschaft in seinen goldenen Augen.

„Ich kann es kaum erwarten", sagte er, und wieder wusste sie, dass er nicht das Abendessen meinte.

Sie musste sich räuspern, und als sie antwortete, war ihre Stimme noch heiserer als vorher. „Ich auch nicht."

„Sollen wir?"

Sie nickte und trat auf ihn zu, um Liam einen Kuss zu geben. Dragos legte Hugh das Baby in den Arm, und sie brachen auf.

Die Hitze des Tages ließ allmählich nach, und träges gelbes Licht fiel schräg durch das üppige Grün. Als sie auf den Mercedes zugingen, fiel Pia auf, wie geschickt alles angelegt war, um die größtmögliche Privatsphäre zu garantieren. So waren die Häuser zur Straße mit Hecken abgeschirmt. Dragos hielt ihr die Beifahrertür auf, und sie stieg in den warmen Wagen.

Einen Augenblick später rutschte er auf den Fahrersitz. Als er sich zu ihr wandte, fragte sie: „Wie weit ist das Lokal …"

Der Rest ihrer Frage ging in einem Quietschen unter, als er sie mit funkelndem Blick an sich zog und seinen Mund in einem harten, heißen Kuss auf ihren presste.

Die Hitze seiner Lippen und seiner Hände zuckte über ihre Haut, und ihr Puls explodierte förmlich. An ihn geschmiegt, erwiderte sie den Kuss mit der gleichen Leidenschaft. Sein Herz raste so schnell wie ihres, während er ihren Mund mit Lippen und Zunge weiter eroberte.

Als er schließlich den Kopf hob, zitterten sie beide. Er strich ihr die zerzausten Haare aus dem Gesicht und half ihr zurück auf ihren Sitz.

„Ich habe keinen Kamm eingesteckt", erklärte sie.

„Lass es so", sagte er mit sehr tiefer Stimme.

Sie musste lachen. „Ich kann es nicht einfach so lassen und damit in die Öffentlichkeit gehen. Das sieht aus, als hätten wir rumgemacht."

Eine seiner schwarzen Augenbrauen hob sich, während er an ihr vorbeigriff, den Sicherheitsgurt über ihren Oberkörper zog und ihn einrasten ließ. „Das haben wir doch."

Er war nicht gerade eine große Hilfe. Zu gern demonstrierte er auf jede mögliche barbarische Weise, dass sie zu ihm gehörte. Während er den Wagen anließ, fuhr sie sich mit zitternden Fingern durchs Haar, bis sie die langen, wirren Strähnen wieder geglättet hatte.

Das Restaurant lag ganz in der Nähe auf Ireland Island. Nachdem sie ihr Möglichstes getan hatte, sich zurechtzumachen, ließ Pia das Fenster herunter, um von der frischen, nach Meer duftenden Luft wieder einen klaren Kopf zu bekommen. Die Straßen waren schmaler und kurviger, als sie es gewohnt war, doch Dragos schien das überhaupt nichts auszumachen. Er setzte rückwärts in eine enge Parklücke, bei der sie es vermutlich gar nicht erst versucht hätte.

Nachdem sie ausgestiegen waren, nahm er ihre Hand, und sie gingen zum Strand. Aus Lautsprechern tönte ihnen Musik entgegen. Das Restaurant war an drei Seiten zum Meer hin offen und von einer Brüstung umgeben, die nur den Eingang aussparte. Die vierte Seite, die mit der Küche, war ein massiver Bau. An der Wand zwischen der Küche und den Tischen gab es eine Bar, und auf einer Seite befand sich eine Tanzfläche.

Das Lokal war nicht vornehm. Die Tische waren aus Holz, der Boden aus Beton, aber Bar und Tanzfläche waren brechend voll, und das Essen roch fabelhaft. Die Leute strömten hinaus an den Strand, wo sie in Grüppchen zusammenstanden, tranken und sich unterhielten.

Während sie Dragos zur Bar folgte, betrachtete Pia neugierig die Umgebung. Das Publikum war ziemlich gemischt. Manche waren schick gekleidet, aber die meisten trugen Jeans oder Shorts und T-Shirts. Viele schienen gerade vom Strand gekommen zu sein. Einige sahen geradezu ungepflegt aus, wie die beiden Männer, die an der Bar lehnten.

Neben ihnen war eine Lücke im Gedränge an der Bar. Dragos ging darauf zu.

Die beiden Männer beäugten ihn interessiert, bevor ihre Blicke an Pia hängenblieben. Einer der Männer war ein Mensch. Er war drahtig gebaut, hatte ein spitzes Gesicht und trug das lange, graumelierte Haar zu einem Pferdeschwanz zusammengebunden. Er hatte goldene Ohrringe und beobachtete Pia aus den Augenwinkeln.

Der andere Mann war ein Heller Fae. Er war jünger, breitschultriger und größer – fast so groß wie Dragos. Auch er hatte lange Haare, die zu einem Pferdeschwanz gebunden waren, doch seine waren blond und lockig. Er hatte eine tiefe Sonnenbräune und war nicht annähernd so zurückhaltend wie sein Freund. Unverhohlen starrte er Pia auf Busen und Po.

Er stieß das Becken vor und sagte in einer Sprache, die sie noch nie zuvor gehört hatte, etwas zu seinem Freund. Der andere lachte.

Diese Geschmacklosigkeit war für Pia wie ein Schlag ins Gesicht. Mit versteinerter Miene ignorierte sie die beiden, doch Dragos tat das nicht.

Sein gewaltiger Körper spannte sich bedrohlich. Langsam und bedächtig wandte er sich dem größeren der beiden zu und trat so nah an ihn heran, bis er ihm direkt in die Augen sah. Er wirkte hart wie Granit, die goldenen Augen hart und tödlich.

Die Gäste um sie herum verstummten, ihr Instinkt warnte sie vor drohender Gefahr.

Pia stockte der Atem. Der andere Mann blieb mit unverschämter Arroganz stehen und wich keinen Schritt zurück. Kaum zu glauben. Dieser Idiot hatte offenbar keine Ahnung, wen er da angegafft hatte oder mit wem er sich auf einen Schwanzvergleich eingelassen hatte. Lebte der Mann hinter dem Mond?

Sie zog an Dragos' Hand.

Er ignorierte sie. Die Spannung zwischen den beiden Männern steigerte sich bis an die Grenze zur Gewalt.

Pia wusste nicht genau, was dann geschah, aber die Haltung des anderen Mannes veränderte sich. Er zuckte die Schultern, sagte wieder etwas in dieser fremden Sprache und drehte sich um. Die Ellbogen auf die Bar gestützt, sprach er leise mit seinem Freund. Keiner der Männer riskierte noch einen Blick zu Pia.

Dragos trat einen Schritt zurück, und sie ließ den angehaltenen Atem entweichen. Die Menge entspannte sich, Gespräche wurden wieder aufgenommen.

Telepathisch fragte sie Dragos: *War das wirklich nötig?*

Er sah sie an. *Ja.*

Stirnrunzelnd musterte sie ihn. Seine Miene und seine Körpersprache hatten sich wieder entspannt, doch sein glühend heißer Blick war noch immer mörderisch. *Das sind nur irgendwelche Spinner*, sagte sie sanft. *Kannst du es abhaken, oder sollen wir woanders zu Abend essen?*

Bei diesem Vorschlag wurde seine Miene sogar noch finsterer. *Scheiße, nein.* Dann hielt er inne und zog die Brauen eng zusammen. *Es sei denn, du möchtest das.*

Sie lächelte zu ihm auf. *Danke der Nachfrage, aber mir geht's gut.*

Mit zusammengekniffenen Augen betrachtete er den gut gefüllten Raum. *Wir können auch woanders auf einen Tisch warten.*

Wie gesagt, mir geht's gut. Du hast sie schon eingeschüchtert. Das sind nur zwei blöde Idioten. Wahrscheinlich sind sie betrunken. Sie sind nicht wichtig.

Seine Miene hellte sich anerkennend auf, und sie schlängelte sich an ihm vorbei und stellte sich an die Bar. Dragos, der jetzt zwischen ihr und den beiden Männern stand, trat dicht hinter sie, sodass sie seinen festen Körper an ihrem Rücken spüren konnte. Er legte einen Arm um sie, und sie fühlte sich wunderbar beschützt. Selbst in einem geheimen Tresorraum in Fort Knox hätte sie nicht sicherer sein können. Sie lehnte den Kopf an seine Brust und lächelte ihn an, und endlich spürte sie, wie er sich ein wenig entspannte. Die beiden Männer ignorierten sie, als wären sie in einem anderen Raum.

Als der Barkeeper zu ihnen kam, bestellte Pia einen Mai Tai und Dragos einen Scotch. Sie trugen ihre Namen in die Warteliste für einen der Tische ein.

Pia hob die Stimme, damit er sie trotz der Musik hören konnte. „Also, wann willst du mit der Schatzsuche anfangen?"

„Ich dachte, dass ich gleich morgen früh loslege", sagte Dragos. „Möchtest du mich mit Liam ein Stück begleiten?"

„Sehr gern." Sie nippte an ihrem Cocktail. Er war köstlich. „Wenn du nichts dagegen hast, dass ich dir helfe, könnte ich mich in Museen und Bibliotheken umsehen und nachschlagen, ob die Sebille irgendwo erwähnt wird."

Er lächelte auf sie herab. „Ich habe überhaupt nichts dagegen, aber willst du nicht an den Strand?"

„Klar", sagte sie. „Aber Bermuda ist doch nur ... wie groß? Gut dreißig Kilometer von einem Ende zum anderen?"

„In etwa."

Sie zuckte die Schultern und nutzte genüsslich diese Gelegenheit, sich an ihn zu schmiegen. „Ich glaube kaum, dass es viele Orte gibt, an denen man Nachforschungen über gesunkene Schiffe der Alten Völker anstellen kann. Vormittags könnte ich mich umsehen, und anschließend könnte ich mit Liam an den Strand gehen."

„Das klingt gut", sagte Dragos. „Also haben wir einen Plan für morgen."

Als etwas ihre Aufmerksamkeit erregte, wandte sie den Kopf. Die beiden Männer neben ihnen hatten aufgehört zu reden. Beide lehnten reglos und angespannt an der Bar und starrten in ihre Drinks.

Sie kniff die Augen zusammen und ertappte den größeren, jüngeren Mann dabei, wie er ihr und Dragos von der Seite Blicke zuwarf. Aus seinem Gesicht war jede sexuelle Anzüglichkeit und Rohheit gewichen, er wirkte jetzt nur noch kalt und hart.

Schnell wandte sie sich wieder ab. Was zum Teufel hatte der Typ für ein Problem? Die Männer sprachen zwar eine fremde Sprache, aber das hieß nicht, dass sie nicht auch Englisch verstanden. Belauschte er ihre Unterhaltung, oder war er immer noch wütend wegen der Szene zwischen ihm und Dragos? Sie schüttelte den Kopf. Wenn er nicht lernte, entweder höflicher zu sein oder die Dinge gut sein zu lassen, würde er nicht sehr alt werden.

Eine Kellnerin kam von hinten auf sie zu und führte sie an ihren Tisch direkt am Strand. Pia war so entzückt, dass sie die unangenehme Situation an der Bar entschlossen hinter sich ließ und sich ganz auf diesen seltenen Genuss konzentrierte: ein Date mit Dragos, während er Urlaub hatte.

Sie bestellte einen Salat mit Mango und Artischocke. Dragos wählte Steak und Hummer und eine Flasche Pinot Noir. Der Wein wurde sofort gebracht.

Noch bevor das Essen kam, fing Pia an, Pläne zu schmieden.

Weil sie im Laufe des vergangenen Jahres einige offizielle Veranstaltungen mit Vertretern anderer Alter Völker besucht hatten, hatte Pia gelernt, bei formellen Anlässen zu tanzen. Ein Walzer mit Dragos war eine Erfahrung, die sie nie vergessen würde – die Kraft und Sicherheit, mit der er sie durch den Ballsaal gewirbelt hatte, während er ernst und feierlich auf sie hinabblickte.

Allerdings hatte sie noch nie gesehen, dass er einfach nur zum Spaß tanzte.

Sie seufzte glücklich, als der Kellner einen herrlichen Salat vor sie stellte und auch Dragos sein Gericht servierte. Als sie wieder allein waren, sagte sie: „Ich tanze ja so gern.“

Dragos schüttelte den Kopf. „Nein.“

Fast hätte sie lauthals gelacht. Stattdessen hob sie vielsagend die Augenbrauen. „Tanzt du etwa nicht gern mit mir?“

Sein Mund verzog sich amüsiert. Er schnitt sein Steak an. „Du hast wirklich ein Talent für Fangfragen. Dank dir ist eine politische Pflichtübung zum Vergnügen geworden. Es ist wichtig, dass wir nach außen als Einheit auftreten und allen demonstrieren, dass wir ein Team sind."

„Du hast keinen Funken Romantik im Leib, oder?" Sie lächelte frech und überlegte, ob sie ihn noch ein bisschen weiter triezen sollte, aber weil er so empfänglich für die Sache mit dem Urlaub gewesen war, beschloss sie, gnädig zu sein und nachzugeben. „Kein Problem. Dann werde ich diese Walzer einfach für uns beide genießen müssen."

Sie sprachen wieder über ihre Pläne, in den Norden zu ziehen, und im Laufe dieser Gespräche wurde der Entschluss immer realer. Zwar hatten sie die Entscheidung anfangs nur deswegen getroffen, weil es das Beste für Liam war, doch am Ende des Abendessens begann Pia, sich auf die Veränderung zu freuen.

Schließlich zogen ständig junge Eltern in die Vororte, aus allen möglichen Gründen. Um der Kriminalität, dem Lärm und dem Gedränge zu entkommen. Um ihre Kinder in Frieden und Sicherheit aufwachsen zu lassen und ihnen mehr Bewegungsfreiheit zu verschaffen.

Einen kleinen Zauberdrachen aufzuziehen war gar nicht *so* anders.

Sie dachte an die langen, einsamen Flüge, die Dragos regelmäßig unternahm, um sich vom Stress des Stadtlebens zu befreien.

„Es wird uns allen guttun", sagte sie.

„Das denke ich auch. Allmählich fange ich an, mich darauf zu freuen." Er aß den letzten Bissen von seinem Hummer und legte die Gabel ab. „Möchtest du Nachtisch oder Kaffee?"

Da Dragos im Gegensatz zu ihr nicht viel für Süßes übrig hatte, wählte er zur Gesellschaft oft eine Käseplatte mit Portwein. Sie zuckte die Achseln. „Ich könnte, muss aber nicht."

„Dann komm." Er stand auf und reichte ihr die Hand.

Bereitwillig glitt sie von ihrem Stuhl und legte die Hand in seine. „Wir haben noch nicht bezahlt. Was hast du vor?"

Mit einer hochgezogenen Braue sah er sie an. „Wir tanzen."

Überrascht, aber auf jeden Fall erfreut ließ sie sich von ihm auf die Tanzfläche führen.

Kapitel Fünf

NEIN, DRAGOS HATTE keinen Funken Romantik im Leib, aber Pia machte es ihm leicht. Immer, wenn er ihr einen Gefallen tat, strahlte alles an ihr vor Freude. Ihre mitternachtsvioletten Augen funkelten, ihre Haut glühte vor Begeisterung. Als gerissener Geschäftsmann investierte er in ihr Glück und erntete den Gewinn in perlendem Lachen, sanftem Lächeln, zarten Berührungen und impulsiven Umarmungen.

Wenn sie unglücklich war, wurde seine Welt düster und seine Gedanken aggressiv und schneidend wie Messerklingen. Er wurde intolerant und wollte um sich schlagen. In eine Welt, die die Unverfrorenheit besaß, seiner Gefährtin etwas zuleide zu tun, hatte er kein Vertrauen. Ihre Freude aber erfüllte ihn mit tiefer Zufriedenheit.

Was war ein bisschen Tanzen im Vergleich dazu?

Sie erreichten die gut gefüllte Tanzfläche. Ohne die Ordnung und Struktur des Walzers wusste er nicht, was er tun sollte. Die Hände in die Hüften gestützt, stand er da und beobachtete die Bewegungen der anderen Tänzer. Manche von ihnen sahen aus, als stünden sie unter Strom und zuckten kurz vor dem Zusammenbruch.

Das würde er nicht tun. Ausgeschlossen.

Pia berührte ihn am Oberarm. Als er zu ihr hinabsah, schäumte sie über vor ... Okay, das war nicht nur Freude.

Da war auch Gelächter.

„Beweg dich einfach." Sie legte die Hände auf seine Hüften. „Denk nicht zu viel nach. Hör auf die Musik, mach was du willst und sei ganz natürlich."

Mach, was du willst. Diesen Anweisungen konnte er leicht folgen.

Er zog sie eng an sich. Sie ließ es bereitwillig geschehen und schlang ihm die Arme um die Taille. Doch sie tat noch mehr, als ihn nur zu umarmen. Rhythmisch bewegte sie ihren schlanken, kurvigen Körper an seinem, wiegte und wand sich zur Musik, und Dragos' Meinung zum Thema Tanzen änderte sich drastisch.

Er starrte die sündhaft schöne Frau in seinen Armen an, die sich mit einer so sinnlichen Anmut an seinen Körper schmiegte, dass seine Haut zu glühen begann.

„Weißt du, Dragos", sie sah zu ihm auf und zwinkerte ihm zu, „wenn zwei Leute tanzen, sollten dabei normalerweise beide etwas tun."

Ihre Worte lenkten seine Aufmerksamkeit schlagartig auf die Musik. Es war ein bekannter Song, leicht und verspielt, mit einem kräftigen Tribal-Beat. Als er den Rhythmus aufnahm und sich in Bewegung setzte, schwand das Lachen von Pias Gesicht.

Er sah ihr fest in die Augen, legte ihr die Hände auf die Hüften, um ihre Bewegungen zu führen. Zusammen wiegten sie sich zur Musik. Nachdem sie schon seit einem Jahr als Gefährten zusammenlebten, war er so auf sie eingestimmt, dass er ihre Bewegungen vorausahnen konnte. Stets der aggressivere Partner, beugte er sich vor, und sie bog sich zurück, schlang ihm einen Arm um den Hals und sah ihm unverwandt in die Augen.

Das nächste Lied war dunkler und rauchiger. Es mischte

sich in sein Blut, und der Rest der Welt löste sich auf. Ihre gemeinsamen Bewegungen, Hüfte an Hüfte und Schenkel an Schenkel, waren so notwendig und so elementar wie Sex. Zwischen ihnen existierte immer eine Verbindung, aber jetzt wurde sie so leuchtend und greifbar wie eine Brücke aus purem Feuer.

Manchmal bekam er Angst, er könnte zu heiß brennen und das Tosen in seinem Blut könnte sie überwältigen oder ängstigen. Doch Pia wandte sich nie von ihm ab und wich niemals zurück, sondern begegnete seinem Feuer mit ihrer eigenen wilden Leidenschaft und ihrer kühlen, mondhellen Energie, die unter seiner Aufmerksamkeit erstrahlte.

Sie richtete sich auf und zog ihn an sich, und als er den Kopf senkte, flüsterte sie in sein Ohr: „Wenn du mich nicht hier rausbringst, komme ich gleich hier auf der Tanzfläche."

Zart strichen ihre Worte über seine Ohrmuschel. Ihre Lippen bebten.

Ein Flammenmeer überflutete ihn. Er nahm sie am Arm und führte sie von der Tanzfläche. Alles war in weite Ferne gerückt, alles, bis auf das wilde Verlangen, das in seinem Körper pulsierte.

Zum Ausgang. Jemand kam auf ihn zu und hatte etwas zu meckern. Ihre Kellnerin. Er griff in die Tasche und drückte ihr Bargeld in die Hand, ohne es zu zählen. Strahlend zog sich die Frau zurück.

Weg vom Strand, zum Auto.

Während des Abendessens war die Sonne untergegangen. Das weiße Halogenlicht der Straßenlaternen warf Seen aus Licht auf die Straßen und den Strand und vertiefte die Dunkelheit der Umgebung. Pia stolperte und wäre gefallen, wenn er sie nicht so sicher gehalten hätte. Ihre Züge wirkten wie eingraviert, die Konturen ihres Gesichts von

Anspannung gezeichnet. Mit seinem scharfen Raubvogelblick nahm er die feine Bewegung ihres Kehlkopfs wahr, als sie schluckte. Ihr Duft war zugleich feminin und moschusartig, und er lauschte auf das Geräusch, mit dem ihr der seidige Stoff ihres Kleides über die Haut strich.

Als sie den Mercedes erreichten, musste er an die unzähligen komplexen Bewegungen denken, die zum Steuern des Wagens nötig waren. Wie profan. Wie menschlich. Der Drache in ihm rebellierte gegen die Vorstellung.

Also hüllte er sie in Unsichtbarkeit und hob sie auf die Arme. Sie gab einen unterdrückten Laut von sich, der hart und begehrlich klang, und schlang ihm den Arm um den Hals. Er rannte zum Rand des Parkplatzes, sprang über eine hüfthohe Steinmauer, die den Sand vom Asphalt trennte, und lief den Strand entlang, immer schneller und schneller, bis der Wind durch ihr Haar peitschte.

Nach wenigen Augenblicken hatten sie die hellen Lichter der Hafenanlage und das unaufhörliche Gerede der Menschen hinter sich gelassen. Sanft schlugen die Wellen des Ozeans in einem Rhythmus, der viel älter war als alle Musik, an den Strand. Die dunkle Küstenlinie war mit Lichtern gesprenkelt, und am dunkelblauen, sternklaren Nachthimmel krümmte sich eine Mondsichel, doch Dragos trug sie zu einer Stelle, die tief im Schatten lag.

Dort, wo eine Gruppe Bäume und Sträucher an den Strand grenzte und die Schatten am dunkelsten waren, setzte er sie ab. Sie bebte am ganzen Leib. Er konnte hören, wie ihr Herz raste.

Das war er gewesen. Er ließ die zittern, schreien, lachen und machte sie glücklich. Er berührte die unsichtbare, geheimnisvolle Stelle in ihrem Herzen. Die Stelle, die ganz sie war.

Diese Stelle. Dieser unsichtbare, geheimnisvolle Ort war sein Zuhause.

Dafür lebte er, und dafür würde er sterben.

Es bestimmte nicht sein Wesen, dafür war er zu alt und zu böse. Doch wenn er an etwas namens Eden, Paradies oder den Himmel glauben würde, dann wäre es dieser unsichtbare Ort. Es hatte nichts mit Vergebung zu tun, denn es war etwas, das er dringender brauchte als Erlösung.

Sie hatte die Macht, ihn zu vernichten. Ihn. In dem einen Jahr, das sie miteinander verbracht hatten, war die Überraschung darüber noch immer nicht gewichen. Er hatte verheerende Katastrophen überlebt, hatte die unsterbliche Feindschaft der Elfen und die Verschiebung ganzer Kontinente überstanden. Aber sie hielt sein altes, abgestumpftes Herz in ihren zierlichen Händen.

„Hier?", flüsterte sie.

„Hier", sagte er. „Jetzt."

Er schob sie an einen Baumstamm und ging vor ihr auf die Knie. Dann, als er die Hände an ihren straffen, anmutigen Beinen hinaufgleiten ließ, machte er eine atemberaubende Entdeckung.

Sie trug keinen Slip unter diesem kurzen – *sehr kurzen* – dünnen Kleid.

Ihre Schamlosigkeit entlockte ihm ein überraschtes Knurren. Er fasste ihren runden, seidig weichen Po und barg sein Gesicht sanft in den weichen Haaren am Scheitelpunkt ihrer Schenkel.

Am ganzen Leib zitternd, rang sie nach Atem und lehnte sich mit dem Rücken gegen den Baum, während sie ihm eines ihrer Beine über die Schulter legte, um sich seiner Erkundung zu öffnen. Er leckte und saugte an ihrer samtweichen Haut, die einladend feucht war und nach Erregung schmeckte.

Das Gefühl schoss seine Wirbelsäule hinab und ließ sein bereits hartes Glied noch größer werden, bis es sich riesig und prall anfühlte.

Götter, er liebte es, sie zu vögeln, mit der Zunge, den Fingern oder dem Schwanz – mit allem, was ihn ihrem intimsten Inneren näherbrachte –, und ihre Reaktion auf ihn zu spüren. Behutsam führte er den Zeigefinger in sie ein und fühlte, wie sich ihre inneren Muskeln um ihn schlossen.

Ihre Lust steigerte sich, und ihr Körper vibrierte vor Anspannung. Mit zitternden Fingern umfasste sie seinen Hinterkopf, als er ihre Klitoris fand und daran leckte. Er führte einen zweiten Finger ein. Sie bog den Rücken durch und nahm ihn in sich auf, und seine Hand wurde von ihrer Feuchtigkeit benetzt.

„Du brauchst es", knurrte er. „Sag es."

„Ja." Sie strich ihm durch die Haare.

„Du brauchst mich."

Er wusste, wie das klang, arrogant und fordernd und ein bisschen lächerlich. Doch ihr schien es nichts auszumachen.

„Ja!", schrie sie.

Mit der Rückseite seines Fingerknöchels drückte er ihren Kitzler an seinen Mund, strich mit den Zähnen ganz, ganz zart über das empfindliche, köstliche Fleisch und spürte, wie ihr Körper unter den Schockwellen erbebte. Sie presste sich eine Hand auf den Mund, um einen Aufschrei zu unterdrücken.

Sein eigenes Verlangen wurde drängender, seine Hose zu eng. Viel zu zivilisiert. Er riss den Reißverschluss auf und holte sein hartes, pralles Glied heraus, ohne auch nur einen Moment von ihr abzulassen.

Die Beschwörung, in die er sie einhüllte, war sein mächtigster Zauber. Jeder Zungenschlag, jedes Streicheln war eine Zeile, und diese Zeilen fügten sich zu Versen. Jeder einzelne Vers war notwendig, sie bauten aufeinander auf, um schließlich die endgültige Zauberformel zu bilden. Mit jedem Seufzen und jeder Muskelanspannung, mit jedem winzigen verräterischen Zeichen der Tiefe ihrer Lust verriet sie ihm, wie dieser Zauber beschaffen sein musste.

Die Spannung steigerte sich, bis sie zerbarst. Pia wand sich unter seinen Händen, und als sie zum Höhepunkt kam, vergaß sie, ihren Aufschrei zu unterdrücken. Wellenförmig zogen sich winzige Erschütterungen durch ihre Muskeln. Er spürte es in den Fingerspitzen, während er sie tief in ihrem Inneren streichelte und dabei keinen Augenblick aufhörte, sie mit der Zunge zu verwöhnen.

Sie war so heiß, so eng. Er konnte es nicht erwarten, sich in ihr zu versenken. Dennoch beherrschte er sich mit aller Macht, während er fest an ihr saugte und gleichzeitig die Finger tief in sie stieß – bis sie schluchzend abermals von lustvollen Krämpfen geschüttelte wurde.

Genau so, flüsterte er in ihrem Kopf, *mach weiter. Zeig es mir noch einmal.*

Unruhig warf sie den Kopf hin und her. „Ich kann nicht. Du hast mich um den Verstand gebracht. Ich kann nicht … kann mich nicht mehr auf den Beinen halten."

Und ob du das kannst, sagte er. *Ich werde dich gleich hier an diesem Baumstamm nehmen. Sobald du noch einmal für mich gekommen bist.*

„Gütiger Gott, Dragos!" Sie grub die Finger in seine kurzen Haare.

Er vögelte sie mit seinen Fingern, ohne den Druck seiner Zunge zu verringern. Die Hitze, die ihr Körper verströmte, war unglaublich erotisch. Aus ihrer Kehle drang ein ersticktes, wimmerndes Geräusch, das er bis in seine Erektion spürte. In diesem Moment war er absolut sicher, dass es ihn umbringen würde, wenn er nicht augenblicklich in sie eindrang.

Mit einem Fluch beugte sie sich vor, sackte über seinen Schultern zusammen, und ihre inneren Muskeln krampften sich um seine Finger, als sie noch einmal kam. Er schlang den Arm um sie und hielt sie fest, bis der Orgasmus verebbte.

Sein Atem ging, als wäre er einen Marathon gelaufen, seine Muskeln waren hart vor Verlangen. Als er den Griff lockerte, sank sie auf seinen Schoß. Er zog sie enger an sich, und sie schlang ihm die Beine um die Taille und schob eine Hand zwischen ihre Körper.

Es war ein quälend köstliches Gefühl, wie sich ihre schlanken Finger um seine Erektion schlossen. Als sie anfing, ihn zu streicheln, legte er den Kopf in den Nacken und sog mit zusammengebissenen Zähnen die Luft ein.

„Komm her", flüsterte sie.

Er öffnete die Beine und schob dabei ihre Schenkel weiter auseinander, während sie sich aufrichtete und die Spitze seines Glieds an ihrer weichen, feuchten Körperöffnung rieb. Langsam senkte sie sich auf ihn. So oft sie sich im vergangenen Jahr auch geliebt hatten, das Gefühl, in sie einzudringen, war immer noch unbeschreiblich. Jedes Mal war es wieder wie beim ersten Mal, jedes Mal eine neue Erfahrung. Ein tiefes Stöhnen drang aus seiner Kehle.

Er kam nicht tief genug. Er hielt sie fest und schob die Hüfte vor. Das Gefühl, in ihr zu sein, machte ihn völlig verrückt. Ihr mondbeschienenes Haar war zerzaust und warf Schatten auf ihr Gesicht. Mit wissenden, liebevollen Augen beobachtete sie seine Miene, während sie sich fest um ihn schloss und den Unterleib kreisen ließ. Dass sie so haargenau wusste, was sie zu tun hatte, gab ihm den Rest.

Er packte sie fester und stieß ein, zwei, drei Mal hart und fest zu. Mit ungebremster Wucht strömte der Höhepunkt durch seine Muskeln, und er spürte, wie er in ihr zu pulsieren begann. Seine Lust war so gewaltig, dass es beinahe unerträglich wurde.

„Fuck", keuchte er.

„Jederzeit", flüsterte sie. Sie streichelte sein Gesicht und schenkte ihm ein sirenenhaftes Lächeln. „Jederzeit und überall."

Während er noch immer von Nachbeben erschüttert wurde, ebbte die Lust allmählich ab, und sein Verstand kehrte zurück. Eine Hand in ihrem Nacken, die andere um ihre Taille gelegt, zog er sie an sich. „Für immer."

Sie legte den Kopf an seine Schulter und drückte ihm einen Kuss auf den Hals. „Und ewig."

Der Paarungsrausch, der sie im letzten Jahr erfasst hatte, war noch in greifbarer Nähe, und für einen Augenblick stand Dragos an der Schwelle. Er hätte es wieder und wieder mit ihr tun können, bis ihre Leidenschaft wie ein Komet in der Nacht loderte. Das war schon passiert und würde ohne jeden Zweifel wieder geschehen.

In diesem Moment aber legte sich allmählich Frieden über ihn, bis der Drache losließ und sich zurückzog und Dragos wieder wie ein Mensch denken konnte.

„Ich glaube, jetzt könnte ich Auto fahren", sagte er.

Sie kicherte. „Bist du sicher?"

Er lächelte, die Lippen an ihrem Hals. „Ziemlich. Als wir vorhin zum Wagen gekommen sind, konnte ich nur denken: Schlüssel. Zündung. Schalthebel. Lenkrad. Und dann: Nein.''

Sie lachte lauter. „Als du mich hochgehoben hast, konnte ich nur noch denken: Juhu!''

„Manchmal sind Ein-Wort-Gespräche die wichtigsten.'' Er küsste sie und verlor sich in einer intimen, verführerischen Erkundung ihres sinnlichen Mundes.

Sie murmelte unzusammenhängende, zufrieden klingende Laute und streichelte sein Haar, während sie seinen Kuss erwiderte. Als sein erschlaffendes Glied aus ihr herausglitt, seufzten beide bedauernd.

An seinen Lippen sagte sie: „Ich glaube, ich habe mir die Knie im Sand aufgescheuert.''

Sofort half er ihr beim Aufstehen. „Tut mir leid.''

„Nein, das muss es nicht. Wenn es mich wirklich gestört hätte, hätte ich etwas gesagt.''

Gemeinsam wischten sie ihr den Sand von den Beinen. „Wir sollten uns ohnehin auf den Rückweg machen.''

„Hauptsache, du machst uns auf dem Weg zum Auto wieder unsichtbar. So kann ich mich nicht in der Öffentlichkeit blicken lassen.'' Während er seinen Reißverschluss zuzog, versuchte sie, sich das Kleid glattzustreichen.

Er hielt inne, um sie mit einem innigen, besitzergreifenden Lächeln anzusehen. Zwar gefielen ihm die sichtbaren Zeichen dafür, dass sie zu ihm gehörte – die zerzausten Haare, der verwischte Lippenstift, selbst die blassen Knutschflecken an ihrem Hals –, aber nein, im Augenblick konnte sie sich nicht in der Öffentlichkeit sehen lassen. Die dünne Seide ihres Kleids war zerknittert, und beide rochen nach Sex. Das war zu intim, um es mit anderen zu teilen.

„Natürlich'', sagte er. „Bist du so weit?''

Sie nickte. Diesmal nahm er ihre Hand, und während sie

zurückschlenderten, genossen sie die Nacht und die leichte Meeresbrise. Als sie in Sichtweite der hellen Lichter und der geschäftigen Werft kamen, hüllte Dragos sie wieder in den Mantel der Unsichtbarkeit.

„Ich bin schrecklich verliebt in dich, weißt du das?", sagte Pia.

Er legte ihr einen Arm um die Schultern. „Und ich in dich. Schrecklich."

Ihr Seufzen brachte ihn zum Lächeln, es war ein so glückliches Geräusch. Er zog sie fester an sich, und sie gingen zum Wagen.

Kapitel Sechs

FRÜH AM NÄCHSTEN Morgen zog Pia eine Cargo-Caprihose, ein zitronengelbes Trägertop und ihre schmalen silbernen Sandalen an. Auch Dragos wählte schlichte Kleidung: Jeans und ein graues T-Shirt, das sich über seiner breiten Brust und dem Bizeps spannte.

Nach einem schnellen, fröhlichen Frühstück schnallte Pia sich die Babytrage um und setzte Liam hinein. Zusammen mit Dragos ging sie zum Strand hinunter, wo er seine Drachengestalt annahm.

Liam krähte aufgeregt und reckte den Hals, um Dragos sehen zu können. Als Pia sich so drehte, dass er seinen Vater beobachten konnte, fuchtelte er wild mit den Armen.

„Das ist aber ein aufgeregtes Baby." Lachend warf sie den Kopf zurück, als er ihr mit seiner kleinen Faust einen Kinnhaken verpasste.

Der Drache senkte seinen enormen Kopf und stupste Liam an die Nase. Der Kleine kreischte fröhlich und patschte dem Drachen auf die Schnauze. Bei der Vorstellung, was für ein Bild sie für einen Fremden abgeben mussten, lachte Pia noch lauter. Wäre sie Zeuge eines derart bizarren Anblicks geworden, ohne einen von ihnen zu kennen, hätte sie furchtbare Angst um das Baby und die Frau gehabt, die es auf dem Arm hielt.

In den riesigen goldenen Augen des Drachen tanzte

Freude. Er sagte zu Pia: „Bist du bereit?"

„Aber sowas von."

Mit äußerster Vorsicht nahm Dragos Pia auf eine Vorderpranke und setzte sie sich auf den Rücken. Aus Erfahrung wusste sie, was sie zu tun hatte, als sie zu der natürlichen Mulde an der Stelle zwischen Dragos' Kopf und Schultern rutschte. Sobald sie saß, tätschelte sie seine dunkel bronzefarbene Haut. „Alles bereit."

Ihr Herz tat einen Satz, als er in die Knie ging und sich dann mit atemberaubender Kraft über dem Wasser in die Luft erhob. Das wurde ihr nie langweilig. Früher hatte es ihr Angst gemacht, wenn Dragos in die Luft stieg, weil sie ganz ohne Gurte oder Geschirr auf seinem Rücken ritt. Doch mit der Zeit waren ihr Vertrauen in ihn und ihr Zutrauen zu sich selbst gewachsen. Auch in seiner Drachengestalt war er unfassbar schnell. Einmal war sie von ihrem Platz gerutscht, und er hatte sich in der Luft umgedreht und sie aufgefangen, bevor sie fallen konnte.

Dieser Flug allerdings verlief nicht wie geplant. Kaum waren sie in der Luft, schrie Liam noch einmal fröhlich auf – und verwandelte sich.

Überrascht starrte Pia auf ihn herab. Normalerweise war er in seiner Babytrage fest vor ihren Oberkörper geschnallt, doch seine Drachengestalt war viel länger und schlanker als die des Menschenbabys, sodass die Trage nun lose an seinem glatten Körper hing.

Als er Anstalten machte, auf ihre Schultern zu krabbeln, hielt sie ihn mit beiden Armen fest. Er versuchte, sich loszumachen, hatte den Kopf nach hinten gewandt und die juwelenklaren Augen fest auf die riesigen, auf und ab schlagenden Flügel seines Vaters gerichtet.

„Wir haben ein Problem", rief sie.

Sofort brach Dragos den Aufstieg ab, breitete die Flügel aus und ging in den Gleitflug. Er versuchte, sich nach ihnen umzusehen, konnte den Kopf aber nicht weit genug drehen, um zu erkennen, was an seinem Halsansatz geschah. „Was ist los?"

„Liam hat sich wieder verwandelt und versucht, sich loszureißen. Ich weiß nicht, ob ich ihn halten kann."

Sie packte Liam an einem Vorderbein und schlang die Finger um den Ansatz seines Flügels, den er gerade aus der Trage befreite. Liam schlug mit dem Flügel und traf Pia im Gesicht. Schmerz flammte in ihrer Nase auf. Ihr traten die Tränen in die Augen.

„Lass ihn los", sagte Dragos.

Pia blinzelte die Tränen fort und sah sich um. Ihre Gedanken rasten. Sie waren schon ein paar hundert Meter vom Ufer entfernt. Wenn sie Liam losließ und er versuchte zu fliegen, es aber nicht schaffte, würde Dragos hinabstoßen müssen, um ihn aufzufangen. Sie wusste nicht, ob sie sich dabei auf seinem Rücken würde halten können oder ob Dragos sie beide fangen konnte, wenn sie fiel.

Doch schnell wurde klar, dass sie womöglich ohnehin beide abstürzen würden. In seiner Drachenform hatte Liam erschreckende Kräfte. Und dabei kämpfte er nicht einmal gegen sie. Sie spürte, dass er nicht verärgert, sondern nur aufgeregt war. Aber er war so entschlossen, dass sie ihn kaum noch halten konnte.

Gott sei Dank flogen sie über Wasser. Sie stellte sich vor, bei dieser Geschwindigkeit auf der Wasseroberfläche aufzuschlagen. Es würde wehtun, aber aus dieser Höhe würde es sie nicht umbringen. Den Sturz zu kontrollieren und die Wasseroberfläche in einem Kopfsprung zu durchbrechen, würde den Schmerz lindern.

„Okay", sagte sie. „Fertig?"

„Ja."

Sie ließ Liam los. Er strampelte sich aus der Trage frei, balancierte auf Pias Schultern und schwang sich in die Luft. Ihr schlug das Herz bis zum Hals, als sie sah, wie er begeistert mit den Flügeln schlug und …

Unbeholfen trudelnd in die Tiefe stürzte.

„Pass auf, er fällt!", schrie sie.

Angst erfasste sie. So stark er auch war, er war doch noch ein Baby. Sie würde einen Aufprall auf dem Wasser vielleicht überleben, aber ihn könnte der Sturz umbringen.

Flink wie eine Katze machte Dragos kehrt und fing ihn aus der Luft. „Hab ihn."

„Um Himmels willen." Auf eine Hand gestützt, beugte sie sich über Dragos' Hals. „Das hat mich zwanzig Jahre meines Lebens gekostet."

Dragos wendete und flog zum Ufer zurück. Nach der Landung ging er in die Knie, damit Pia sich zu Boden gleiten lassen konnte. Sie schaffte es, ohne hinzufallen – was eine beachtliche Leistung war, so stark, wie ihr die Beine zitterten. Sie ging um Dragos herum und stellte sich vor ihn.

Er hielt den kleinen, weißen Drachen in seiner Pranke. Als Pia bei ihnen war, drehte er die Tatze und öffnete sie. Liam machte einen Satz, schlug wie verrückt mit den Flügeln und landete auf dem Bauch im Sand. Er kam auf die Füße und duckte sich, um gleich wieder in die Luft zu springen.

Dragos legte ihm eine Pranke auf den Rücken. „*NEIN.*"

Liam erstarrte.

Dragos hob ihn hoch, nahm ihn zwischen zwei Krallen und betrachtete ihn. Schlaff und ohne jeden Widerstand hing der kleine Drache in seinem Griff.

Dragos legte Liam in Pias Arme, die ihn fest an sich

drückte. Plötzlich schien es ihr eine sehr gute Idee zu sein, sich hinzusetzen. Sie ließ sich im Schneidersitz in den Sand fallen und drückte das Baby an sich. Mit nachdenklichem Blick bettete Liam den Kopf auf ihre Schulter.

Dragos verwandelte sich, seine Wyr-Gestalt verschwand. Nach einem kurzen Blick über den menschenleeren Strand kam er zu Pia und kniete sich neben sie. Beide betrachteten den wohlgeformten weißen Körper ihres Sohnes.

Unsicherheit nagte an Pia. Sie hob den Kopf und sah Dragos an. „Sind wir schlechte Eltern? Ich meine, wer nimmt sein Kind schon einfach so mit zum Fliegen?"

„Wir sind ausgezeichnete Eltern. Was wir getan haben, war normal und natürlich. Flug-Wyr nehmen ihre Kinder ständig mit in die Luft."

Er klang so vernünftig. Sie versuchte, sich zu beruhigen. „Mir wäre fast das Herz stehen geblieben, als ich ihn fallen gesehen habe."

„Er war keine Sekunde in Gefahr." Dragos sah ihr tief in die Augen. „Und du auch nicht. Wenn du mit ihm abgestürzt wärst, hätte ich dich auch aufgefangen. Das war nichts anderes als neulich im Wohnzimmer, als ich ihn in die Luft geworfen und wieder aufgefangen habe. Du hast nur Angst bekommen. Das ist alles."

Sie bettete die Wange auf den Kopf des weißen Drachen. „Das tun Flug-Wyr wirklich?"

„Ja. Das tun sie." Er strich ihr mit langsamen, beruhigenden Bewegungen über den Rücken. „Fallen gehört sogar zum Fliegenlernen dazu. Liam und ich werden auf jeden Fall nochmal rausfliegen müssen und ein bisschen üben. Du kannst gern mit raufkommen, wenn du möchtest."

„Nein danke. Ich glaube, während dieser Übungsstunden bleibe ich lieber am Boden." Kopfschüttelnd rieb sie sich den Nacken. „Er wird fliegen können, bevor er ein Jahr alt ist. Wir werden eine Kinderleine und fliegende Kindermädchen brauchen."

„Kriegen wir. Das ist okay."

Während sie ihm zuhörte, ließ das überstürzte Hämmern ihres Herzens allmählich nach. Sie betrachtete Dragos' Miene. Er war vollkommen ruhig. Alles, was sie auf seinen Zügen lesen konnte, war leichte Besorgnis um sie.

Sie kam zu der beschämenden Erkenntnis, dass sie die Einzige war, die in Panik geraten war. „Dich hat überhaupt nicht beunruhigt, was passiert ist, oder?"

Er schaffte es, eine vage schuldbewusste Miene aufzusetzen. „Ich fürchte nicht."

Sie atmete tief aus und blickte auf Liam herab, der den Kopf hob und sie anlächelte. *Guter Gott, sieh sich einer diese Zähne an.* Obwohl er noch ein Baby war, konnte er andere mit diesen Zähnen und seinen messerscharfen Krallen ernsthaft verletzen, wenn ihm danach zumute war. Doch das Einzige, was er bisher beschädigt hatte, war ihre Kleidung.

Schon jetzt war er vorsichtig.

Sie streichelte ihm den Kopf. „Du bist ein braver Junge. Ich bin so stolz auf dich."

Seufzend schmiegte er sich an ihre Hand.

„Unser Vormittagsflug ist wohl gestrichen", sagte Dragos.

Liams Kopf fuhr hoch, ein verzweifelter Ausdruck legte sich auf sein Gesicht.

Pia stählte ihr Herz gegen diesen Anblick. Hauptsächlich waren sie nach Bermuda gekommen, damit Dragos sich erholen und entspannen konnte.

„Schon in Ordnung." Sie lächelte ihn an. „Warum

startest du nicht deine Schatzsuche? Wir müssen ja nicht mitkommen. Ich fange in der Zwischenzeit mit den Nachforschungen an." Sie richtete ihre Aufmerksamkeit auf Liam. „Wenn du mitkommen willst, musst du wieder deine Menschengestalt annehmen. Sonst musst du hier bei Onkel Hugh bleiben."

Liams Blick glitt zu Dragos.

Entschieden sagte Pia: „Nein, du wirst nicht mit deinem Daddy fliegen. Bald kannst du mit ihm fliegen, aber nicht heute Vormittag."

In Liams violetten Augen brauten sich Gewitterwolken zusammen. Er knurrte.

Ein zutiefst verärgertes Drachenbaby war schon ein einmaliger Anblick. Pias Gesicht verzog sich, und sie biss sich kräftig auf die Lippen. Sie würde *nicht* lachen.

Dragos tippte Liam auf die Schnauze. „Hör auf damit. Knurr deine Mutter nicht an."

Peanut zuckte zusammen und blinzelte. Mit einem entschuldigenden Blick zu seiner Mutter verwandelte er sich, und sie hielt wieder ihr harmloses, menschlich aussehendes Baby in den Armen.

Sie drückte ihn liebevoll an sich. „Schon besser."

Dragos gab Liam einen Kuss auf den Kopf und küsste Pia auf den Mund. „Dann flieg ich mal los."

„Viel Spaß."

„Dir auch." Er zögerte. „Tu nichts, worauf du keine Lust hast. Wenn es langweilig wird, hör auf."

„Mach dir um mich keine Gedanken. Wir kommen zurecht und werden unseren Spaß haben." Sie scheuchte ihn weg. „Los. Genieß deine Freiheit."

Lächelnd verwandelte er sich, entfernte sich einige Schritte und sprang in die Luft. Vor einiger Zeit hatte er ihr beigebracht, den Verhüllungszauber zu durchschauen. Sie sah ihn in den Himmel aufsteigen, mit der ganzen Spannweite seiner Drachenflügel die Lüfte erobern. Ganz egal, wie lange sie leben würde, von diesem Anblick würde sie nie genug bekommen.

Wieder im Haus traf sie auf Eva und Hugh. Die beiden tranken Kaffee und lasen Zeitungen, die Hugh am Morgen im Laden gekauft hatte. Als Pia in die Küche kam, sahen die beiden auf. „Hattet ihr einen schönen Flug?", fragte Eva.

„Na ja, auf jeden Fall einen ereignisreichen." Trocken berichtete Pia, was passiert war. Eva stöhnte auf, doch Hugh lachte nur. Pia betrachtete ihn mit säuerlicher Miene. „Nehmen Gargoyles ihre Babys wirklich mit zum Fliegen?"

„Bei jeder Gelegenheit." Hugh grinste. „In manchen Clans werfen die Eltern sie von den Klippen."

Sie zitterte. „Und ich dachte, wir wären die schlimmsten Eltern der Welt."

„Bestimmt nicht", erwiderte er. „In unserer Gargoyle-Form tut uns ein Aufschlag auf dem Boden nicht weh. Wenn ein Gargoylebaby wirklich so tief fällt, prallt es einfach ab."

Sie dachte an das harte, steinerne Äußere von Hugh in seiner Wyr-Gestalt. Noch immer zweifelnd, sagte sie: „Wenn du es sagst."

Eva schlug sich mit beiden Händen auf die Schenkel. „Genug davon. Fertig für eine Erkundungstour?"

Pia wippte auf den Fußballen. „Klar. Los geht's."

Sie verließen das Haus. Wieder saß Eva am Steuer, Hugh auf dem Beifahrersitz und Pia neben Liam in seinem Autositz mit auf der Rückbank.

Eva sah sie im Rückspiegel an. „Als ihr gestern beim Essen wart, habe ich mich online ein wenig umgesehen. Es gibt ein Museum der Alten Völker in einem ausgedienten Leuchtturm an der Westküste von Somerset Island. Willst du dort anfangen?"

„Unbedingt." Pia lächelte zufrieden.

Die Fahrt dauerte etwa zwanzig Minuten, und die Strecke führte zu einem großen Teil an der Küste entlang. Nach einem strahlenden Sonnenaufgang in Gold und Rosa war der späte Vormittag sonnig und wolkenlos. Licht funkelte auf dem tiefblauen Meer. Das Wasser war mit Motor- und Segelbooten übersät.

Das Museum der Alten Völker befand sich im Beacon-Hill-Leuchtturm. Auf einer weit ins Wasser ragenden Landzunge erhob sich der weiß-rote Turm vor der Kulisse aus blauem Himmel und Wasser. Eva fuhr langsamer und lenkte den Mercedes auf einen kleinen, halbvollen Parkplatz. Auf einer großen Wiese standen vereinzelte Picknicktische, und an einem davon saß eine Dunkle-Fae-Familie und aß Eis. Am anderen Ende des Rasens lagen zwei Trolle nebeneinander und hielten das Gesicht in die Sonne. Sie sahen aus wie Felsen, in die jemand Gesichter geritzt hatte. An einer Ecke an der Rückseite des Gebäudes lehnte ein großer Mann mit einem Pferdeschwanz.

Pia kniff die Augen zusammen. Der Mann stand im Schatten, und vom Parkplatz aus konnte sie seine Züge unmöglich erkennen. Seine Haare waren dunkel, nicht blond. Konnte das der Mensch aus der Bar gewesen sein?

Wenn ja, war es ein verflucht großer Zufall, dass er sich nach ihrem gestrigen Zusammentreffen jetzt hier herumdrückte. Ihr fiel wieder ein, wie die beiden Männer angespannt verstummt waren, als sie sich mit Dragos unterhalten hatte. Worüber genau hatten sie gesprochen?

Den Leuchtturm konnten sie nicht erwähnt haben,

davon hatte sie erst heute Morgen von Eva erfahren. Aber Bermuda war klein. „Du hast keine anderen Orte für unsere Nachforschungen gefunden, oder?", fragte sie Eva.

„Nein. Es sei denn, du willst dich im Schifffahrtsmuseum umsehen. Das hat seinen Schwerpunkt eher auf menschlicher Geschichte, deshalb dachte ich, du möchtest erstmal anrufen, bevor wir dort hinfahren."

Pia stieg aus dem Wagen und beschattete sich die Augen. Schneller als seine lässige Haltung vermuten ließ, war Hugh an ihrer Seite. Der fremde Mann stieß sich von der Wand ab und verschwand in die entgegengesetzte Richtung.

„Was ist los?", fragte Hugh.

„Komm mit." Zu Eva sagte sie: „Pass auf das Baby auf."

Sie überquerte den Parkplatz, Hugh lief neben ihr. Er sagte: „Wenn du etwas gesehen hast, das du für gefährlich hältst, solltest du es mir lieber sagen."

„Ich weiß nicht, was ich gesehen habe." Beunruhigt ließ Pia den Blick noch einmal über die Personen an den Picknicktischen schweifen. „Nur einen Mann, der an der Hauswand gelehnt hat. Hier an der Ecke."

Sie kamen an den Punkt, von dem aus sie die Rückseite des Gebäudes einsehen konnten. Ein schmaler Pfad führte am Haus vorbei und den Hügel hinunter. Hugh beobachtete sie geduldig, während sie sich den Hinterkopf rieb und überlegte, wie paranoid sie war.

Als sie gerade loslaufen wollte, um dem Pfad zu folgen, legte er ihr eine Hand auf den Arm, um sie zurückzuhalten. „Okay, du willst wissen, wohin dieser Weg führt. Aber ich gehe vor."

Ungeduldig gab sie ihm ein Zeichen vorauszugehen und folgte ihm dicht auf den Fersen. Einmal sah sie zum

Leuchtturm hinauf, der hoch über ihnen aufragte. Sie kamen zur hinteren, dem Meer zugewandten Seite des Gebäudes und gingen bis zum Rand eines steilen Abhangs, um von dort aus die Landschaft zu überblicken.

Der Weg führte ein kurzes, felsiges Steilufer hinunter zu einem Pier, von dem aus ein Motorboot aufs Meer hinaus fuhr. In dem Boot saß ein einziger Mann, er hatte einen dunklen Pferdeschwanz.

Hugh sah Pia mit schief gelegtem Kopf an. Sein sonst meist schläfriger Gesichtsausdruck war verschwunden, er wirkte wachsam und interessiert. „Was jetzt?"

Sie stieß die Luft aus. „Jetzt gehen wir zum Auto, und ich erzähle dir und Eva, was gestern Abend passiert ist."

Sie gingen den gleichen Weg zurück, den sie gekommen waren. An der Stelle, wo der Typ gewartet hatte, blieb Pia stehen. Sie nahm einen Hauch Zigarettenqualm und einen männlichen Geruch wahr.

Hugh atmete tief ein. „Ich werde mir seinen Geruch merken."

„Ich auch."

Er kniff die Augen zusammen. „Hat dieser Kerl etwas mit dem zu tun, was gestern Abend passiert ist?"

Sie schüttelte den Kopf. „Ich weiß es nicht. Wir waren in einer Bar mit Restaurant, wo es sehr voll war. Ich bin ihm nicht sehr nahe gekommen. Komm, lass uns zu Eva und Liam zurückgehen."

Der Mercedes stand mit laufendem Motor auf dem Parkplatz. Beim Näherkommen hörten sie ein mechanisches Klicken, als Eva die Türen entriegelte. Sie stiegen in den klimatisierten Wagen.

Nachdem sie von den beiden Männern in der Bar berichtet hatte, runzelte Pia die Stirn. „Ich bin mir ziemlich sicher, dass Dragos und ich davon gesprochen haben, mit der Suche nach der Sebille anzufangen, aber ich weiß nicht mehr, was genau wir gesagt haben."

„Und du hattest den Eindruck, dass sie dich und Dragos nicht erkannt haben." Eva formulierte es nicht als Frage.

Ungeduldig zuckte Pia die Achseln. „Ich weiß nicht einmal, ob der Mann von heute irgendetwas mit gestern Abend zu tun hatte. Ich musste nur an die Männer in der Bar denken, als ich den Mann mit dem Pferdeschwanz sah. Vielleicht bin ich paranoid."

„Paranoid ist wesentlich besser als dumm, Süße." Nachdenklich trommelte Eva mit den Fingern aufs Lenkrad. „Und wir bleiben paranoid. Hugh, sieh dich im Museum um, bevor wir reingehen."

„Bin gleich wieder da." Hugh stieg aus dem SUV und schlenderte auf das Gebäude zu.

Nach wenigen Minuten kam er zurück. Eva fuhr das Fenster herunter, als er zur Fahrerseite kam. „Der Geruch des Mannes ist eindeutig da drin, aber im Museum selbst droht keine Gefahr."

Pia löste die Gurte von Liams Kindersitz und hob den Jungen heraus. „Dann sehen wir uns das doch mal an."

Kapitel Sieben

D AS MUSEUM NAHM das gesamte Erdgeschoss des Leuchtturms ein. Alte Holzböden, Schautafeln und Vitrinen zogen die Blicke auf sich. Ein Bereich mit Bücherregalen war mit einem Seil abgesperrt, und an dieses Seil hatte jemand ein am Computer ausgedrucktes GESCHLOSSEN-Schild geklebt.

Normalerweise hätte Pia sich mit großem Interesse umgesehen, doch jetzt war sie zu sehr auf ihr Ziel fokussiert. Eva flankierte sie wachsam, während sie durch das Museum ging, um einen Kurator oder Aufseher zu finden. Hugh schlenderte inzwischen an den Schaukästen entlang.

Nach einigem Suchen entdeckte Pia schließlich einen Zwerg, der in einem Büro an einem Schreibtisch saß, und blieb stehen. Der Zwerg trug Jeans und ein T-Shirt mit dem Museumslogo und hatte einen Bart, was allerdings nichts über sein Geschlecht aussagte.

Auch hier im Büro lag ein gewisser männlicher Geruch mit einer Spur von Zigarettenrauch in der Luft. Pia teilte Eva telepathisch mit: *Der Mann von draußen war erst vor Kurzem hier. Innerhalb der letzten zwei Stunden.*

Langsam wird die Geschichte interessant. Eva wirkte erfreut, aber Eva liebte auch die Herausforderung und sah in der Regel immer dann erfreut aus, wenn etwas kompliziert wurde oder schief lief. *Dabei wusste ich gar nicht, dass es bei dieser*

Reise überhaupt eine Geschichte gibt.

Laut sagte Pia: „Entschuldigung, könnten Sie uns einige Fragen beantworten?"

Der Zwerg fuhr hoch, warf dabei einen Papierstapel um und rief mit eindeutig weiblicher Stimme: „Gute Götter! Haben Sie mich erschreckt!"

„Entschuldigung." Eilig lief Pia zu ihr. „Ich helfe Ihnen."

„Nein, schon gut." Die Zwergenfrau winkte ab, ohne Pia anzusehen. Sie rutschte von ihrem Stuhl auf die Knie, um die Papiere aufzusammeln. „Was Sie auch wollen, Sie werden es kurz machen müssen. Ich habe heute viel zu tun."

„Ich wollte nur wissen, ob das Museum vielleicht über historische Aufzeichnungen oder Informationen über ein Schiff der Hellen Fae aus dem frühen fünfzehnten Jahrhundert mit dem Namen Sebille verfügt", sagte Pia.

„Nein", erwiderte die Zwergin mit ausdrucksloser Stimme. Noch immer hatte sie den Kopf nicht gehoben. Sie schob die Unterlagen zu einem Stapel zusammen. „Ich fürchte, ich kann Ihnen nicht helfen. Wir haben überhaupt nichts."

Etwas am Verhalten der Frau kam Pia seltsam vor, aber da ihr Instinkt im Moment ohnehin überdrehte, hielt sie sich mit ihrem Urteil vorerst zurück. „Können Sie uns einen andern Ort auf Bermuda empfehlen, wo wir etwas über die Sebille in Erfahrung bringen könnten?"

„Kein Museum auf der Insel hat etwas darüber." Der Ton der Zwergin war bis zur Unhöflichkeit knapp geworden. Sie stand auf und knallte die Unterlagen auf den Tisch.

Kopfschüttelnd wechselte Pia einen Blick mit Eva. Das bildete sie sich nicht nur ein. Irgendetwas stimmte hier nicht.

„Sie scheinen da sehr sicher zu sein."

„Ich bin sehr sicher", sagte die Zwergin. „Das hier ist das einzige Museum für Geschichte der Alten Völker auf ganz Bermuda."

„Aber Sie haben von der Sebille gehört", brachte Eva gepresst hervor. „Sie wissen, von welchem Schiff wir sprechen."

„Natürlich habe ich davon gehört", gab die Zwergin gereizt zurück. „Alle paar Jahre kommen irgendwelche Idioten her, die ganz heiß darauf sind, alles über die Sebille zu erfahren und die Aufzeichnungen nach jeder Erwähnung des Schiffs zu durchforsten. Ich sage Ihnen das, was ich allen anderen sage." Endlich sah sie Pia an. Ihre kleinen, dunklen Augen wirkten ängstlich. „Verschwenden Sie nicht Ihre Zeit. Genießen Sie Ihren Urlaub, und spielen Sie mit Ihrem süßen Baby. Hören Sie auf, nach dem Schiff zu suchen."

Pia verengte die Augen. In freundlichem Ton sagte sie: „Aus irgendeinem Grund scheint es Sie zu belasten, darüber zu sprechen. Geht es Ihnen gut? Haben Sie vielleicht vor jemandem Angst? Denn wenn das so ist, können wir Ihnen helfen."

Die Zwergin holte hastig Luft und senkte die Stimme. „Moment mal, ich kenne Sie doch. Sehen Sie, es gibt ein paar Männer, die schon seit sehr langer Zeit nach dem Schiff suchen – schon lange bevor ich nach Bermuda gekommen bin und das Museum übernommen habe. Ich habe keine Ahnung, wie viele es sind oder wo sie wohnen. Und es interessiert mich auch nicht. Alles, was ich weiß, ist, dass sie sich oft an den Hafenanlagen aufhalten und die Bars besuchen. Und ihr Anführer ... ist kein netter Kerl."

Erneut wechselten Eva und Pia einen Blick. „Der

Anführer ist nicht zufällig ein großer männlicher Heller Fae, oder? Lange Haare, Pferdeschwanz?"

Die Zwergin rieb sich nervös mit dem Handrücken das Kinn und nickte.

„Und vorhin war einer seiner Leute hier, um mit Ihnen zu reden." Pia formulierte es nicht als Frage.

Wieder nickte die Zwergin. „Vor Jahren gab es hier einige Aufzeichnungen, in denen die Sebille erwähnt wurde. Nichts Handfestes, sondern hauptsächlich Zeug, das einfach so oft weitererzählt wurde, bis daraus eine Legende entstand. Ein gewaltiger Sturm, seltsame Lichter am Himmel, solche Sachen."

„Seltsame Lichter." Eva kniff die Augen zusammen. „Was für seltsame Lichter?"

Die Zwergin schnaubte. „Wahrscheinlich waren es nur Blitze in den Wolken. Manche behaupten, sie hätten vom Nordufer aus ein Schiff gesehen, das dann verschwunden sei."

Ein aufgeregtes Kribbeln erfasste Pia. „Also wurde sie hier gesichtet."

Die Zwergin warf die Hände in die Luft. „Es scheint so. Und seitdem gibt es immer wieder Leute, die sich für das Schiff interessieren. Wie gesagt, sie tauchen hier auf, so wie Sie gerade, und wollen nach Hinweisen suchen. Aber immer stößt ihnen irgendetwas zu. Ihre Boote verschwinden, oder sie haben einen Unfall. Am Ende wird immer jemand verletzt. Deshalb habe ich die Aufzeichnungen vernichtet. Ich habe sie verbrannt und sage allen, ich hätte nichts und sie sollten aufhören zu suchen." Sie zog die Nase kraus. „Manchmal hören sie nicht auf mich, aber ich versuche es trotzdem."

„Was ist mit dem Mann, der vorhin hier war?", fragte

Pia. „Er hat Sie doch nicht bedroht, oder?"

Die Zwergin schüttelte den Kopf. „Nein, gegen mich haben sie nichts. Ich würde keine Nachforschungen zu diesem Schiff anstellen und wenn mein Leben davon abhinge. Er wollte wissen, ob heute jemand hier gewesen ist, der nach der Sebille gefragt hat. Offenbar meinte er Sie."

Eva sagte freundlich: „Wenn diese Männer uns suchen, wird ihnen nicht gefallen, was sie finden."

✧ ✧ ✧

IN EINER FLUT aus gleißendem Sonnenlicht flog Dragos über das Wasser und entfernte sich von den Inseln. Nach kurzer Zeit hatte er die flachen Riffe hinter sich gelassen und segelte über dem offenen Meer. Er konzentrierte sich darauf, jeden Abschnitt aufmerksam zu überfliegen, bevor er zum nächsten überging, und suchte die Umgebung auf diese Weise in einem kreisförmigen Muster ab. Nachdem er die Insel einmal ganz umrundet hatte, bewegte er sich in größer werdenden, konzentrischen Kreisen weiter nach außen.

Die meisten hätten diese Arbeit langweilig und ermüdend gefunden, aber er nicht. Er schwelgte in der Einsamkeit und Freiheit und sog die strahlende Wärme des Sonnenlichts in sich auf. Die Luft über dem Meer war salzig und klar. Es war ein gutes Gefühl, die Flügel auszubreiten, seinen Körper zu trainieren und das Leben in der überfüllten Stadt hinter sich zu lassen. Alle Gedanken an Politik, Aktien und Gewinnspannen schob er beiseite und überließ dem Drachen das Denken.

Die riesige, komplex verwobene Masse an Landmagie, aus denen das Bermudadreieck bestand, lag westlich von ihm. Er betrachtete sie ohne große Neugierde. Einige Übergangspassagen reichten bis nahe ans Ufer heran, doch im Meer gelegene Passagen waren leicht zu umgehen, er musste nur hoch genug darüber hinwegfliegen.

Als er Hunger bekam, tauchte er nach Fischen und verzehrte sie im Weiterflug.

In einer Stunde schaffte er über hundertfünfzig Kilometer. Nach wenigen Stunden war er überzeugt, dass die Sebille nicht vor den flachen Riffen im näheren Umkreis gesunken war, und flog in einem größeren Radius weiter nach außen.

Dragos?, meldete sich Pia.

Wie bei allen anderen ihrer Art war ihre telepathische Reichweite sehr begrenzt, doch seine eigene war weit größer als die eines durchschnittlichen Wyr, sodass er sie ziemlich deutlich hören könnte.

Ja?, erwiderte er. *Hast du einen schönen Vormittag?*

Auf jeden Fall einen interessanten. Und du?

Mir geht's prächtig, sagte er. *Es ist wunderschön hier draußen.*

Ihre mentale Stimme wurde wärmer. *Das freut mich.*

Er legte sich in eine Kurve Richtung Osten, um einen neuen Kreis zu beginnen. *Hast du im Museum etwas herausgefunden?*

Ja. Wir haben sogar einiges mehr erfahren, als wir erwartet hatten. Ihre Stimme klang seltsam.

Er neigte den Kopf zur Seite. *Erzähl.*

Offenbar ist die Sebille während eines großen Unwetters vor der Nordküste gesehen worden und dann verschwunden. Jedenfalls sagt die Kuratorin, so habe es in den alten Aufzeichnungen gestanden, bevor sie sie zerstört hat.

Sein Interesse erwachte. Wenn die Sebille vor der Nordküste gesichtet worden war, könnte er die Strömungen berechnen, und so seinen Suchbereich eingrenzen. Er verließ das Gebiet, in dem er sich gerade umgeschaut hatte, flog eine weite Kurve und folgte der Meeresströmung im Norden der Insel. *Warum hat sie die Aufzeichnungen zerstört?*

Weil es eine Gruppe von Männern gibt, die schon sehr lange nach dem Wrack suchen und nicht besonders gut auf Konkurrenz zu sprechen sind, berichtete Pia. *Sie haben alle Leute vertrieben, die das Schiff finden wollten. Die Kuratorin sagte, die Boote der Schatzsucher wären gesunken oder verschwunden, und immer wäre jemand zu Schaden gekommen, deshalb habe sie die Aufzeichnungen schließlich vernichtet. Sie sagt, der Anführer ist ein großer Heller Fae, und er sei kein netter Kerl.*

Dragos unterdrückte ein Schnauben. Er selbst war auch kein netter Kerl.

Nachdenklich fragte er: *Ein großer Heller Fae?*

Ja. Und als wir zum Museum kamen, drückte sich ein Mann in der Nähe des Gebäudes herum. Sobald wir ankamen, ist er verschwunden. Sie machte eine Pause. *Er war kurz vor uns im Museum und wollte wissen, ob jemand nach der Sebille gefragt hätte.*

Dragos' Gedanken verdüsterten sich, wurden mörderisch. *War es einer der Männer aus der Bar?*

Ich weiß es nicht, aber es ist möglich. Wer hätte sonst wissen können, dass heute Vormittag jemand zum Museum kommt? Wir zwei haben gestern darüber gesprochen.

Ich erinnere mich, sagte er. *Was macht ihr jetzt?*

Wir fahren zurück zum Haus, erwiderte sie. *Ich will Peanut füttern und ihn hinlegen.*

Okay. Sag Bescheid, wenn ihr dort seid. Ich bin bald zurück.

Beeil dich nicht extra unseretwegen, ja? Wir lassen uns unseren Urlaub nicht von irgendwelchen albernen Inselgangstern ruinieren. Eva und Hugh sind in Alarmbereitschaft. Wir kommen zurecht.

Alles klar, sagte er. *Ich bin bald zurück.*

Er folgte der Strömung, hatte binnen Minuten die letzten Inseln hinter sich gelassen und flog über offenes

Wasser. Er bewegte sich weiter geradeaus, während das Meer unter ihm immer tiefer wurde.

Knapp acht Kilometer von der Insel entfernt spürte er unter sich ein leises magisches Kribbeln. Er umkreiste den Bereich.

Im nächsten Augenblick hörte er erneut Pias Stimme: *Wir sind wieder im Haus. Eva und Hugh haben das ganze Grundstück gründlich abgesucht. Alles ist friedlich, nichts wurde angefasst, und es gibt keine fremden Gerüche.*

Okay, gut, antwortete er. *Ich bin der Strömung gefolgt, die sich um die Nordküste windet, und etwa acht Kilometer von den Inseln entfernt. Ich habe etwas gefunden und tauche jetzt.*

Das ist fantastisch! Viel Glück!

Er legte die Flügel an und stürzte sich kopfüber ins Wasser. So weit draußen war das Wasser ziemlich kalt. Er fand es angenehm erfrischend. Er schraubte sich in die Tiefe, tiefer als die Sonne reichte, bis in eisige Dunkelheit.

Der Druck nahm zu. Dragos wusste, dass er bereits tiefer tauchte, als die meisten Lebewesen ohne Schutzanzug überlebt hätten. Bald hatte er die maximale Reichweite der Mehrzahl der bemannten Tauchboote überschritten.

Abgesehen von unterseeischen Schluchten war der Meeresgrund der Erde in der Regel nicht tiefer als sechstausend Meter. Bis auf die seltsamen Geschöpfe, die für das Leben unter so extremen Bedingungen geschaffen waren, gab es nur wenige Kreaturen, die einen Aufenthalt in solcher Tiefe überleben konnten. Der geheimnisvolle mächtige Krake konnte es, und Dragos ebenfalls, allerdings nur für kurze Zeitspannen.

Um seine Kräfte zu schonen, schwamm er in völliger Dunkelheit, folgte blind dem magischen Funkeln, bis er spürte, dass er in der Nähe war. Dann benutzte er einen einfachen Zauber, um Licht in das dichte Wasser zu bringen.

Der Leuchtzauber erhellte einen Bereich von knapp acht Metern in seinem Umkreis zu einem eigenartigen Blaugrün. Der Druck war so hoch, dass er das Gefühl hatte, sich eher durchs Wasser zu graben, statt zu schwimmen. Er drang tiefer vor, bis das Licht auf den grünlichen Meeresboden fiel. Seine Lunge brannte. Sehr lange würde er nicht mehr hier unten bleiben können.

Mit kräftigen Stößen schwamm er über den Meeresgrund, wobei er sich noch immer hauptsächlich mithilfe seines Magiesinns orientierte. Ein paar Krebstiere huschten vor dem Licht davon.

Als das gesunkene Schiff in Sichtweite kam, geschah das ganz plötzlich. Es lag auf dem Meeresboden, die Stützbalken ragten wie die Knochen eines toten Tieres aus dem Rumpf hervor.

Inzwischen stand Dragos' Lunge in Flammen, trotzdem konnte er sich nicht abwenden. Aus dieser Nähe erkannte er, dass mehrere Magiefunken aus dem Inneren des Schiffsrumpfes drangen. Er schwamm am Wrack entlang und suchte so schnell wie möglich nach einem Anhaltspunkt zur Identifizierung. Nach Größe und Form der Überreste zu urteilen, war es eine Karavelle gewesen, was auf die richtige historische Epoche hindeutete. Sie war etwa so lang wie er selbst mit Schwanz, also an die zwölf Meter.

Er näherte sich der Backbordseite. Die Jahrhunderte hatten dem Holz übel mitgespielt, doch an den Überresten konnte er deutlich eine gezackte Bruchstelle am Heck erkennen. Vor langer Zeit war ein großes Stück Rumpf abgerissen worden, und an dieser Stelle erhob sich nur noch das Gerippe des Schiffes in die Höhe.

Er grub beide Vorderpranken in die Ablagerungen am

Boden, um nach Teilen des Rumpfs zu suchen. Als er einige zerbrochene Holzplanken fand, wendete er sie einzeln und warf sie wieder fort, bis er auf ein etwa eineinhalb Meter langes Stück stieß, in das an einer Seite silberne Buchstaben intarsiert waren.

ille.

Triumph wallte auf, doch ihm blieb keine Zeit, ihn auszukosten. Zu dringend brauchte er Sauerstoff, er konnte nicht länger unter Wasser bleiben. Schwarze Punkte tanzten vor seinen Augen. Mit dem Stück Holz in einer Pranke schwamm er an die Oberfläche und rang in tiefen Zügen nach Luft. Sobald er wieder bei Atem war, stieß er sich aus dem Wasser ab und flog zurück an Land.

Damit er genug Platz hatte, um sich zu verwandeln, musste er am Strand vor dem Haus landen. Das Trümmerteil vom Schiffsrumpf fest umklammert, lief er mit großen Schritten die Stufen hinauf.

Pia musste nach ihm Ausschau gehalten haben, denn er war kaum zwischen den Bäumen hindurch auf den Rasen getreten, als sie aus der Tür geeilt kam. Ihre Augen leuchteten vor Aufregung. „Was ist das? Was hast du gefunden?"

Er zeigte ihr die Planke mit den Buchstaben. „Ich glaube, ich habe die Sebille gefunden."

Kapitel Acht

„JETZT SCHON? DAS ist ja toll!" Staunend strich sie über die schwarz angelaufenen Buchstaben auf dem Holz.

Er grinste. „Irgendwann hätte ich sie auf jeden Fall gefunden, aber ich hatte Glück. Ich habe die Informationen genutzt, die du mir gegeben hast, und bin der Strömung vor der Nordküste gefolgt. Das Wrack liegt ziemlich weit draußen und sehr tief. Kein Wunder, dass bisher niemand darauf gestoßen ist. Es gibt weltweit nur einige wenige Tauchboote, die überhaupt so tief hinunterkommen."

Innerlich lächelnd, sah Pia ihn an. Dragos hatte immer eine lebendige, kraftvolle Ausstrahlung, doch jetzt schimmerte seine dunkel bronzefarbene Haut wie poliert, und seine goldenen Augen strahlten. „Komm mit rein und erzähl mir alles. Liam schläft. Eva und Hugh haben zum Mittagessen Steaks gegrillt und reichlich für dich übrig gelassen."

Auf seinem Gesicht flammte Interesse auf. Er lehnte das Holz neben der Hintertür an die Wand und folgte ihr ins Haus. Drinnen war es deutlich kühler als draußen. Sie hatten alle Türen und Fenster geschlossen und die Klimaanlage eingeschaltet. Während er sich duschte und umzog, häufte Pia einen Berg Steaks für ihn auf einen Teller und stellte diesen auf den Esstisch in der großen, sonnenhellen Küche.

Er bedankte sich, setzte sich an den Tisch und fing an

zu essen. Pia nahm sich den Stuhl ihm gegenüber, und Eva und Hugh leisteten ihnen Gesellschaft, während Dragos zwischen großen Bissen von dem saftigen Fleisch von seinem Flug berichtete.

„Als ich es gefunden hatte, war ich erschöpft und brauchte Luft, deshalb konnte ich nicht lange unten bleiben." Er streute Salz auf sein Steak. „Ich hatte keine Zeit, das Wrack eingehend zu untersuchen, aber im hinteren Drittel des Schiffsrumpfs ist mir eine gezackte Bruchstelle aufgefallen, in dem Bereich, der zwischen dem Großmast und dem Besanmast gelegen haben muss. Es muss ein Mordssturm gewesen sein, der so einen großen Schaden anrichten konnte. Die armen Schweine hatten keine Chance."

„Es gibt an Bord also mindestens ein magisches Objekt?", fragte Pia.

„Ja." Mit einem zufriedenen Seufzen verputzte Dragos den letzten Bissen. „Mehrere sogar. Ich will nochmal runtergehen, vielleicht gleich morgen früh, und sehen, wie viel ich davon heben kann."

Pia nickte. „Ich wünschte, ich könnte mitkommen."

Dragos schob den Teller von sich, verschränkte die Arme auf dem Tisch und lächelte sie an. „Das könntest du. Jedenfalls in einem Boot. Du müsstest an der Oberfläche warten, aber wenn wir mit dem Boot rausfahren, könnte ich mehrmals tauchen und Sachen nach oben bringen."

Sie klatschte in die Hände. „Dann lass uns eins mieten!"

Er grinste. „Auf jeden Fall."

Eva meldete sich zu Wort. „Ich habe die Broschüren der Makleragentur durchgesehen, die vermieten auch Boote. Ich rufe sie an."

„Fantastisch." Pia sah Dragos an. „Das wäre also

morgen Vormittag. Was machen wir heute Nachmittag?"

„Du entspannst dich und genießt die Sonne." Dragos schob seinen Stuhl zurück und stand auf. Seine Züge schärften sich. „Ich mache mich auf die Jagd nach dem großen Hellen Fae, der kein netter Kerl ist."

Eilig stand auch Pia auf. Dieses gefährliche Gesicht war so sexy, dass sie weiche Knie bekam. Manchmal war sie von ihrer eigenen Reaktion auf Dragos immer noch verunsichert. „Ich komme mit."

Seine tiefschwarzen Brauen zogen sich zusammen. „Das halte ich für keine gute Idee."

„Tja, ich schon." Sie stemmte die Hände in die Hüften. „Du weißt, was passiert, wenn wir ihn finden. Er wird sich wie ein Idiot aufführen, und du, Dragos, kannst ihn nicht einfach umbringen, nur weil er ein Idiot ist. Du bist nicht der Herrscher dieser Inselgruppe."

Mit finsterer Miene sah er sie an. „Also gut. Meinetwegen."

Pia wandte sich an Eva. „Wir kommen dann später wieder."

Das Gesicht der anderen Frau spiegelte unterdrückte Heiterkeit wider. „Viel Spaß."

Dragos ging durch die Hintertür hinaus, um die Planke zu holen und sie in den Fußraum vor der Rückbank des Mercedes zu legen. Dann fuhren sie los.

An diesem Nachmittag entwickelte Pia einen gesunden Respekt vor der Anzahl an Bars, Restaurants und Lebensmittelläden sowie Segel- und Angelbedarfsgeschäften, die es auf den Bermuda-Inseln gab. Dragos war unbeirrbar und unermüdlich, und sie war fest entschlossen, mit ihm mitzuhalten.

Zwei Stunden später brachte ihnen ihre Beharrlichkeit

in Hamilton Harbor einen Treffer ein. Dragos hatte den Wagen geparkt, und sie gingen an einer Reihe von Geschäften und Bars am Rand der Marina entlang.

Beinahe augenblicklich blähten sich Dragos' Nasen-flügel. „Er ist hier. Warte einen Moment."

Er hatte den Mann gestern Abend buchstäblich direkt vor der Nase gehabt und musste dessen Geruch deutlich wahrgenommen haben. Gott sei Dank. Pia war müde, ihr war heiß, und sie hatte Durst. Sie besaß einfach nicht den Antrieb und die Instinkte eines Jägers. Wenn es nach ihr gegangen wäre, hätte sie die Suche schon vor einer Stunde aufgegeben.

Sie blieb stehen und wartete, während er noch einmal zum Wagen ging. Als er zurückkam, hielt er die Schiffsplanke in der Hand. Dann führte er Pia unbeirrt zu einer Bar am Ende der Straße, stieß die Tür auf und marschierte hinein.

Pia folgte ihm und versuchte sich gegen das zu wappnen, was als Nächstes geschehen würde.

Die Einrichtung war eher robust als elegant. Die großen Fenster mit Blick aufs Wasser waren in der Hitze des Tages weit geöffnet. Der Raum war mit Holztischen bestückt, und vor der Bar an der Innenwand reihten sich hohe Hocker aneinander. Es lief laute Musik, die Bar war gut gefüllt. Es roch nach Alkohol und frittiertem Essen.

Pia entdeckte den Hellen Fae, der an der Bar lehnte, sofort. Diesmal schien er allein zu sein.

Obwohl es so voll und laut war, erregte Dragos' Gegenwart Aufmerksamkeit. Die Gäste verstummten, das Klirren von Besteck auf Geschirr hörte auf.

Der Helle Fae an der Bar drehte sich um. Als er Dragos und Pia sah, kniff er leicht die Augen zusammen. Er richtete sich auf und grinste höhnisch.

„Alle raus hier", sagte Dragos. Aus seiner Stimme sprach der Drache.

Bis auf den Hellen Fae eilten alle Gäste zur Tür. Pia blieb kaum Zeit, aus dem Weg zu gehen. Innerhalb von Sekunden war das Lokal leer. Nur Dragos, Pia, der Helle Fae sowie der Barkeeper und die Kellner, die sich mit nervösen Blicken an eine Seite des Raums zurückgezogen hatten, befanden sich noch im Raum.

Die Szene hätte albern wirken müssen, doch irgendwie tat sie es nicht. Dragos warf dem anderen Mann die Planke vor die Füße, und dessen spöttisches Lächeln verschwand.

„Ich habe die Sebille gefunden." Dragos schlenderte auf den anderen Mann zu. „Und ich werde alles an die Oberfläche bringen, was ich dort finde."

Mit loderndem Blick starrte der Helle Fae auf das Holzstück zu seinen Füßen. Als er wieder aufsah, war sein Blick leer und hässlich geworden. Mit starkem Akzent sagte er: „Das Schiff, und alles, was darauf ist, gehört mir. Du hast einen großen Fehler gemacht, den du noch bereuen wirst. Und deine hübsche Begleitung auch."

Pia seufzte schwer. Das hatte er jetzt nicht wirklich gesagt, oder? Ausgerechnet zu Dragos?

Dragos verschwamm vor ihren Augen. Er packte den Hellen Fae mit beiden Händen, hob ihn in die Luft und drehte sich aus dem Oberkörper, um ihn mit solcher Wucht auf einen Tisch zu schleudern, dass dieser zusammenbrach. Dragos kniete sich über ihn und packte den Mann am Hals.

„Das wären dann Körperverletzung und Nötigung", murmelte Pia.

Hatten die Behörden anderer Länder die Befugnis, den Herrscher eines Alten Volkes ins Gefängnis zu werfen? Sie wusste es nicht. Allerdings spielte es auch keine wesentliche Rolle, da die Frage rein hypothetisch war. Falls es dazu käme, würden ihn die Beamten nicht lange genug festhalten können, um ihn in eine Zelle zu stecken, und selbst wenn, würde Dragos jedes Gebäude samt den Gefängniszellen in Schutt und Asche legen. Die ganze Sache würde ein rechtliches Theater nach sich ziehen, das das Tribunal der Alten Völker über Monate und Jahre beschäftigen würde. Kein Wunder, dass Dragos' Anwälte so reich waren. Er war der feuchte Traum eines jeden Prozessanwalts.

Sie rieb sich die Nasenwurzel, um die aufkommenden Kopfschmerzen zu vertreiben. Ihr fiel auf, dass einer der Kellner telefonierte. Garantiert rief er die Polizei.

Der Helle Fae wehrte sich, doch gegen die eiserne Hand, die ihn gepackt hatte, konnte er nichts ausrichten. „Deine Fehler werden immer schlimmer, mein Freund", zischte er. „Wir sind viel mehr als ihr."

„*Du wagst es, mir zu drohen?*" Dragos zog den Hellen Fae dicht an sein hartes, wütendes Gesicht. „Meine Frau sagt, ich könnte dich nicht umbringen, nur weil du ein Idiot bist. Sie hat ein sehr viel freundlicheres Wesen als ich. Wenn irgendeiner von deinen Männern auch nur in unsere Nähe kommt, werde ich ihn in seine Einzelteile zerlegen. Und zwar sehr langsam."

Das Gesicht des Hellen Fae färbte sich lila. Er krallte sich in Dragos' Hand und spie einen Strom von Worten in einer fremden Sprache aus, die Pia schon gestern Abend gehört hatte. Sie brauchte die Worte nicht zu verstehen, um zu wissen, dass er sich nicht gerade entschuldigte.

Sie versuchte, den Kellnern ein Lächeln zu schenken. Als diese sie starr vor Schreck anstarrten, sagte sie: „Wir bezahlen natürlich den Schaden. Und das Essen von allen

Gästen."

Dragos schleuderte den Hellen Fae mit einer Hand quer durch den Raum. Der Mann krachte gegen die Wand und sackte zu Boden. Dann erhob sich Dragos. Er war so schnell und trotz seiner gewaltigen Größe so übermenschlich elegant, dass Pias Nacken schon kribbelte, wenn sie ihn nur aufstehen sah.

Hätte er die geringste Ahnung gehabt, wie anziehend sie es fand, wenn er sich so schlecht benahm, wäre das ein schlechter Präzedenzfall gewesen. Daher versuchte sie, sich unbeeindruckt zu geben. „Du hattest deinen Spaß. Bist du jetzt fertig?"

Seine Augen funkelten noch immer vor Wut, während er den Hals streckte und nickte. Er bückte sich nach der Holzplanke und sagte zum Barkeeper: „Schicken Sie die Rechnung an Cuelebre Enterprises."

Der Barkeeper nickte.

Der Helle Fae hob den Kopf. Sein Gesichtsausdruck durchlief einen drastischen Wandel. „*Draco!*"

Na endlich. Jetzt, da der Mann erkannt hatte, wer Dragos war, würde er vielleicht zur Vernunft kommen und sie in Ruhe lassen.

Dragos' Gesicht glich einer Gewitterwolke, als er bei Pia ankam, die ihm die Tür aufhielt. Auf dem Weg zum SUV sagte keiner von ihnen ein Wort. Er entriegelte die Türen mit dem elektronischen Schlüssel und warf die Holzplanke wieder auf den Rücksitz, während Pia vorne einstieg.

In der Ferne erklangen Sirenen, die rasch näherkamen. Einen Moment lang saßen beide regungslos da.

Pia gab sich keine Mühe, ihren Sarkasmus zurückzuhalten. „Das ist doch ziemlich gut gelaufen, findest du nicht?"

Dragos legte den Kopf schief und sah sie nur an. Er ließ den Motor an und fuhr sie zurück zum Haus.

Als sie ankamen, versuchte Pia die Spannung abzuschütteln, die sich zwischen ihren Schulterblättern eingenistet hatte. Liam war aus seinem Mittagsschlaf aufgewacht und spielte auf dem Boden. Als er sie sah, quietschte er aufgeregt und krabbelte auf sie zu.

Dragos nahm ihn hoch und setzte sich mit ihm auf eine Couch. Lächelnd über die Freude des Babys, gesellte sich Pia dazu.

Die Gesetzeshüter brauchten eine Dreiviertelstunde, um sie zu finden. Als es an der Tür klopfte, nahm Pia Liam auf den Arm und grinste Dragos breit an. „Wir gehen ein bisschen woanders spielen."

Seine Lippen zuckten. Inzwischen war genug Zeit vergangen, und seine Stimmung hatte sich deutlich gebessert. „Viel Spaß."

Eva folgte Pia und Liam nach draußen. Sie brachte Weingläser und eine Decke mit, auf der das Baby spielen konnte. Gemeinsam gingen sie zum Strand hinunter.

Pia setzte sich auf eine Ecke der Decke. Möwen schwebten über silbergekrönten Wellen. Der Anblick der Frühabendsonne auf dem Wasser war einfach spektakulär. Zufrieden atmete sie tief die frische Luft ein. „Weißt du, noch vor einem Jahr wäre ich im Wohnzimmer geblieben, um selbst mit der Polizei zu reden, und ich hätte mich verrückt gemacht und Angst gehabt. Irgendwann wurde mir klar, dass dieser ganze Kram Dragos überhaupt nicht juckt. Und damit meine ich, wirklich überhaupt nicht. Also, warum soll ich mich daran aufreiben, wenn er es nicht tut?"

„Genau." Eva legte die Füße übereinander und streckte sich lang aus.

Liam deutete auf die Möwen, krähte fröhlich und flatterte mit den Armen. Pia und Eva lachten über seine großen Augen und seine aufgeregte Miene.

Zwanzig Minuten später kam Dragos an den Strand geschlendert. Er sagte zu Eva: „Du und Hugh, nehmt euch doch den Abend frei."

„Sicher?" Eva stand auf. „Wir haben noch kaum etwas getan, seit wir hier sind."

Dragos warf einen Blick zu Pia, die nickte. „Ich bin sicher", erwiderte er. „Bleibt nur in der Nähe und haltet die Augen offen. Gebt uns Bescheid, wenn euch irgendetwas komisch vorkommt."

„Alles klar." Eva grinste. „Macht euch einen schönen Abend."

„Danke, gleichfalls", sagte Pia. Dragos streckte sich neben ihr auf der Decke aus. Während Liam eifrig auf ihn zukrabbelte, um auf seine Beine zu klettern, reichte Pia ihm ihr Weinglas. „Was hatte die Polizei zu sagen?"

„Nicht viel." Er gab ihr das Glas zurück, streifte sein T-Shirt ab und streckte sich im Sand aus, die Arme hinter dem Kopf verschränkt. „Der Name des Hellen Fae ist Rageon Merrous, und sie haben ihn schon seit einiger Zeit im Visier. Vor etwa vierzig Jahren ist er zum ersten Mal hier auf den Inseln aufgetaucht. Er wird mit dem Verschwinden mehrerer Personen in Verbindung gebracht und war in Unfälle von anderen verwickelt. Bisher wurde er allerdings noch nicht auf frischer Tat ertappt, und es konnte auch keine konkrete Anklage gegen ihn erhoben werden. Als die Polizei in der Bar ankam, war er schon weg. Solange wir hier sind, wird ein Polizeiwagen in unserem Viertel Streife fahren."

Der Anblick seiner nackten Brust schaffte es jedes Mal,

ihre Konzentrationsfähigkeit zu beeinträchtigen. Sein Körperbau war einfach überwältigend. Seine breite muskulöse Brust zierte kurzes schwarzes Haar. Sie legte eine Hand auf die warme Haut über seinen straffen Bauchmuskeln und richtete den Blick aufs Meer, um wieder einen zusammenhängenden Gedanken fassen zu können. Er nahm ihre Hand und schob die Finger zwischen ihre.

„Warum glaubt er, dass die Sebille ihm gehört?", fragte sie.

Die Haut unter ihrer Hand bewegte sich, als er die Achseln zuckte. „Wer weiß? Vielleicht ist er ein Angehöriger eines Crewmitglieds. Vielleicht glaubt er, einen Anspruch darauf zu haben, weil er schon so lange danach sucht. Schatzsucher sind ein besessenes Völkchen, die können ganz schön verrückt werden, ganz besonders, wenn sie viel in eine Suche investiert haben."

„Wenn er ein Familienangehöriger ist, wäre er dann nicht im Recht? Ich meine, hätte er nicht Anspruch auf alles, was sich im Wrack befindet?"

„Im Seerecht wird zwischen Bergung und Schatzsuche unterschieden. Zum Bergen gehört die Wiederbeschaffung von Eigentum, wobei die Eigentümer ein Recht auf Entschädigung oder die Rückgabe ihres Besitzes haben. Schatzsuche ist ein anderes Thema, weil es normalerweise keinen Besitzer mehr gibt, der einen Anspruch auf das Eigentum erheben könnte." Wieder zuckte er die Schultern. „Bei den Alten Völkern ist es komplizierter, weil die meisten von uns so alt werden. In diesem Fall ist es allerdings ziemlich einfach. Die Einzige mit einem eventuell berechtigten Anspruch ist Tatiana, da sie die ursprüngliche Expedition in Auftrag gegeben und finanziert hatte. Letztendlich hat Merrous also nichts in der Hand."

Pia dachte eine Weile darüber nach. „Und Tatiana?"

„Wenn sie ein Interesse an dem hat, was sich auf dem Wrack befindet, kann sie eine Petition beim Tribunal der Alten Völker einreichen." Er gähnte. „Aber wahrscheinlich wird es ihr nicht wichtig genug sein, dass sie dafür die Prozesskosten auf sich nimmt."

Pia konnte sich ein heimliches Lächeln nicht verkneifen. Wenig überraschend, dass er sich so gut mit den Gesetzen über Schätze im Seerecht auskannte. „Das war es dann also."

„So ziemlich." Er schloss die Augen. „Es sei denn, du erlaubst mir, ihn umzubringen."

„O nein", sagte sie entschieden und drehte den Oberkörper, um ihn finster anzusehen. „Das kannst du nicht auf mich abwälzen. Du weißt genauso gut wie ich, dass du nicht einfach jemanden umbringen kannst, nur weil er ein Idiot ist. Wir haben ein paar Gerüchte und Verdächtigungen gehört, aber wir wissen nicht, ob Merrous wirklich etwas verbrochen hat. Wenn er tatsächlich zum Problem wird, werden wir uns auf die eine oder andere Art darum kümmern. Bis dahin ist das alles nur männliches Imponiergehabe und heiße Luft."

Dragos' Lächeln war träge und entspannt. „Also gut."

Liam hatte es geschafft, auf die Beine seines Vaters zu klettern. Jetzt krabbelte er mit entschlossener Miene zu dessen Oberkörper hinauf. Als sein Knie in Dragos' Schritt landete, drehte sich dieser lachend rasch zur Seite, und sie ließen das Thema für diesen Abend fallen.

Nach einiger Zeit ging Pia ins Haus, um ein paar Snacks und eine zweite Flasche Wein zum Abendessen zu holen. Sie blieben draußen am Strand und sahen sich den Sonnenuntergang an. Pia stillte das Baby, das anschließend auf ihrem Arm einschlief. Sie selbst kuschelte sich an Dragos' Brust, und er hielt sie fest. Als sie den Kopf zurücklegte, um ihn anzulächeln, küsste er sie langsam und ausgiebig, was ihr Blut jedes Mal aufs Neue zum Kochen brachte.

Glücklich, dachte sie. *Ich bin zu glücklich.*

Entschieden verbannte sie diesen hässlichen Gedanken aus ihrem Kopf und schlief schließlich ein.

Irgendwann später erwachte sie von einer Bewegung. Dragos hatte sie und das Baby in die Decke gehüllt und trug sie zum Haus hinauf. Gähnend murmelte sie: „Die Sachen am Strand."

„Holen wir morgen", sagte er leise.

Er trug sie durch das dunkle, leere Haus und legte sie behutsam aufs Bett. Dann hob er den kleinen, schlafenden Liam auf und brachte ihn in sein Bettchen im anderen Schlafzimmer. Wieder gähnte Pia so kräftig, dass ihr Kiefer knackte, und drückte sich vom Bett hoch. Sie ging ins Bad, um sich zu waschen und die Zähne zu putzen. Auf dem Rückweg streifte sie ihre Kleider ab und ließ sie auf den Boden fallen. Auch die konnten sie morgen noch aufheben.

Wenige Minuten später kam Dragos zu ihr. Sie rollte zu ihm hinüber, als er unter die Decke schlüpfte. Auch er war nackt, und sie seufzte auf, als sie seinen großen, muskulösen Körper berührte. Das tröstliche Gefühl, seine Haut auf ihrer zu spüren, war einfach unbeschreiblich, und sie brauchte es so sehr wie Nahrung oder die Luft zum Atmen. Sie rieb das Gesicht an seiner warmen Brust, während er die Hände über ihre Kurven gleiten ließ und ihr die Brüste streichelte. Als sie seine große, harte Erektion und die prallen, straffen Hoden darunter streichelte, stieß er ein leises Zischen aus.

Von ihrem Instinkt geleitet, rutschte sie unter die Laken,

während er sich auf den Rücken drehte und ihr Haar streichelte. Inzwischen wussten sie beide, wie dieser Tanz ablaufen würde, doch die Vertrautheit brachte keine Langeweile mit sich, sondern steigerte die Erregung nur.

Sie wusste, was passieren würde, wenn sie ihn in den Mund nahm. Sie wusste, wie er schmeckte, und sie verzehrte sich danach. Verzehrte sich nach ihm. Es war ein unvergleichlich süßes Sehnen, das jeden Teil ihres Körpers durchdrang. Ihr Leben wurde unaufhörlich von Fragen bestimmt.

Wo wird er als Nächstes sein? Wann werde ich ihn wiedersehen? Im Wohnzimmer? In der Küche? Wird er morgen früh Zeit haben, mit mir zu duschen?

Wie soll ich es ertragen, einen ganzen Tag lang von ihm getrennt zu sein?

Manchmal schafften sie es nicht. Dann trafen sie sich in hitziger Eile in der Mittagspause und entfachten das Feuer zwischen ihnen, das so wundervoll brannte.

So fühlte sie sich in diesem Moment, als sie die Lippen öffnete und ihn in den Mund nahm. Sie saugte an seiner breiten Eichel und ließ die Zunge um den winzigen Schlitz an der Spitze kreisen. Er fluchte, ein tiefer, schneller Strom unverständlicher Worte, und sein Körper versteifte sich.

Ich brauche dich, ich brauche dich so sehr, wollte sie ihm sagen. Doch sie hatte ihre Fähigkeit zur Telepathie verloren. Vor Sehnsucht rollte ihr eine Träne über die Wange. Sie nahm ihn ganz in sich auf. Er schob die Hüften vor und drängte sich in ihren Mund. Sie konnte ihm nicht nahe genug kommen, konnte ihn nicht tief genug in sich spüren.

Als er mit beiden Händen ihren Kopf fasste und zurückschieben wollte, versuchte sie mit einem begierigen Laut, ihn wieder an sich zu ziehen. Er ließ es nicht zu, sondern schob sie sanft, aber bestimmt ein Stück nach oben und legte sich zwischen ihre Beine. Da begriff sie, was er wollte, und hieß ihn bereitwillig willkommen.

„Ich kriege nie genug von dir", flüsterte er an ihren Lippen, während er sein Glied an die richtige Stelle führte.

„Ich auch nicht von dir. Beeil dich." Sie hielt sich an seinem Nacken fest.

Er drang in sie ein, zog sich zurück und stieß wieder in sie. Es war genau das, was sie brauchte, als sie sich in dieser intimsten Form des uralten Tanzes vereinigten. Sie hob die Hüften, um ihm entgegenzukommen, und spannte ihre inneren Muskeln so an, wie es ihm die größte Lust bereitete.

Er rang nach Luft, schüttelte den Kopf und beschleunigte den Rhythmus. Dann stützte er sich auf einen Arm und schob eine Hand zwischen sie beide. Sie war so erregt, dass sie schon bei der ersten Berührung kam.

Aus ihrer Kehle drang ein hoher, dünner Laut, und sie zitterte am ganzen Körper, als die herrlichen Wellen sie erfassten.

Er stieß härter und tiefer in sie, einmal, zweimal, und bog den Oberkörper zurück, als sein Orgasmus kam. Sie hielt den Atem an, damit sie auch alles spürte, während sein hartes, großes Glied in ihr pulsierte.

Da war es. Das herrliche, wunderschöne Feuer.

Kapitel Neun

AM VORMITTAG HATTE Liam das ausgiebige Schmusen mit Mommy und Daddy genossen. Dann war er ganz aufgeregt geworden, weil Mommy und Daddy sich bereitmachten, irgendwo hinzugehen. Oft bedeutete das, dass auch er irgendwo hinging, und es gefiel ihm, diesen neuen, sonnigen Ort zu erkunden.

Sie sagten Dinge zueinander wie: „Hast du dein Satellitenhandy?" Und: „Sie bringen das Boot zur Anlegestelle am Strand."

Er wäre lieber fliegen gegangen, aber ein Boot klang vielversprechend. Eigentlich klang alles vielversprechend, aber dann sagte Mommy solche Sachen wie „Du wirst heute Vormittag viel Spaß mit Tante Eva und Onkel Hugh haben."

Er versuchte, sie zu ignorieren, denn manchmal änderte sie ihre Meinung. Doch schon bald wurde klar, dass Mommy und Daddy wegfahren würden und er hierbleiben musste. Als sie ihm einen Kuss gaben und gingen, bekam er ungemein schlechte Laune. Allerdings war es schwierig, lange wütend zu bleiben. Er hatte nämlich wirklich Spaß mit Tante Eva und Onkel Hugh.

Er war fest entschlossen, wach zu bleiben, bis Mommy und Daddy nach Hause kamen, doch trotz größter Bemühungen wurden ihm die Lider schwer. Hugh brachte ihn ins Schlafzimmer und bettete ihn in seine Wiege. Mit schläfrigem Interesse beobachtete er, wie Hugh das Zimmer sicherte, einem Blick nach draußen warf und kurz am Griff des geschlossenen Fensters rüttelte, bevor er die Vorhänge zuzog und aus dem Zimmer ging.

Liam gähnte, schlief ein und wachte einige Zeit später wieder auf.

Ihm war nach frischer Luft – nach frischer Luft und Wind und Fliegen.

Daddy hatte *NEIN* gesagt, aber das war schon eine ganze Weile her. Bestimmt war aus dem *NEIN* inzwischen ein *JA* geworden.

Da war er sich sogar ganz sicher.

Er war ein sehr hilfsbereiter kleiner Drache. Mommy und Daddy hatten auf dem Boot zu tun, also würde er allein fliegen üben.

Er verwandelte sich, krabbelte aus der Wiege und kletterte an den Vorhängen zum geschlossenen Fenster hinauf. Oben angekommen, zog er am Griff.

Über seinem Kopf klickte die Verriegelung, und das Fenster glitt auf.

Erfreut stieg er auf das Fenstersims. Von Tag zu Tag konnte er besser das Gleichgewicht halten. Fröhlich blickte er hinaus in den heißen, sonnigen Tag. Unter ihm ging Tante Eva vorbei, und er beobachtete sie neugierig. Dann bog sie um eine Hausecke, und er vergaß sie.

Eine Bewegung fiel ihm ins Auge, und sein Kopf fuhr herum. Auf der anderen Seite der Hecke spazierte eine hellgrüne Eidechse über die Straße.

Hm. Jetzt hatte er Hunger. Diese Eidechse sah lecker aus.

Er breitete die Flügel aus und machte einen Satz in die

Luft. Mit aller Kraft mit den Flügeln schlagend, gelangte er halb fliegend, halb segelnd über die Hecke und landete unsanft auf dem Kiesweg neben der Straße. Dabei erschreckte er die Eidechse, sodass sie an einer Reihe parkender Wagen entlang davonflitzte.

Sein Instinkt übernahm die Kontrolle. Liam sprang auf die Füße und rannte hinter der Eidechse her. Als er abermals mit den Flügeln schlug, erhob er sich in die Luft und flog ein paar Meter. Aufgeregt rannte er schneller, sprang ab und flog noch ein paar Meter weiter. Auf diese Weise rannten sie die Straße hinunter, bis er mit einem letzten Satz den Schwanz der Eidechse zu fassen bekam.

Das Tier wehrte sich, als er es zu sich zog. Zu seiner ungeheuren Überraschung warf es den Schwanz ab und rannte wieder davon. Verwirrt blickte er auf den Schwanz, den er noch in der Vorderpfote hielt. Dann aß er ihn auf. Mjam. Lecker.

Jetzt wollte er erst recht den Rest auch noch haben. Wohin war er verschwunden? Liam lief umher, sah sich um und spähte unter die Autos, doch die Eidechse war nirgends zu sehen.

In einigen Schritten Entfernung wurde eine Autotür geöffnet, ein Mann stieg aus und kam auf Liam zu. Es war ein Mensch mit einem langen, dunklen Pferdeschwanz, und er stank nach Zigarettenrauch.

„Sieh mal einer an", sagte der Mann in freundlichem Ton. Er zog seine Jeansjacke aus und hielt sie vor sich, während er näherkam. „Was haben wir denn da? Na so was, du siehst ja aus wie ein Drachenbaby."

Liam setzte sich auf und lächelte den Mann an.

Der Mann fuhr zurück. „*Christos!*"

Dann warf er die Jacke zu Liam. Dunkelheit senkte sich

herab, als sie ihm über den Kopf fiel. Er versuchte, sich aus dem schweren Stoff frei zu strampeln, doch der Mann hob ihn hoch und hielt ihn fest. Dann hüpften sie auf und ab – der Mann rannte.

Liam knurrte. Dieses Spiel gefiel ihm nicht.

„Halt den Mund!" Jetzt klang der Mann nicht mehr freundlich.

Eine Autotür wurde geöffnet. Die Welt kippte und schwankte, dann hielt der Mann Liam auf seinem Schoß fest, und die Wagentür wurde geschlossen. Sie waren in einem Auto, das anfuhr und beschleunigte.

„Was hast du da in deine Jacke gewickelt?" Die Stimme eines anderen Mannes.

„Sieht aus wie ein kleiner Drache", sagte der Mann, der ihn eingefangen hatte. „Ich glaube, es ist sein Kind."

✧   ✧   ✧

PIA UND DRAGOS hatten beschlossen, für zwei Stunden mit dem Boot rauszufahren, daher packten sie keinen Proviant ein, sondern nur reichlich Trinkwasser. Während Pia die vorüberziehende Landschaft betrachtete, lenkte Dragos das Boot kundig durch den regen Verkehr auf dem Wasser. Es dauerte nicht lange, bis das Land außer Sichtweite war.

Mit dem Boot kamen sie viel langsamer voran als Dragos im Flug, aber er kannte den Weg und konnte sie direkt zur richtigen Stelle bringen.

Als sie das Gebiet erreicht hatten, stellte Dragos den Motor ab. Pia drehte sich im Kreis und staunte über den Anblick des Wassers, das sie umgab. Nirgends war Land zu sehen. Er sagte: „Der Anker würde uns hier nichts nützen. Du wirst ein wenig abtreiben, aber nicht sehr weit. Mach dir deswegen keine Gedanken."

„Okay." Sie lächelte ihn an. „Na los, tauch schon. Mach dir um mich keine Sorgen."

Er nickte. „Bis gleich."

Sie hatten einen ihrer Reisekoffer ausgeleert und mitgebracht. Dragos warf ihn ins Wasser, sprang über Bord und schwamm so weit weg, dass er sich verwandeln konnte, ohne das Boot zum Kentern zu bringen. Dann erschien der Drache und zwinkerte Pia mit seinem riesigen Auge zu, während er mit einer Kralle nach dem Koffer griff. Mit einem gewaltigen Platschen tauchte er ab.

Wie lange würde er brauchen, um das Wrack zu finden? Weil sie keinerlei Anhaltspunkte dafür hatte, lehnte Pia sich entspannt auf einem der Stühle zurück und sah den Wellen zu.

Der Ausblick auf den endlosen, funkelnden Ozean war bemerkenswert hypnotisch und hatte sie halb in den Schlaf gelullt, als sie abermals ein lautes Platschen hörte. Sie schrak hoch, fuhr herum und sah den Drachen auf sich zuschwimmen. In einer Pranke hielt er den Koffer.

Im Näherkommen nahm er schimmernd seine Menschengestalt an. Das Boot schaukelte, als er nach der kurzen Leiter am hinteren Ende der Backbordseite griff. Keuchend hielt er sich daran fest. Pia lief zu ihm. „Kann ich dir helfen?"

Er schüttelte den Kopf. „Der Koffer ist sehr schwer. Vorsicht."

Sie trat einen Schritt zurück, und er kletterte die Leiter hinauf, den Koffer in der einen Hand. Er hievte ihn an Bord, wo er mit einem Sprühregen kalten Wassers und einem lauten Plumps landete. Dann kniete er sich daneben, öffnete den Reißverschluss und schlug den Deckel zurück.

Gold funkelte ihnen entgegen. Außerdem waren da

geschwärzte Gegenstände, die Pia nicht identifizieren konnte. Vielleicht angelaufenes Silber. Es gab Münzen, eine kleine Schatztruhe und etwas, das mechanisch aussah und Magie ausstrahlte.

„Wow. Einfach nur wow." Sie deutete darauf. „Ist das ein Sextant?"

Immer noch schwer atmend, nickte er. Er strich mit dem Finger über eine Münze und sagte: „Diese Sachen lagen halb vergraben in Ledertaschen, die zerfallen sind, als ich sie anheben wollte. Da unten ist wahrscheinlich noch genug, um zwei weitere Koffer zu füllen. Tatiana wollte unbedingt neues Land finden und war bereit, dafür zu zahlen."

„Was hast du jetzt vor?", fragte Pia. „Wenn du möchtest, kannst du den Koffer ausleeren und noch einmal tauchen, um den Rest einzusammeln."

Er schüttelte den Kopf. „Das läuft uns nicht weg. Wir können zurückfahren, und ich werde ein paar Transportbehälter besorgen, um alles zu bergen."

„Wenn du meinst …", begann sie gerade, als das Satellitenhandy klingelte. Sie hob es auf und meldete sich. „Hallo?"

„Eva hier." Eva klang nicht wie sie selbst, ihre Stimme war schroff und abgehackt. „Liam ist weg."

„Was?" Die Worte waren klar und deutlich gewesen, aber sie kamen völlig aus dem Nichts und ergaben keinen Sinn. Pia schüttelte den Kopf. „Entschuldige, was hast du gesagt?"

„Liam ist verschwunden." Eva sprach jedes Wort betont deutlich. „Er ist *verschwunden*, Pia. Wir haben ihn zum Schlafen hingelegt, und jetzt ist er weg. Das Haus war fest verschlossen. Hugh war drinnen, während ich draußen im Garten patrouilliert bin, aber das Fenster in seinem

Schlafzimmer steht weit offen und, Scheiße, er ist *weg* …"

„O mein Gott." Pia verlor den Boden unter den Füßen. Das Satellitenhandy fiel ihr aus den gefühllosen Fingern.

Dragos brauchte nicht zu fragen, was Eva gesagt hatte, er hatte es gehört. Seine bronzefarbene Haut wurde aschfahl, sein Blick hart.

Eva redete immer noch. Die Worte aus dem Telefon klangen leise und weit entfernt. Als Pia danach griff, ging Dragos in die Knie und sprang in die Luft. Er stieß sich mit solcher Kraft ab, dass das Boot heftig schwankte und sie gegen die Reling geschleudert wurde. In der Luft verwandelte er sich und hob Pia mit einer Pranke hoch. Er durchpflügte den Himmel, mit aller Kraft brauste sein riesiger Körper auf die Inseln zu.

Pias Körper wurde taub. Sie spürte ihre Füße und Lippen nicht mehr. „Das Handy!"

Angespannt sagte Dragos: „Ich rede gerade mit ihr. Sie haben draußen Liams Geruch gefunden und sind ihm gefolgt. Ein Stück die Straße hinunter reißt er ab. Dieser Mann aus der Bar – nicht Merrous, sondern der andere –, sein Geruch war an der Stelle, an der Liams Spur aufhört."

„O mein Gott, o mein Gott." Das war entsetzlich, ein unfassbarer Albtraum. „Willst du damit sagen, diese Schweine haben mein Baby?", schrie sie.

Der Drache knurrte und flog mit noch mehr Kraft.

Eine hohle, brüllende Stille füllte Pias Kopf. Die Zeit blieb abwechselnd stehen und raste unberechenbar davon.

Sie erreichten die Insel und schlugen auf dem Boden auf. Wieder verwandelte sich Dragos, doch diesmal nur teilweise. Er war gigantisch und monströs, sein Gesicht und seine Muskeln waren verzerrt, die Hände verlängert und mit tödlich scharfen Krallen bewehrt.

In Extremsituationen durchlebten Wyr manchmal eine solche teilweise Verwandlung. Manchmal konnten sie sogar einzelne Teile ihres Körpers verwandeln, zum Beispiel ihre Krallen hervortreten lassen. Bisher hatte Pia Dragos nur einmal in dieser monströsen Halbverwandlung erlebt, als sie im letzten Jahr Gefährten geworden waren. Obwohl sie wegen Liam unter Schock stand, und obwohl sie ihn so sehr liebte, wäre sie beinahe vor diesem Anblick zurückgeschreckt.

Aber er war ihr Gefährte, und nie hatte sie ein Monster mehr gebraucht als in diesem Moment. Er packte ihre Hand, und sie rannten den Weg hinauf.

✧   ✧   ✧

AUF DEM WEG zum Haus ließ Dragos Pias Hand los und stürmte mit riesigen Schritten voraus. Er stieß die Tür so heftig auf, dass sie aus den Angeln gerissen wurde, und sprang die Stufen zum Kinderzimmer seines Sohnes hinauf. Alles wirkte friedlich, alles war an seinem Platz. Sorgfältig suchte er das Zimmer nach Gerüchen ab. Bis auf ihn selbst, Pia, Eva und Hugh war niemand in diesem Raum gewesen.

Das Fenster stand weit offen, und auf dem Sims fand er Liams Geruch. Er sah nach draußen, wo Pia, die ums Haus herumgelaufen war, gerade mit Eva und Hugh sprach. Die Bodyguards waren angespannt, ihre Blicke tief betrübt.

In großen Sätzen eilte er die Treppe hinunter und stürmte hinaus zu den anderen. Eva deutete auf eine Stelle auf der Straße. „Hier fängt Liams Geruch an."

Er ging zu dieser Stelle und sah sich nach dem Haus um. Von hier aus konnte er Liams offenes Fenster sehen. Er rannte Liams Geruchsspur nach, bis sie endete und er den Geruch des Menschen aufnahm. Auch dieser Spur folgte er, bis sie abriss.

Danach kam er nicht weiter. Mit einem ungewohnten Gefühl von Ohnmacht und Entsetzen stand er da, die krallenbewehrten Hände zu Fäusten geballt. Sie waren in ein Auto gestiegen. Inzwischen konnten sie auf einem Boot sein.

Und Liam war zwar schon sehr verständig, doch seine sprachliche Ausdrucksfähigkeit reichte nicht an seine Auffassungsgabe heran. Selbst wenn Dragos ihn telepathisch erreichte, würde Liam nicht antworten können.

Allerdings konnte Dragos mit einer anderen Person telepathisch kommunizieren.

Merrous, sagte der Drache mit ruhiger, leiser Stimme.

Kurz darauf ließ Merrous ein telepathisches Kichern vernehmen. *Nun ja, das ist unangenehm und unerwartet, aber überraschend nützlich. Ich wollte dir ein Prepaid-Handy schicken, aber so funktioniert es noch besser. Ich habe etwas, das dir gehört.*

Beweise es.

Was hättest du gern, ein Bild oder einen Körperteil? Merrous lachte.

Für einen toten Mann hatte er ziemlich viel Humor. Der Drache ließ die Krallen spielen, und Eva und Hugh erbleichten. Seine Stimme wurde sanfter. *Du willst die Sebille? Denn ohne mich wirst du sie niemals finden.*

Merrous' Lachen erstarb. Boshaft sagte er: *Ja, ich will die Sebille. Und alles, was mit ihr untergegangen ist. Ich nehme an, du willst den Hosenscheißer wiederhaben. Wir machen eine Übergabe.*

Wann, fragte er. *Wo?*

Ich gebe dir Bescheid, wenn ich mir etwas überlegt habe. Und jetzt hör auf, mit mir zu reden, sonst werde ich jemandem wehtun müssen.

Wie brennende Säure tobte der Zorn in Dragos' Körper. Er sah Pia und die beiden anderen an, die seine Miene genau beobachtet hatten. „Ich habe gerade mit Merrous gesprochen. Er sagt, er will eine Übergabe und wird sich bei mir melden, wenn er über das Wo und Wann entschieden hat." Dann bahnte sich eine Spur logischen Denkens durch die Lava in seinen Gedanken, und er unterbrach sich. „Er klang zu zuversichtlich."

Pia packte ihn am Arm, ihre Fingernägel bohrten sich in seine Haut. „Was meinst du damit?"

Kopfschüttelnd dachte er darüber nach. Aus seinem Instinkt wurde Gewissheit. „Er weiß, dass wir Wyr sind, also hat er eine ungefähre Vorstellung von unserer Fähigkeit, Spuren zu verfolgen. Im Augenblick glaubt er, dass er nicht aufgespürt werden kann, und das heißt, er befindet sich auf einem Boot oder Schiff."

Pias Stimme zitterte. „Weit kann er noch nicht gekommen sein, aber da draußen sind jede Menge Boote."

„Nur auf einem sind ihre Gerüche. Also verhüllen wir uns und machen uns auf die Jagd." Er sah Hugh an. „Du musst losfliegen und alle Boote überprüfen, die sich vom Ufer entfernen. Wenn er auch nur ein bisschen nachgedacht hat, wird er damit rechnen. Ich nehme an, er wird so tun, als würde er zum Angeln fahren oder Urlaub machen. Vielleicht hat er auch irgendwo angelegt oder fährt nur ganz langsam. Er wird sich direkt vor unserer Nase verstecken. Wir müssen uns beeilen."

„Alles klar", sagte Hugh, verwandelte sich und flog davon.

„Ich brauche eine Waffe", sagte Pia. Eva drückte ihr ihre Pistole in die Hand und zog die Ersatzwaffe aus dem Holster an ihrem Knöchel.

„Dann los." Dragos verwandelte sich, und die beiden Frauen kletterten auf seinen Rücken. Dann schwang auch er sich in die Luft.

Kapitel Zehn

ALLMÄHLICH BEGANN SICH Liam leidzutun. Es war ein seltsamer und interessanter Tag gewesen, und er hatte viel gelernt. Er war geflogen! Na ja, jedenfalls ein kleines bisschen. Und Eidechsenschwänze waren köstlich. Ein Mann hatte ihm seine Jacke gegeben und ihn im Auto mitgenommen. Jetzt war er auf einem Schiff. Der Mann hatte sich seine Jacke zurückgeholt, nur um Liam schnell in einen Käfig zu stecken, die Tür zuzuknallen und sie zu verriegeln.

Liam saß da und wartete darauf, dass wieder etwas geschah. Vielleicht waren Mommy und Daddy auch auf diesem Schiff und würden ihn gleich abholen.

Nichts passierte. Mommy und Daddy kamen nicht, und der Käfig roch nach Hund. Der Motor des Schiffs lief einige Zeit, dann verstummte er, und sie schaukelten auf den Wellen.

Niemand kam, um mit ihm zu spielen oder ihm etwas zu essen zu bringen. Schon beim Aufwachen hatte er Hunger gehabt, und der wurde immer größer. Und Durst bekam er auch.

Nach einiger Zeit sah er sich im Käfig um. Keine Decke. Kein Essen. Kein Hase.

Er seufzte tief und drückte gegen die Käfigtür. Als das Schloss aufsprang, spazierte er hinaus.

Er erkundete den Raum, der mit interessanten Dingen wie Seilen, Metallbehältern, Kisten und Planen angefüllt war. Immer noch nichts zu essen oder zu trinken. Er verließ den Raum und tapste einen kurzen Flur entlang. Aus einem anderen Raum waren Stimmen zu hören. Eine davon gehörte dem Mann mit der Jacke. Die andere kannte Liam nicht.

Rauch wehte aus dem Zimmer. Liam zog die Nase kraus. Er wollte nicht mehr bei diesen Männern sein. Er wollte zu seiner Mommy.

Am Ende des Flurs war eine Treppe. Er stieg hinauf, fand sich an Deck wieder und sah sich um. In einer Kajüte waren zwei weitere fremde Männer. Auch zu denen wollte er nicht, und das Ufer sah furchtbar klein aus. Er beäugte es zweifelnd. Viel zu weit weg, um hinzufliegen. Erst jetzt wurde ihm klar, wie weit seine Mommy vielleicht weg war.

Seine Augen füllten sich mit Tränen. Das war der traurigste Gedanke, den er je in seinem Leben gehabt hatte.

Dann kam ihm noch ein Gedanke. Am weitesten war er geflogen, als er am höchsten gewesen war – vom Fenster seines Zimmers aus. Vielleicht würde er es schaffen, bis zum Ufer zu fliegen, wenn er auf die höchste Stelle des Schiffs kletterte.

Er hüpfte, schlug mit den Flügeln und kletterte. Das Schiff hatte einen Motor, aber auch Segel. Er kraxelte das Segel hinauf bis zur Mastspitze und hockte sich dort hin. Sein Blick glitt vom Schiff zum Land und zurück zum Schiff.

Jetzt war er sehr hoch in der Luft, doch das Ufer wirkte immer noch furchtbar weit entfernt – zu weit für ihn zum Fliegen. Das Schiff schaukelte, und er schlug mit den Flügeln, um das Gleichgewicht zu halten. Er wollte nicht wieder hinunterklettern und zu den Männern gehen. Aber wegfliegen konnte er auch nicht.

Ganz sicher war er sich nicht, weil er das Wort bisher nur einmal gehört hatte, aber er glaubte, er könnte in einer Zwickmühle stecken.

✧ ✧ ✧

WÄHREND HUGH WEITER aufs Meer hinausflog, schwenkte Dragos zum nächstgelegenen Pier und flog tief über jedes einzelne Boot hinweg. Pia konnte spüren, welche Anstrengung der Drache aufwenden musste, um seinen Körper zu hohem Tempo anzutreiben und dabei trotzdem jedes Boot gründlich zu untersuchen, bevor er zum nächsten Pier oder zum nächsten Schiff überging, das gemächlich übers Wasser schaukelte. Von jedem Schiff wehten ihm Gerüche entgegen – Personen, Alkohol, Essen und hin und wieder Zigarettenrauch, der besonders intensiv wahrnehmbar war. Dragos flog stets eine Kehre, um jedes Boot, das nach Zigaretten roch, ein zweites Mal zu überprüfen.

Pia ballte die Hände zu Fäusten. Diese Suche war ein quälendes Glücksspiel, doch die Alternative war, überhaupt nichts zu tun und abzuwarten, und das war undenkbar.

„Ich weiß gar nicht, was ich sagen soll, Pia", sagte Eva, die hinter ihr saß, mit leiser, erschütterter Stimme. „Es tut mir so entsetzlich leid, dass das passiert ist. Wir haben alles gemacht wie immer. Hugh schwört, dass er das Zimmer gesichert hat, als er Liam hingelegt hat, obwohl niemand dort gewesen ist, seit du ihn heute Morgen aus dem Bett geholt hast. Ich schwöre dir, das Haus war fest verriegelt."

Verriegelt.

Pias Kopf fuhr hoch. „O Scheiße."

„Was?", fragte Dragos scharf.

„Gestern habe ich noch überlegt, welche Begabungen oder Eigenschaften er wohl von mir geerbt hat." Sie presste sich die Fäuste an die Schläfen. „Kein Schloss kann ihn aufhalten. Er war es ganz allein. Er ist aus dem Fenster geklettert und muss bis zur Straße geflogen sein."

Dragos flog eine so scharfe Kurve, dass beide Frauen auf ihren Plätzen hin- und hergeschleudert wurden. In einem gewaltigen Energieschub entfernte er sich von den Schiffen, die sie gerade umkreist hatten, und brauste durch die Luft. „Ich sehe ihn."

Pias Herz machte einen Satz. Vielleicht gab es ja doch einen Ausweg aus diesem Albtraum. „Du *siehst* ihn? Wo?"

„Er sitzt oben auf einem Mast, einen knappen Kilometer von hier." In Dragos' Stimme schwang eine seltsame Mischung von Gefühlen mit.

Pia beschattete sich die Augen und blinzelte gegen das grelle Licht an. Seine Drachenaugen waren viel schärfer als ihre. Sie konnte Liam nicht entdecken.

„Jetzt noch fünfhundert Meter", sagte Dragos. „Direkt geradeaus."

Dann sah sie ihn. Eine kleine, weiße Gestalt. Aus dieser Entfernung sah er eher wie eine große Möwe aus, die immer wieder mit den Flügeln schlug, wenn das Schiff schaukelte. Sie wusste nicht, ob sie lachen oder weinen sollte. „Oh, Gott sei Dank."

Danke. Danke.

„Still jetzt", befahl Dragos. „Noch haben wir ihn nicht."

Als sie näherkamen, wurde er langsamer, breitete die Flügel aus und ging in den Gleitflug. Während sie wie ein riesenhafter Geist über das Schiff hinwegsegelten, streckte er eine Vorderpranke aus und sammelte Liam mit unbeirrbarer

Zielsicherheit ein. Pia stieg ein Hauch Zigarettenrauch in die Nase.

Dragos schoss davon. „Hab ihn!"

Die unerträgliche Spannung verschwand. Pia vergrub das Gesicht in den Händen und schluchzte.

„Halt durch", murmelte Dragos sanft. Sie wusste nicht, ob er mit ihr oder mit Liam sprach. „Wir sind gleich da."

Er flog direkt zum Ufer und landete auf einer Landzunge in der Nähe. Noch bevor er ganz zum Stehen gekommen war, fiel Pia von seinem Rücken und landete unsanft auf Händen und Knien. Ohne auf den Schmerz zu achten, kam sie auf die Füße und drehte sich zu Dragos um, genau als dieser seine Pranke öffnete.

In einem Wirbel aus weißen Flügeln schoss Liam daraus hervor. Er kam direkt auf sie zu und prallte gegen ihre Brust. Sie fiel flach auf den Boden, alle Luft wurde ihr aus den Lungen gepresst. Es war ihr egal. Sie brauchte nicht zu atmen. Fest drückte sie ihn an sich.

Harte, starke Arme hoben sie hoch, und Dragos zog sie beide an seine Brust, beugte den Kopf über sie. Liam hob die Schnauze und leckte seinem Vater mit wildem Enthusiasmus das Gesicht.

Es war ein zu schmerzhafter Moment, um ein glücklicher zu sein, zu sehr vom Grauen der letzten Stunden erfüllt. Doch Pia nahm ihn mit ganzem Herzen an. Sie streichelte Liam den Kopf und sprach beruhigend auf ihn ein, bis er bereitwillig seine Menschengestalt annahm und sich mit beiden Händen an ihre Bluse klammerte.

Nach einigen Augenblicken hob Dragos den Kopf. Sein verhärmtes Gesicht war feucht. „Ich habe noch ein Versprechen einzulösen."

„Nur zu", sagte sie. „Tu es."

Mit mörderischer Miene blickte er in Richtung des Schiffs, stand auf und ging davon. Während er sich in den Drachen verwandelte und davonflog, kam Eva zu Pia. Die beiden Frauen sahen zu, wie die Sonne auf seinem kraftvollen Körper schimmerte.

Eva fasste sie an der Schulter. „Er verhüllt sich gar nicht. Er will, dass sie ihn kommen sehen."

Sie waren zu weit entfernt, um Rufe oder Schreie zu hören, doch das Krachen von Schüssen hallte über das Wasser. Obwohl sie wusste, dass Kugeln die dicke, zähe Drachenhaut nicht durchdringen konnten, zuckte Pia jedes Mal zusammen.

Dragos erreichte das Schiff, rammte den Mast, packte ihn mit beiden Vorderpranken und brach ihn entzwei. In weiter Ferne stürzten sich Gestalten ins Wasser, während er das Schiff mit einer Wildheit in Fetzen riss, die Pia den Atem raubte. Als die Trümmerteile unter schäumenden Wellen versanken, stieg er höher und schwebte in der Luft, um sich die Männer vorzunehmen, die versuchten, davonzuschwimmen.

„Niemand bedroht meine Familie und kommt mit dem Leben davon." Wie Donner rollte die tiefe Stimme des Drachen über die Wellen. „Niemand."

Er stürzte sich hinab.

Pia blickte in die großen Augen in Liams rundem, kleinem Gesicht. „Sieh da nicht hin, mein Liebling", sagte sie sanft. Sie hielt ihm die Augen zu und wandte sich ab.

✦　✦　✦

ALS SIE ZUM Haus zurückkamen, war Liam besonders anhänglich. Pia konnte es ihm nicht verdenken, ihr war selbst ebenfalls anhänglich zumute. Er jammerte und gab ihnen zu verstehen, dass er Hunger hatte. Dragos holte ein gegrilltes Hähnchen aus dem Kühlschrank und stellte es auf den Küchenboden, damit Liam es essen konnte. Pia und Dragos setzten sich neben ihn, während Eva und Hugh im Türrahmen standen und zusahen.

Liam fraß gierig, bis sich sein Bauch sichtlich wölbte. Dann kletterte er auf Pias Schoß. Sie untersuchte jeden Zentimeter seines schlanken, weißen Körpers, um sicherzugehen, dass er keinerlei Verletzungen davongetragen hatte, und drückte vorsichtig mit den Fingern auf seine Rippen und Beine. Er zeigte keinerlei Anzeichen von Schmerzen oder Unwohlsein, sondern räkelte sich unter ihrer Berührung, seufzte zufrieden und fiel augenblicklich in tiefen Schlaf.

„Jungdrachen sind bemerkenswert belastbar", sagte Dragos leise. Sacht legte er eine Hand auf Liams Kopf.

„Wofür ich sehr dankbar bin", sagte Pia. „Ich wüsste gern, ob er noch zu jung ist, um sich an die Ereignisse zu erinnern."

Mit golden blitzendem Blick sah er sie an. „Ich hoffe, dass er sich an alles erinnert. Ich hoffe, es hat ihm Angst gemacht. Er hat gefährliche Fähigkeiten, und er wird in einer Welt voller Feinde aufwachsen. Er muss so früh wie möglich Disziplin lernen und auch, dass er nicht allein weglaufen darf."

„Das klingt so hart", flüsterte sie.

„Es *ist* hart. Aber ich habe Vertrauen in ihn", sagte Dragos. „Obwohl er noch so klein ist, hat er schon bewiesen, dass er ein großes Herz hat. Er kann damit umgehen. Und in der Zwischenzeit bringen wir Gitter vor seinen Kinderzimmerfenstern an."

„Sie sollten installiert werden, bevor wir nach Hause

kommen." Pia rieb sich die müden, trockenen Augen. Von der Vorstellung, er könnte aus dem Penthouse entkommen, so hoch über dem Boden, wurde ihr körperlich übel.

„Das werden sie. Ich rufe gleich an."

„My Lord", sagte Hugh zögerlich.

Pia und Dragos drehten sich zu dem anderen Mann um, der vor ihnen kniete. Auf Hughs unscheinbarem, knochigem Gesicht lag ein gequälter Ausdruck. Als er den Mund öffnete, um etwas zu sagen, kam ihm Dragos mit müder Stimme zuvor: „Nein, sag nichts. Es war nicht deine Schuld und Evas auch nicht."

„Wenn überhaupt, war es unsere Schuld", sagte Pia. „Liam entwickelt sich so schnell, dass wir die möglichen Konsequenzen nicht rechtzeitig abgesehen haben. In Zukunft müssen wir schneller denken und besser planen."

Hugh wirkte nicht überzeugt, doch er schwieg.

„Mach eine Flasche Wein auf", wies Dragos ihn an. „Wir haben uns alle einen Schluck verdient."

Das Gesicht des anderen Mannes hellte sich ein wenig auf, und er erhob sich.

Dragos wandte sich an Pia und fragte telepathisch: *Wie fühlst du dich?*

Ich bin müde. Sie sah auf Liam hinab und streichelte ihm den Kopf. *Und so dankbar. Und du?*

Geht mir genauso. Er machte eine Pause. *Willst du nach Hause?*

Ihr Kopf fuhr hoch. *Teufel, nein. Wir werden unseren Urlaub bekommen, verdammt noch mal. Wir hatten einen richtig, richtig miesen Tag, aber der ist jetzt vorbei. Das waren blöde Idioten, und ich werde sie nicht so wichtig nehmen. Es sei denn natürlich, du willst nach Hause.*

Er lächelte. *Teufel, nein.*

Plötzlich fiel ihr etwas ein. „Da treibt ein Motorboot mit einem kostbaren Schatz auf dem Meer."

„Und auf dem Meeresgrund liegt noch mehr", fügte Dragos hinzu.

Hugh reichte jedem von ihnen ein Glas Wein. Pia stieß mit Dragos an. „Dann weißt du ja, was du morgen zu tun hast."

Epilog

L IAM SCHLIEF SEHR lange. Als er aufwachte, lag er an
Mommy gekuschelt unter warmen, weichen Decken im
Bett. Er hob den Kopf, und sie sagte: „Guten Morgen, mein
Schatz. Hast du gut geschlafen?"

Er nickte und sah zur leeren Bettseite.

„Daddy ist losgezogen, um das Boot zu suchen, das wir
verloren haben, und ein paar Schätze zu bergen. Wir zwei
werden den Tag am Strand verbringen. Klingt das gut?"

Wieder nickte er.

Sie zog Shorts und ein Tanktop an und trug ihn in die
Küche. Er verwandelte sich in den Drachen, und sie machte
ihm ein köstliches Frühstück aus zartem, gebratenem
Schweinefilet, das er gierig verschlang. Aufmerksam
beobachtete er, wie sie Cantaloupe-Melone und Blaubeeren
zum Frühstück aß, bis sie sein Interesse bemerkte und ihm
etwas von dem Obst anbot. Auch das schlang er hinunter.

Sie sah erfreut aus. „Du bist kein Fleischfresser. Du bist
ein Allesfresser."

Nach dem Frühstück gingen sie an den Strand. Die
Sonne war herrlich warm. Liam blieb in seiner
Drachengestalt, ignorierte alle anderen Spielsachen, packte
seinen Hasen mit den Vorderbeinen und schlief ein. Er
schlief, wachte auf und schlief wieder ein bisschen, während
Mommy las und ihn hin und wieder stirnrunzelnd ansah.

Einmal fragte sie: „Alles okay mit dir, Peanut?"

Er nickte und gähnte. Er war einfach nur müde.

Später am Tag sprang Liam auf, als ein Motorboot an den nahegelegenen Pier getuckert kam. Am Steuer stand Daddy und sah zufrieden aus. Mommy hob Liam auf und lief über den Pier. Daddy hob sie beide ins Boot, und Liam starrte neugierig auf den triefnassen Koffer und die beiden Metallkisten.

Daddy küsste Mommy. Dann war Liam an der Reihe, und er hob den Kopf, um sich küssen zu lassen.

„Hast du alles hochgeholt?", fragte Mommy.

Daddy nickte. Er öffnete den Koffer und die beiden Kisten.

Ein Pfeil purer Liebe durchbohrte Liams Herz.

„Wow!", sagte Mommy. „Da haben wir aber einen großen Schatz gefunden."

„Moment mal." Dragos klang belustigt. „Was meinst du mit ‚wir'? Ich dachte, das wäre *mein* Schatz."

„Ich glaube, das ist streng genommen gar nicht mehr möglich." Mommy klang sehr zufrieden mit sich. „Wir sind Gefährten und verheiratet, und wie mir neulich aufgefallen ist, haben wir keinen Ehevertrag."

„Das ist dir also neulich aufgefallen, ja?" Daddy lachte.

Liam hielt es nicht länger aus und strampelte sich aus Mommys Armen frei. Als sie sich bückte, um ihn abzusetzen, krabbelte er, so schnell er konnte, zu den Koffern und tauchte kopfüber in die Goldmünzen. Eine nach der anderen hob er sie hoch und starrte sie mit völliger Faszination an. Ihm wurde ganz schwindelig, als er sich darin herumrollte.

Das war das beste Spielzeug der Welt.

Jetzt lachten Mommy und Daddy beide, während sie

ihm zusahen.

Daddy sagte: „Ich weiß nicht, ob dieser Schatz überhaupt noch einem von uns gehört."

Liam raffte mit den Vorderpfoten so viele Münzen zusammen, wie er konnte, drückte sie sich an die Brust und bedachte seine Eltern mit seinem schönsten, sonnigsten Lächeln.

Pia rettet die Lage

Eine Novelle
der ALTEN VÖLKER

THEA HARRISON

Übersetzt von Cornelia Röser

Kapitel Eins

PIA ZUPFTE AN ihrer neuen Frisur herum, während Eva mit dem SUV in die lange Auffahrt einbog, die zum Haus hinaufführte. Als Pia merkte, dass sie das weitläufige Anwesen immer noch nicht als ihres betrachtete, traf sie die bewusste Entscheidung, ihre Wortwahl zu ändern.

Ihr Haus lag in Upstate New York, umgeben von achtzig Hektar Land mit unberührtem Wald und einem See, dessen Wasser so rein und klar war, dass er in der Sonne wie ein blaues Juwel funkelte.

Obwohl alles wunderschön war, fiel es Pia überraschend schwer, es emotional als ihr Heim anzusehen, aber das würde sich hoffentlich ändern, wenn die ganzen Renovierungsarbeiten abgeschlossen waren und aus dem Haus wirklich ein *Zuhause* geworden war.

„Lass die Finger davon", sagte Eva. „Sonst bringst du noch alles durcheinander."

„Ich kann nicht anders", murmelte sie, zwang sich aber, die Hände in den Schoß zu legen. „Ich hatte noch nie so kurze Haare. Fühlt sich komisch an."

Der Sommer war hektisch gewesen, und dabei war erst Juli. Nach ihrem Urlaub auf den Bermudas – einer Reise voller wunderbarer Momente und unerwarteter Aufregungen – hatte unmittelbar die jährliche politische Saison rund um die Sommersonnenwende begonnen. Mit all den

Partys, Meetings und anderen Veranstaltungen mit
Vertretern sämtlicher Alten Völker hatten Dragos und seine
Wächter das doppelte Arbeitspensum bewältigen müssen,
damit alle von ihnen ihren versprochenen Urlaub nehmen
konnten.

Gleichzeitig hatten er und Pia begonnen, ihre Pläne für
den Umzug in den Norden umzusetzen, Privatquartiere für
die Angestellten und einen Bürokomplex bauen zu lassen
sowie das riesige Herrenhaus auf dem Anwesen von Grund
auf zu renovieren.

In der Zwischenzeit war Peanut unaufhörlich gewachsen und gewachsen. Da seine Eltern derart seltene Formen
magischer Energie verkörperten, sagte Dragos, würde sein
Sohn in einer ähnlichen Art in die Welt treten wie die ersten
Angehörigen der Alten Völker am Ursprung der Erde selbst.

Peanuts Entwicklung war nicht ganz dieselbe – bei der
Geburt der Erde war die Magie noch wild und fruchtbar
gewesen, und die ersten Generationen der Alten Völker
hatten kein Kindheitsstadium durchlebt. Dennoch war es
mehr als offensichtlich geworden, dass ihr Sohn ein in
keiner Hinsicht normales Leben führen würde. Er war erst
vier Monate alt, hatte aber schon die Größe eines sehr weit
entwickelten Kleinkinds erreicht, und Pia hatte alle Hände
voll zu tun, um mit ihm mitzuhalten.

Von einem Tag auf den anderen war Pia bei der
täglichen Pflege ihrer hüftlangen Haare der Geduldsfaden
gerissen. Sie mussten weg.

Jetzt reichten sie ihr nur noch bis auf die Schultern und
waren durchgestuft. Es war so viel abgeschnitten worden,
dass sich ihr Kopf ganz leicht anfühlte und fast zu schweben
schien. Wenn sie ihn von einer Seite zur anderen drehte,
kitzelten die Spitzen sie am Schlüsselbein.

Es gefiel ihr, wie gut der neue Schnitt zu ihrem herzförmigen Gesicht passte, und es war so angenehm luftig und kühl, dass sie sich sofort in diese Frisur verliebt hatte.

Allerdings hatte sie Dragos noch nicht erzählt, dass sie sich die Haare schneiden lassen wollte, und jetzt wurde sie allmählich nervös. Auf keinen Fall würde sie ihn jemals um *Erlaubnis* für einen neuen Haarschnitt fragen – allein der Gedanke war empörend –, aber sie wusste auch, dass er ihre langen Haare geliebt hatte, und ... na ja, sie wollte ihm gefallen.

„Es ist perfekt", sagte Eva.

Pia lächelte. „Danke."

Die Auffahrt beschrieb einen Bogen um eine Baumgruppe, und dahinter kam das Haus in Sicht. Derzeit war es von einem Gerüst umgeben, und mehr als zwanzig Fahrzeuge, schwere Baumaschinen und Stapel von Baumaterialien standen davor. Das einzige Motel in der nahe gelegenen Stadt war ständig ausgebucht, und hundert Meter vom Haupthaus entfernt standen Wohnwagen, in denen weitere Arbeiter untergebracht waren und die vorübergehend auch als Unterkünfte für die Wächter dienten, wenn diese zu Besuch kamen, was ziemlich oft der Fall war.

Dafür hatten sie alle möglichen Vorwände parat – sie mussten Geschäftliches unbedingt mit Dragos persönlich besprechen oder wollten gar selbst mit anpacken –, aber Pia hatte den Verdacht, dass sie den neuen Lifestyle spannend fanden und es genossen, mal aus der Stadt herauszukommen.

Sobald der Bau abgeschlossen war, sollten die Wächter so eingeteilt werden, dass immer zwei von ihnen hier im Norden stationiert waren. Dragos glaubte, das neue System könnte Burn-outs vorbeugen und den Wächtern die Gelegenheit bieten, ausgiebig die Flügel – oder in Quentins Fall die Beine – zu benutzen.

Im Moment sah es hier geschäftig und chaotisch aus, und noch wenigstens zwei Monate würde keine Ruhe einkehren. Ganz in der Nähe hallte der Baulärm von der Oberfläche des Sees wider. Mit einer Reihe kleiner Explosionen sprengten sich die Bauarbeiter durch eine widerspenstige Gesteinsschicht, um den Baugrund für den Bürokomplex zu ebnen. In regelmäßigen Abständen dröhnten die dumpfen Schläge der Detonationen wie Kanonenschüsse durchs Tal.

Nachdem Eva geparkt hatte, verließen die beiden Frauen den klimatisierten Wagen und traten in die schwüle Hitze des Tages.

In der Ferne donnerte ein weiterer Knall. Pia spürte die Vibrationen in der Brust und seufzte. „Ich kann kaum erwarten, dass sie damit fertig sind."

„O ja. Das nervt auf die Dauer wirklich." Eva ließ den Blick über die Landschaft gleiten. Auf einer Baumgruppe in der Richtung, aus der der Lärm kam, lag eine Staubschicht. „Wenigstens mit den Sprengungen müssten sie bis Ende der Woche fertig sein."

An der offenen Eingangstür kamen ihnen aus dem Haus mehrere Arbeiter entgegen. Pia trat zur Seite, um sie vorbeizulassen, erwiderte ihre fröhlichen Grüße und lächelte, als einer von ihnen ihr ein Kompliment zu der neuen Frisur machte.

Als der Weg frei war, verabschiedete sich Eva, um in der Küche etwas zu Mittag zu essen, und Pia machte sich auf die Suche nach Dragos und Liam. Vorbei an Leitern, Farbeimern und Abdeckplanen bahnte sie sich einen Weg zur Rückseite des Hauses.

Auf dem Großteil des Grundstücks wurde gearbeitet, und alles schien mit Baustaub überzogen zu sein, doch ein paar Bereiche hatten Pia und Dragos bereits fertigstellen lassen, bevor sie hergekommen waren. Ihre Schlafzimmer-Suite, Peanuts Zimmer, die Zimmer für die wichtigsten Hausangestellten wie Eva und Hugh sowie die hinteren Terrassenbereiche und die Küche waren bereits vollständig renoviert. Nun, da für das Lebensnotwendige gesorgt war, hatte Pia das Gefühl, allem anderen gewachsen zu sein.

An der Rückseite des Hauses führten Glastüren auf die große Terrasse hinaus. Bequeme Gartenmöbel mit dicken Polstern standen auf der großzügigen Fläche. An einer Seite gelangte man über breite, flache Stufen zu einem Essbereich im Freien. Hier gab es einen riesigen Grill, einen Freiluftherd sowie einen Esstisch und Stühle.

Auf der anderen Seite befanden sich ein glitzernder beheizbarer Pool und ein Poolhaus, beides von einem verschnörkelten Sicherheitszaun aus schwarzem Eisen umgeben. Pia musste lächeln, als sie sich voller Freude und Zufriedenheit umsah. Blühende Sträucher und Blumenbeete säumten die Terrassen, und dahinter erstreckte sich sanft abfallend bis zum Waldrand eine riesige Wiese.

Nächste Woche würden die Arbeiter auf dem Rasen einen Spielplatz mit Holzgeräten und Sandkasten errichten und das Ganze außerdem ebenfalls mit einem Sicherheitszaun umgeben. Natürlich würden weder der Zaun an der Wiese noch der am Pool Liam aufhalten können, sollte er tatsächlich beschließen, seine Wyr-Gestalt anzunehmen und darüber hinwegzufliegen, aber nach den Ereignissen in Bermuda hatte er seine Gestalt nur noch dann verwandelt, wenn sein Drache fressen musste oder er unter Aufsicht fliegen durfte.

Allerdings konnte niemand vorhersagen, wie lange Liams gehorsame Phase anhalten würde. Nach seinem Abenteuer auf der Insel hatten Pia und Dragos zwei zusätzliche flugfähige Nannys angestellt, die einspringen konnten, wenn Pia anderweitig gebraucht wurde. Genau wie Hugh ließen ihn seine neuen Betreuer Sasha und Ryssa nicht aus ihren scharfen Falkenaugen.

Pia warf ihrem frühreifen, magiebegabten Sohn, der im Moment an Dragos' Brust geschmiegt lag, einen skeptischen Blick zu.

In einer Sitzgruppe auf der Terrasse hatte Dragos es sich in einem Polstersessel bequem gemacht, der groß genug für seine kräftige Zwei-Meter-Gestalt war. Er trug Jeans, Stiefel und ein weißes T-Shirt. Da er nicht der Typ Mann war, der sich zurücklehnte und andere die Arbeit machen ließ, sah sein derzeitiges Outfit schon ein bisschen mitgenommen aus. Einige Jeans und T-Shirts hatte er bereits zerschlissen, seit sie in den Norden gekommen waren. Auf einem Tisch, den er an den Sessel herangezogen hatte, stapelten sich Unterlagen und Aktenmappen neben einem Laptop, auf dem Boden lagen Spielzeuge verstreut.

Peanut schlief tief und fest, der Daumen war ihm halb aus dem kleinen, schlaffen Mund gerutscht. Weißblonde Haarsträhnen wehten in der leichten Sommerbrise.

Sein Vater las ihm mit leiser, sanfter Stimme etwas vor, während er ihm mit einer Hand den Rücken stützte. Das Armband, das Dragos letztes Jahr aus einer geflochtenen Strähne ihres Haares gefertigt hatte, schimmerte golden auf der dunkel bronzefarbenen Haut seines kräftigen Handgelenks.

Immer wenn sie Dragos mit Liam sah, überkam Pia eine

Woge verworrener Gefühle – ein mächtiger, wilder Sturm der Liebe. Diesmal mischte sich in den Sturm ein leises Lachen, als sie merkte, dass Dragos die Quartalsgewinne aus einem Aktionärsbericht vorlas.

Ein Schnauben drang aus ihrer Nase. Ein leises Geräusch inmitten all der Betriebsamkeit und des Lärms des Tages, und doch hob Dragos den Kopf und drehte sich zu ihr um.

Seine Miene veränderte sich dramatisch, und er sprang auf die Füße – alles in einer einzigen fließenden Bewegung, die das schlafende Kleinkind auf seinem Arm nicht einmal mitbekam.

Wo ist der Rest?, verlangte er telepathisch zu wissen.

Sie wusste sofort, was er meinte. Ein Umstand ihres Lebens würde sich nie ändern – ihre Wyr-Gestalt war so einzigartig, dass sie stets darauf achten mussten, jede Spur ihres Blutes zu vernichten, und auch aus abgeschnittenen Haaren und Fingernägeln ließen sich Macht und Informationen gewinnen.

Mit einem beruhigenden Lächeln antwortete sie: *Eva hat den Boden gefegt und darauf geachtet, dass sie alle abgeschnittenen Haare erwischt hat. Ich habe sie hier.*

Sie nahm eine Papiertüte aus der Handtasche, in der sich ihre abgeschnittenen Haare befanden.

Dragos' Spannung löste sich. *Okay.*

Er legte den Kopf schief, und die Lider senkten sich über seinen goldenen Augen, während er sie betrachtete. Eine subtile, sinnliche Wandlung überlief seine Miene. Er kam auf sie zu und schob die freie Hand unter die Haare in ihrem Nacken. Sanft, ganz sanft griff er hinein und bog ihren Kopf zurück.

Heiße, wilde Erregung bildete sich in ihrem Unterleib

und zog unausweichlich wie langsam fließende Lava durch ihren ganzen Körper. Als sie zu ihm aufsah, öffnete sie die Lippen. Ihr Atem ging stoßweise. Das machte er jedes Mal mit ihr, so mühelos, wie man ein Streichholz anriss. Er konnte sie mit einem Blick, einer Berührung, einer kleinen Bewegung seiner grausam aussehenden, sinnlichen Lippen erobern, und wenn er das tat, ging sie in Flammen auf. Jederzeit und überall.

Nicht zu kurz. Seine telepathische Stimme war nicht mehr als ein tiefes Flüstern, das wie eine intime Zärtlichkeit über ihre Nervenenden strich. Eigentlich war alles sexy, wenn sie zusammen waren, aber nichts war so heiß, wie ihn in ihrem Kopf zu spüren. *Ich kann immer noch kräftig hineingreifen. Gefällt mir.*

Das hatte ich gehofft, sagte sie. Ihre telepathische Stimme bebte.

Dragos senkte den Kopf und küsste sie – behutsam, weil ihr schlafender Sohn zwischen ihnen lag. Mit seinen festen, warmen Lippen schob er ihre auseinander, und als sinnliches Versprechen für später tauchte seine Zunge in ihren Mund. Sie suchte an seinen Oberarmen Halt, um nicht von der Lava fortgespült zu werden, die in ihren Adern brannte. Mit sichtlichem Widerwillen zog er den Kopf zurück.

In den vierzehn Monaten, die sie zusammen waren, hatte sich ihr Verlangen nacheinander nicht verändert. Als elementares Bedürfnis, so notwendig wie Atmen, gab es den Rhythmus ihres Lebens vor. Sie drehten sich umeinander, suchten stets den Blick, die Berührung des anderen. Und doch verblüffte es sie immer wieder, dass *er* sie auf diese Weise ansah.

Sein Gesicht, das auf eine brutale Weise schön war,

konnte so hart und so erbarmungslos sein, aber immer gewann sein Verlangen nach ihr in seiner Miene die Oberhand. Nie hatte sie an seinen Gefühlen für sie gezweifelt. Sie sah sie in allem, was er tat.

Du willst mich, flüsterte sie.

Sie hatte es in frechem, aufreizendem Ton sagen wollen, garniert mit einem Zwinkern und einem gewagten Marilyn-Monroe-Hüftschwung. Aber sie vergaß das Zwinkern, der Hüftschwung wurde zu einem langsamen, begehrlichen Rollen, und die Worte klangen atemlos und ehrfürchtig.

Mit seinem schwieligen Daumen fuhr er über ihre weichen, feuchten Lippen. Dunkle Röte legte sich auf seine hohen Wangenknochen, und seine goldenen Augen funkelten. *Ich werde sterben, bevor ich aufhöre, dich zu wollen.*

Ich auch. Unter seiner Berührung schloss sie die Augen.

Sie waren beide unsterbliche Wyr. Vielleicht, nur vielleicht, war das genug Zeit, um die Tiefe dessen auszudrücken, was sie für ihn empfand.

Er küsste sie auf die Stirn. *Hier, nimm du Liam.*

Sie kam wieder zu sich und breitete die Arme aus, damit er ihr den schlafenden Jungen vorsichtig übergeben konnte. Liam wachte halb auf, sah sie verwirrt an und lächelte. „Mama", stellte er fröhlich fest. „Mamamamamamama."

Das war sein liebstes und bisher einziges Wort. Er patschte mit seiner kleinen Hand nach ihr, legte den Kopf an ihre Schulter und schlief so plötzlich und tief wieder ein, wie es nur ganz kleine Kinder können.

Dragos nahm die Papiertüte mit ihren Haaren und ging damit zum Essbereich hinüber. Auf dem gemauerten Grill stellte er die Tüte ab, und seine goldenen Augen begannen zu glühen. Selbst von ihrem Standort aus konnte Pia das kurze, heiße Aufwallen seiner magischen Energie spüren, während sie Liam wiegte. Die Papiertüte ging mitsamt ihrem Inhalt in Flammen auf.

Dragos rührte sich nicht vom Fleck, bis das Feuer erloschen war. Anschließend blies er in die weißen Ascheflocken, bis sie vollständig verschwunden waren. Erst dann kam er zu Pia zurück.

„Wie war dein Ausflug in die Stadt?", fragte er.

Der nächste Ort, der mit dem Auto in kurzer Zeit zu erreichen war, hatte nicht mehr zu bieten als eine Hauptstraße und drei Ampeln. Im Augenblick war das nächste Geschäft ein Walmart, der fünfzehn Fahrminuten in die andere Richtung lag. Die Einwohner des Städtchens betrachteten den finanziellen Zustrom, den die Cuelebres für die hiesige Wirtschaft bedeuteten, mit verschiedenen Abstufungen von Befremden und Freude.

Sie verzog das Gesicht. „Offenbar will ein Teil der Stadt mit uns in den Norden ziehen. Ein paar Leute haben mich darauf hingewiesen, dass bald neue Läden und Geschäfte eröffnen würden, darunter Restaurants, Modeboutiquen, ein Delikatessen- und ein Feinkostgeschäft sowie ein höherklassiges Hotel."

Er runzelte die Stirn. „Einiges davon wäre gut, aber es soll nicht überhandnehmen, sonst bräuchten wir gar nicht erst umzuziehen. Ich werde mit dem Stadtrat sprechen, dass sie die Expansion begrenzen."

„Das halte ich für eine gute Idee." Mit einem Blick auf Liams Kopf sagte sie leise: „Ich werde ihn in sein Bettchen legen."

Dragos nickte, und seine Miene wurde weicher, als auch er den Blick auf Liam richtete. „Da du jetzt zurück bist, gehe ich raus zur Baustelle. Ich möchte sehen, wie weit sie heute mit den Sprengungen vorangekommen sind."

„Okay." Sie lächelte ihn an. „Bis später."

Bedächtig und anzüglich erwiderte er ihr Lächeln. „Aber nicht zu spät. Ich hätte Lust, heute früh ins Bett zu gehen."

In glückliche, behagliche Gedanken versunken, sah sie ihm nach. Abendessen und dann ins Bett, und wann sie schließlich einschlafen würden, stand in den Sternen. Heute Abend konnten sie sich Zeit lassen. Sie hatten alle Zeit der Welt.

Keine halbe Stunde später hätte sie alles darum geben, ihn zurückrufen, ihn aufhalten zu können.

Alles, o Götter. Alles.

✧   ✧   ✧

SIE BRACHTE LIAM nach oben in sein Zimmer, das im rechten Flügel des Hauses lag.

In diesem Teil befand sich die Master-Suite mit einem großen Balkon und einem riesigen Schlafzimmer. Die schlichten Möbel im Wohnzimmer waren in einem eleganten Cremeton gehalten, es gab einen gigantischen Plasma-Fernseher und einen verglasten Kamin mit einem schönen, schmalen Schiefersims zwischen den raumhohen Fenstern, die einen Blick auf die Adirondack Mountains boten. Außerdem hatten sie hier begehbare Kleiderschränke und ein Bad, das dem in ihrem New Yorker Apartment an Größe und Luxus in nichts nachstand.

Direkt an ihre Suite grenzten Liams Kinderzimmer, bestehend aus seinem Schlafzimmer, einem Bad und einem Spielzimmer. In einer Ecke gab es eine Küchenzeile, damit sich für den im Wachstum befindlichen Jungen schnell und unkompliziert Zwischenmahlzeiten zubereiten ließen. Alles war in hellen, fröhlichen Farben eingerichtet. Weitere Schlafzimmer in diesem Flügel standen Liams Betreuern zur

Verfügung, wenn diese im Dienst waren.

Im linken Flügel lagen die Gästezimmer, während sich im Erdgeschoss eine große Bibliothek mit einem Arbeitsplatz für Pia sowie ein hochmodernes Büro für Dragos befanden. Außerdem gab es einen offiziellen Empfangsraum, einen privateren, informellen Wintergarten, über den man zur hinteren Terrasse gelangte, und ein Esszimmer, das ihr halb so groß wie ein Football-Feld vorkam.

Auf der unteren Etage befand sich ein riesiger Aufenthaltsraum mit Fernsehern, einem Billardtisch und einer Bar, auf die ein New Yorker Restaurant stolz hätte sein können. Außerdem gab es hier unten einen weitläufigen Weinkeller sowie eine Langzeitvorratskammer, und Sicherheitsfachleute hatten einen Panikraum installiert, von dem nur Dragos, Pia, die Wächter und Pias Bodyguards wussten.

Manchmal hatte Pia das Gefühl, sie bräuchte GPS, um sich in ihrem Haus zurechtzufinden. Trotzdem war es, wie sie sich in Erinnerung rief, nicht annähernd so groß oder komplex wie der Cuelebre Tower in New York, und trotz der Baustellen fühlte es sich in mancher Hinsicht schon heimischer an. Sie konnte bereits erahnen, was für ein wundervolles Zuhause es einmal werden würde, mit ihren Lieblingsfarben und den handverlesenen Möbeln, und sie liebte die privaten Bereiche, die sie für sich und Liam geschaffen hatten.

Liam rührte sich nicht, als sie ihm, im Kinderzimmer angekommen, einen Kuss auf die Stirn gab und ihn in sein Bettchen legte. Wie immer, wenn er schlief, hatte er sich in einen kleinen Glutofen verwandelt, und sie war froh, die frische Luft auf der Haut zu spüren, nachdem sie ihn hingelegt hatte.

Sie schaltete das Babyfon ein und ging in ihre Suite, um zu duschen und ein knielanges Sommerkleid in Hellgrün und Gelb anzuziehen und dazu in flache Sandalen zu schlüpfen. Froh über ihren neuen Haarschnitt und das hübsche Kleid, summte sie vor sich hin, während sie ein wenig Lidschatten und Lipgloss auftrug.

Es klopfte an der Tür zur Suite. Auf Pias Aufforderung hin öffnete Eva die Tür und kam hereingeschlendert. Ihre dunkle Haut und die kühnen Züge wurden durch die Jeans und das freche rote Bustier-Top betont, und obwohl sie bewaffnet war – sie war immer bewaffnet –, sah sie relaxter aus, als Pia sie je erlebt hatte.

„Wollte nur wissen, was für den Rest des Tages ansteht", sagte Eva. „Wollt ihr wieder ausgehen?"

Pia schüttelte den Kopf. „Nein, wir bleiben heute Abend zu …"

Während sie sprach, ertönte erneut ein dumpfer Knall und rollte wie Donner durch die Luft.

Gleißender Schmerz durchzuckte ihren Kopf wie ein Blitz. Ihr wurde schwarz vor Augen. Vage spürte sie, wie ihr das Lipgloss aus den kraftlosen Fingern glitt, als sie stolperte und unelegant zu Boden sank. Frischer Schmerz loderte auf, als sie sich das Knie an einer Kommode stieß.

Fast augenblicklich kehrte ihre Sehkraft zurück, und der Kopfschmerz ließ nach. Zurück blieb ein so starkes Gefühl der Angst, dass es eine Welle der Übelkeit mit sich brachte.

Fluchend fiel Eva neben ihr auf die Knie und hob Pia mit starken Armen auf. „Heilige Scheiße … Pia, sprich mit mir. Was ist los?"

Auf die Angst folgte Panik.

Diese Art Panik hatte Pia schon einmal erlebt. Es war

die Art, die man empfand, wenn man das Ende seines Lebens vor Augen hatte.

Und da wusste sie es. Sie wusste es.

Sie stieß Eva von sich und kam auf die Füße. „Es ist etwas passiert." Ihre Stimme zitterte. Etwas Schlimmes. Lebensgefährliches. „Dragos ist etwas passiert. Pass auf Liam auf. Lass ihn nicht allein."

Fast genauso schnell wie Pia war auch Eva aufgestanden. Ihre Miene nahm einen tödlichen Zug an, als die Frau in den Bodyguard-Modus wechselte.

Sie machte den Fehler, Pia am Arm zu packen. „Bleib hier, bis wir wissen, was passiert ist. Du kannst nicht einfach in eine unbekannte Situation laufen. Es könnte gefährlich sein."

Die Panik ritt Pia wilder als alle Dämonen. Wie ein wildes Tier fuhr sie zu Eva herum. „Oh, das kann ich nicht? Scheiße, du wirst ja sehen, was ich kann. *Bleib hier, und pass auf meinen Sohn auf!*"

Evas Augen weiteten sich. Sie ließ Pias Arm los und trat einen Schritt zurück.

Pia hatte nichts mehr zu sagen. Ihre Worte waren aufgebraucht, alle bis auf eines. Das wilde Tier, das die Gewalt über ihren Körper übernommen hatte, wirbelte herum und rannte durch den Flur. Sie flog die Treppen hinunter, raste aus dem Haus und den Weg entlang zur Baustelle. Noch nie in ihrem Leben war sie so schnell gerannt.

Doch so schnell sie auch lief, es war nicht schnell genug, um zu verhindern, was ihrem Gefährten zugestoßen war, und das einzige Wort, das sie noch in sich hatte, war sein Name.

Dragos.

Kapitel Zwei

SIE BRACH DURCH die Baumreihen und erreichte die Baustelle am Ufer des Sees.

Das Bild, das sich ihr bot, sah irgendwie verkehrt aus, doch es dauerte einige Herzschläge, bis sie begriff, warum.

Die Proportionen der Lichtung hatten sich verändert. Ein Teil des Felsgesteins war eingestürzt, und an einem Trümmerhaufen am Fuße eines Abhangs liefen die Leute in einem aufgebrachten Gewühl wild durcheinander. Ihre gelben Schutzhelme bewegten sich durch eine immer größer werdende Staubwolke.

Andere standen wie angewurzelt mit entgeisterter Miene da. Pia packte den nächstbesten Arbeiter am Hemdkragen. „Wo ist er?"

Er fragte nicht, wen sie meinte. Wortlos deutete er auf das Geröll.

Sofort ließ sie ihn los und rannte zu der Gruppe von Arbeitern, die fieberhaft in dem Schutthaufen gruben und schwerere Brocken beiseiteschoben. Sie sprang über alle Hindernisse hinweg, bis sie den Mann erreichte, der dem Rest der Truppe Anweisungen zubrüllte. Als er sie sah, verstummte er schlagartig, und in seinem Gesichtsausdruck lag das gleiche Entsetzen wie bei den anderen.

„Sagen Sie mir, dass er nicht da drin ist", verlangte sie mit zusammengebissenen Zähnen.

Er nahm seinen Helm ab und setzte ihn ihr auf den Kopf.

„Er ist da drin. Zusammen mit dem Schichtführer und einem weiteren Mann."

Obwohl Pia es bereits gewusst hatte, trafen sie die harten Worte wie ein Schlag in den Magen. Blindlings drehte sie sich zu dem Geröllhaufen um und fing an zu graben. Wie die anderen benutzte sie dazu die bloßen Hände, für den Fall, dass ein empfindlicher Körper dicht unter der Oberfläche lag.

Ihm konnte nichts passiert sein. Das konnte einfach nicht sein. Selbst in seiner Menschengestalt war er unvorstellbar stark.

Als sie im letzten Jahr einen Autounfall gehabt hatten – bevor sie ein Gefährtenpaar geworden waren –, hatte er mit einem Stoß seiner magischen Energie verhindert, dass sie im Wagen zerquetscht wurden. Er konnte Metall mit bloßen Händen verbiegen. Er konnte …

Er hatte immer gesagt, er hätte den Unfall kommen sehen und sich darauf vorbereiten können. Was, wenn er das hier nicht hatte kommen sehen?

Erst als sich starke, dunkle Hände auf ihre Schultern legten, wurde ihr bewusst, dass sie schluchzte.

„Hugh ist bei Liam", sagte Eva leise an ihrem Ohr. „Ich konnte dich nicht allein herkommen lassen."

Pia blickte über die Schulter, sah Evas ernste, mitfühlende Miene, und das Fauchen blieb ihr im Hals stecken. Sie nickte und blinzelte mehrmals.

Evas Blick fiel auf Pias Hände, die zerschrammt waren und bluteten. „Ich besorge dir ein Paar Handschuhe."

Ohne sich mit einer Antwort aufzuhalten, widmete sich Pia wieder dem Geröll und fing erneut an zu graben.

„Ich habe Jake gefunden!", rief ein Mann links von ihr.

Sofort verlagerte sich der Fokus der Aufmerksamkeit, mehrere Arbeiter kamen zusammen, um den reglosen Mann hastig auszugraben. Irgendwann waren Rettungswagen eingetroffen. Pia sah Sanitäter in Uniform mit einer Trage und Arztkoffern herbeieilen.

Als die Männer den schlaffen Körper auf die Trage hoben, wandte sie den Blick ab. Bestimmt hätte es sie kümmern sollen, dass jemand lebend geborgen worden war, aber das brachte sie nicht fertig. Vielleicht später. Im Augenblick kümmerte sie nur, dass Dragos noch nicht gefunden worden war.

Er durfte nicht tot sein. Allein bei dem Gedanken daran hörte ihre Welt auf, sich zu drehen. Pia bekam kaum noch Luft.

Komm schon, sagte sie telepathisch. *Wo bist du? KOMM SCHON!*

Der Geröllhaufen explodierte.

Vor ihr tauchte Dragos' berghohe Drachengestalt auf. Der Bronzeschimmer seiner Haut war von einer Staubschicht bedeckt. Mit der schieren Größe seines Körpers stieß er Felsbrocken, Geräte und Männer beiseite.

Etwas traf sie an der Brust und ließ sie rückwärtstaumeln. Ohne auf den Steinchenhagel zu achten, der auf sie herabregnete, kam sie wieder auf die Füße. Freude und Erleichterung trieben ihr die Tränen in die Augen.

Oh, Gott sei Dank, sagte sie zu ihm. *Ich hatte solche Angst …*

Der immense dreieckige Drachenkopf schwenkte von einer Seite zur anderen. Mit wütend funkelnden goldenen Augen betrachtete er die Szenerie.

Heiße, feuchte Tröpfchen trafen Pia im Gesicht und auf der Brust.

Es war Blut. Ihr Blick blieb an einem gezackten Schnitt hängen, der über die Stirn des Drachen verlief. Helles, flüssiges Rot strömte an seinem gebogenen Hals hinab.

Es ist okay, sagte sie. Während praktisch alle versuchten, so schnell wie möglich von ihm fortzukommen, kletterte sie mit ausgestreckter Hand über die Felsen auf ihn zu. *Ich bin hier. Du wirst wieder gesund.*

Der Drache entfaltete seine gigantischen Flügel. Mehr Steine flogen durch die Luft, und ein Schatten legte sich über die Lichtung. Als sein Kopf wieder zu ihr herumfuhr, bleckte er gefährliche, messerscharfe Zähne, die so lang waren wie ihr ganzer Oberkörper.

Das Gesicht nach oben gewandt, blieb sie reglos stehen, während sich sein riesiger monströser Kopf auf sie zuschlängelte.

Die Kiefer des Drachen öffneten sich weit, und … *er schnappte nach ihr.*

Heißer Atem blies ihr die Haare aus dem Gesicht. Die spitzen Zähne des Drachen zerrissen ihr Kleid, und dann rammte Eva sie von der Seite und riss sie mit sich zu Boden.

Der Sturz verschlug Pia den Atem, doch auch während sie hustend und keuchend nach Luft rang, ließ sie Dragos nicht aus den Augen. Alle Gefühle und Überzeugungen lösten sich in Luft auf. Zerfielen zu Staub wie der eingestürzte Fels.

Der Schreck und die Angst der letzten Minuten, alle Freude und Erleichterung.

Das unerschütterliche Fundament ihres Glaubens, dass er ihr niemals wehtun würde, weil er es einfach nicht konnte.

Der Drache peitschte mit dem Schwanz und brüllte.

Der gewaltige Lärm erschütterte die Erde, und aus seinem riesigen geöffneten Maul strömte Feuer. Er spie einen Kreis aus Flammen, und alle Arbeiter rannten schreiend davon.

Dann schlug er mit den Flügeln und erhob sich in die Luft.

Pia sah dem Drachen nach, als dieser höher hinaufstieg, eine Kurve beschrieb und davonflog. Sie hatte nicht gewusst, dass sie an einem so kalten, kargen Ort überleben konnte.

Sie sah ihm nach, bis er zu einem kleinen Fleck am Himmel zusammengeschrumpft war und verschwand.

Komm zurück, flüsterte sie. *Komm zu mir zurück.*

Doch ihr Flüstern war leise und unsicher.

Vage nahm sie wahr, dass sich Eva von ihr herunterwälzte und sie an den Schultern hochzerrte. Die Frau schien sie anzuschreien. Sie konzentrierte sich auf Evas Lippen, die Worte formten. Bist du verletzt? Hast du Verbrennungen?

Eine Seite von Evas Gesicht war mit Brandblasen überzogen, ihre dunklen Augen weit aufgerissen.

Pia sah sich auf der Lichtung um. Auch andere Personen hatten Verbrennungen und eilten einander taumelnd zu Hilfe. Manche starrten reglos in den leeren Himmel. Sie sah an sich hinunter und betastete ihr Kleid. Der helle Stoff war zerfetzt, zerrissen vom Zahn eines Drachen.

Allmählich schwand die riesige Distanz zwischen ihr und dem Rest der Welt. Schmerz drang ein. Ihre Brust tat weh, ihre Beine und ihr Rücken waren zerschrammt und geprellt, weil sie ungebremst auf dem felsigen, unebenen Boden gelandet war.

Auch ihr Denkvermögen kehrte zurück, doch

dankenswerterweise blieben alle Emotionen fern. Den Blick auf ihre zerkratzten, wunden Finger gerichtet, legte sie eine Hand sacht an Evas verbrannte Wange, und die Verletzungen verschwanden vor ihren Augen.

„Ich brauche ein Telefon. Sofort", sagte Pia.

Eva nickte und sauste davon. Als sie wenige Augenblicke später zurückkam, hielt sie Pia wortlos ein Handy hin.

Sie nahm es entgegen, wählte eine Nummer, die sie auswendig kannte, und horchte auf das Klingeln.

Kurz darauf wurde abgenommen.

Graydon sagte: „Ich kenne diese Nummer nicht. Wer sind Sie?"

„Gray", sagte sie. „Ich brauche dich."

„Pia? Bist du das, Cupcake?"

Vor ihrem geistigen Auge sah sie wieder, wie die Drachenzähne auf sie zukamen.

Und nach ihr schnappten.

„Ich brauche alle Wächter hier", erklärte sie. Ihre Schultern bebten, als wollte ihr Körper abermals schluchzen. Sie unterdrückte das gewaltsam. Zum Weinen hatte sie keine Zeit. „Und am besten bringt ihr die Anwälte des Wyr-Reichs mit."

Graydons Stimme wurde schärfer, die gute Laune verschwand. „Was ist passiert? Wo ist Dragos?"

Pia hob den Kopf und starrte in den leeren Himmel. „Darüber kann ich am Telefon nicht sprechen", sagte sie ruhig. „Aber ich denke, ihr solltet Schätze mitbringen. Reichlich Schätze."

✧   ✧   ✧

SIE HATTEN EIN klein wenig Glück im Unglück.

Da sofort alle so schnell wie möglich vor Dragos zurückgewichen waren, hatte das Feuer lediglich leichte Verbrennungen verursacht. Der Unfall auf der Baustelle hatte nur ein Todesopfer gefordert, das war Ned Brandling, der Schichtführer.

Wieder im Haus berichtete Eva von Brandlings Tod, während Pia noch einmal kurz duschte, um sich den Staub und den Ruß abzuwaschen. Die Schrammen an ihren Fingern waren bereits verheilt, und die Blutergüsse an Rücken und Beinen gingen zurück.

Seit Dragos' Verschwinden hatte keiner von ihnen mehr seinen Namen erwähnt. An Evas schneller, nervöser Sprechweise erkannte Pia, dass die andere Frau Angst hatte, doch sie konnte ihr nichts Tröstliches oder Beruhigendes sagen.

Nach der Dusche zog sie robuste Kleidung an: knielange Jeansshorts, ein T-Shirt und dazu Tennisschuhe. Sie beeilte sich, denn über das Babyfon konnte sie hören, dass Liam weinte und Hugh sanft versuchte, ihn zu trösten.

Sobald sie in ihre Schuhe geschlüpft war, fragte Eva: „Und jetzt?"

„Ich kümmere mich um Liam. Geh dich frisch machen."

Eva zog die Brauen zusammen und ballte die Fäuste. „Ich lasse dich nicht allein."

Sie war immer noch mit dem Staub von der Baustelle bedeckt. Pia sah sie an und schüttelte den Kopf. „So gehst du nicht in Liams Zimmer. Weiß der Himmel, was er von den Ereignissen mitbekommen hat, und er klingt ohnehin schon verängstigt genug. Ich will nicht, dass du ihn noch mehr verstörst."

Betreten senkte Eva den Kopf. „Entschuldige",

murmelte sie. „Daran habe ich nicht gedacht. Ich geh mich waschen und bin gleich wieder da."

Ohne sich weiter aufzuhalten, eilte Pia in Liams Kinderzimmer. Hugh wiegte ihn auf dem Arm und ging mit ihm im Zimmer umher. Sobald Liam sie erblickte, heulte er lauter und versuchte, sich in ihre Richtung zu werfen.

Der scharfe Splitter eines Gefühls bahnte sich einen Weg in ihr gefrorenes Herz. Sie drückte Liam an sich, ging zum Schaukelstuhl hinüber und legte ihm seine Lieblingsdecke um.

Mit einem Blick in Hughs besorgtes Gesicht sagte sie: „Sorg dafür, dass wir nicht gestört werden, bis die Wächter eintreffen."

„Ja, Ma'am." Seine Stimme klang leise und vorsichtig. „Ich halte vor der Tür Wache."

„Danke."

Nachdem er die Tür hinter sich zugezogen hatte, richtete sie ihre Aufmerksamkeit auf Liam. Das Baby hatte sich mit beiden Fäustchen in ihr T-Shirt gekrallt und das kleine Gesicht vor Kummer zusammengezogen. Der Gefühlssplitter in ihrem Herzen wurde größer, bis er zu heißem, quälendem Schmerz wurde und sie selbst gegen die Tränen ankämpfen musste.

„Schhh, mein süßer Schatz", flüsterte sie, während sie Liams seidigen Kopf streichelte.

Er legte die Wange an ihre, und diese Geste war zugleich so erwachsen und so liebevoll, dass die starre Anspannung, die sie in ihrem Griff gehalten hatte, zerbrach und sie ihn fest in die Arme schloss. Er klammerte sich an sie, und dann bewegten sie sich nicht mehr, bis einige Zeit später die Tür aufging und Graydon hereinkam.

Graydon war der größte der Wächter, ein stämmiger,

freundlicher Riese, in seiner Menschengestalt beinahe so groß wie Dragos.

Wie bei Dragos schien auch bei Graydon jedes Mal der verfügbare Raum zu schrumpfen, wenn er ein Zimmer betrat, was sowohl der Wucht seiner Persönlichkeit als auch seiner Größe geschuldet war. Er trug das übliche Wächter-Outfit, bestehend aus schwarzem T-Shirt, Jeans und Stiefeln – Kleidung, die man leicht ersetzen konnte, wenn sie beschädigt wurde. Am Bund seiner Jeans trug er eine Glock.

Sobald er sie und Liam im Schaukelstuhl sah, lief er auf sie zu, ließ sich auf ein Knie sinken und wollte sie umarmen, doch sie hielt ihn mit abwehrend erhobener Hand zurück.

Im Augenblick hätte sie es nicht ertragen, umarmt zu werden, dann wäre sie zusammengebrochen. Und dafür hatte sie keine Zeit. Sie hatte zu viel zu tun.

Ein Blick in Graydons düstere, ernste Augen verriet ihr, dass er bereits eine Version der Ereignisse gehört hatte.

Sie berührte ihn an der Brust, eine stumme Entschuldigung dafür, dass sie seine Umarmung zurückgewiesen hatte. Telepathisch sagte er: *Die anderen sind alle unten, bis auf Alex, der den Kürzeren gezogen hat, und Aryal, die unten an der Baustelle ist, um herauszufinden, wie es zu dem Unfall kam.*

Pia nickte, das überraschte sie nicht. Wenn eine Situation so ernst war, dass die Anwesenheit aller Wächter benötigt wurde, blieb stets einer von ihnen in New York zurück, um die Vorfälle zu regeln, die sich während der Abwesenheit der anderen ereigneten.

Die Anwälte sind auch da?

Graydons Kiefer spannte sich, als er nickte. *Die auch. Und ich wusste nicht, was du mit ‚Schätzen' meinst, aber ich habe ungeschliffene Rohdiamanten und Gold mitgebracht.*

Das ist gut, sagte sie.

Sein schroffes, wettergegerbtes Gesicht war starr vor Sorge. *Was können wir jetzt tun?*

Sie straffte die Schultern. *Ihr Wächter müsst herausfinden, wohin Dragos verschwunden ist. Haltet euch dabei aber verborgen, das ist wichtig. Nähert euch ihm nicht, und versucht nicht, ihn anzusprechen. Er hat einen Schlag auf den Kopf bekommen, er hat viel Blut verloren, und … Graydon, er ist im Moment nicht er selbst.*

Er schloss die Hand fester um ihre. *Wie meinst du das? Die Geschichten, die wir gehört haben, waren ziemlich wirr. Was ist da draußen wirklich passiert?*

Eine Hand auf Liams Hinterkopf gelegt, sah Pia Graydon in die Augen. *Was ich meine, ist, dass er mich vorhin nur deshalb nicht getötet hat, weil Eva mich aus dem Weg gestoßen hat.*

Seine Augen weiteten sich kurz, als er ihre Worte hörte. *Das ist unmöglich. Er würde eher sterben, als dir etwas anzutun.*

Natürlich würde er das, fuhr sie ihn an. Ihr Mund bewegte sich, während sie zu verhindern versuchte, dass sich ihr Gesicht genauso verzog wie Liams vorhin. *Wenn er sich an mich erinnern würde.*

Graydon sog scharf und hörbar die Luft ein. *Okay. Wir werden ihn finden. Das schwöre ich.*

Beeilt euch, sagte sie angestrengt. *Meine Heilkräfte sind begrenzt. Als Quentin und Aryal im Frühling so schwer verletzt waren, konnte ich ihnen zwar helfen, aber nur bis zu einem bestimmten Grad. Es war schon zu viel Zeit vergangen, und jetzt haben die beiden diese Narben.*

Darüber hinaus war ihr vieles an ihrem Wyr-Wesen noch immer ein Mysterium. Sie hatte keine Ahnung, ob die Heilkräfte ihres Blutes auch bei Dragos' geistigem Zustand wirken konnten oder ob sie nur bei physischen Wunden halfen.

Vorausgesetzt, dass sie den Drachen überhaupt dazu bringen konnte, sie nahe genug an sich heranzulassen, um etwas auszurichten. Wenn er unter einer posttraumatischen Amnesie litt, bestand die Möglichkeit, dass er sein Gedächtnis nie wiedererlangte.

Und er hatte nach ihr geschnappt.

Geschnappt.

Sie schloss die Augen und presste die Lippen aufeinander, um die Erinnerung zu vertreiben.

Wyr paarten sich fürs Leben, aber niemand wusste genau, warum. Es war ein komplexer Prozess, zu dem Gefühle, sexuelle Anziehung, der richtige Zeitpunkt und die passende Gelegenheit gehörten.

Was war, wenn Dragos sich nicht mehr daran erinnerte, dass er Lord der Wyr war? Oder dass sie seine Gefährtin war? Was, wenn er sich *nie mehr* erinnerte? Konnte er so weiterleben, als wären sie den Bund nie eingegangen?

Bei diesem Gedanken wurde ihr körperlich übel. Vielleicht konnte er das. Vielleicht … theoretisch könnte er sich sogar neu verlieben und sich mit jemand anderem paaren, aber wenn das geschah, was würde dann aus ihr?

Das war die Stimme der Panik. Mühsam zwang sie sich, gleichmäßig zu atmen, und wich den hektischen Fragen aus, die sich in ihrem Kopf überstürzten.

Wir werden nicht ruhen, bis wir ihn gefunden haben, sagte Graydon. Er drückte ihre Hand so fest, dass ihr die Finger schmerzten. *Wenn er so schwer verletzt ist, wird er nicht weit geflogen sein.*

Hoffentlich hast du recht.

Beide verstummten, und Pia drückte die Lippen auf Liams Stirn. Wenn Dragos ihr Herz war, dann war dieser kostbare kleine Junge ihre Seele. Sie würde alles in ihrer

Macht Stehende tun, um für seine Sicherheit zu sorgen. Aber vor dem, was gerade geschah, konnte sie ihn nicht beschützen.

Mit ruhiger, sanfter Stimme sagte sie: „Peanut, Schatz, du musst jetzt ein großer Junge sein."

Liam hob den Kopf von ihrer Schulter, und als er sie ansah, lag in seinem Blick absolutes Vertrauen. Sie konnte es nicht fassen, dass sie diese Worte zu diesem kleinen, süßen Gesicht sagen musste. Sie verdrängte den Gedanken und lächelte Liam an. Als er versuchte, zurückzulächeln, wollte das rasende wilde Tier in ihr aufheulen und die Wände des Hauses einreißen.

Liams Wange streichelnd, sagte sie: „Du musst lieb zu Hugh und Eva sein, solange ich mit ein paar Anwälten langweiligen Rechtskram bespreche."

Langweilige Sachen wie Vollmachten und die Erbfolge der Wyr. Die rechtlichen Grundlagen der Erbschaftsfragen zu regeln hatte weit oben auf ihrer To-do-Liste gestanden, aber seit Liams Geburt im Frühling hatten sie so viel zu tun gehabt, dass sie nicht dazu gekommen waren, und die Unsterblichkeit hatte eine heimtückische Art, einen in falscher Sicherheit zu wiegen.

Im Fall des schlimmsten Falles würde Graydon einen ausgezeichneten Ersatzvater und stabilen Herrscher über das Wyr-Reich abgeben, bis Liam erwachsen war.

Allerdings hatte sie nicht die Absicht, den schlimmsten Fall eintreten zu lassen.

„Wenn ich mit dem ganzen Kram fertig bin", erklärte sie Liam leise, „gehe ich Daddy zurückholen."

Kapitel Drei

DER DRACHE HATTE rasende Kopfschmerzen. Nur deshalb flog er nicht sofort los, um den Narren zu töten, der sich ihm von unten näherte. Stattdessen streckte er sich auf einem Felsen nahe dem Gipfel eines flachen Berges aus und genoss ein nachmittägliches Sonnenbad, während er darauf wartete, dass der Narr zu ihm heraufgewandert kam.

Schließlich konnte er sie immer noch mit minimalem Aufwand umbringen, wenn sie erst einmal nahe genug war.

Dass der Narr weiblich war, erkannte er an den Duftspuren, die ihm der heiße Sommerwind zutrug.

Dass sie eine Närrin war, erkannte er daran, dass sie in seine Richtung kletterte, und das nicht versehentlich, sondern mit Absicht. Sie war ein kleines, schlank wirkendes Geschöpf und ganz allein, und er glaubte nicht, dass sie eine Waffe bei sich hatte. Und weil er sich wirklich keinen Grund denken konnte, warum eine einzelne Person sich ihm ohne Waffen nähern sollte, musste sie außerdem lebensmüde sein.

Ihr Geruch beunruhigte ihn, und er rutschte mit seinem massigen Körper rastlos hin und her, während er tief die Luft einsog. Fremd, feminin und betörend, rührte es an etwas tief in seinem Inneren. Fast konnte er sich daran erinnern, was für ein Geschöpf sie war, fast bekam er dieses aufreizende Etwas zu fassen, das gerade außerhalb seiner

Reichweite lag ...

Jedes Mal, wenn er ganz kurz davor war, entglitt es ihm wieder.

Eine Elfe war sie nicht. Er hasste die Elfen mit einer Leidenschaft, die auf schemenhafte Erinnerungen an Kriege in ferner Vergangenheit zurückging. Es gab keinen vernünftigen Grund, aus dem sich ihm ein Elf nähern würde, und wäre sie eine Elfe gewesen, hätte er seine unerträglichen Kopfschmerzen ignoriert, wäre von seinem Platz hinabgeflogen und hätte sie in Fetzen gerissen, allein weil sie es wagte, in seinen persönlichen Bereich einzudringen.

Bei diesen mörderischen Gedanken krümmte er die Krallen und kroch ein Stück vorwärts, um durstig von der Quelle neben seinem Felsen zu trinken, aus der kaltes Wasser den steilen Abhang hinuntersprudelte. Die Quelle war einer der Gründe dafür gewesen, diesen Platz für seine Rast auszuwählen. An diesem abgelegenen Flecken hatte der Drache Wasser, Sonne und einen hoch gelegenen Aussichtspunkt, um nach Feinden Ausschau zu halten. Hier konnte er sich ausruhen, bis seine Kopfschmerzen nachließen und er wieder gut genug sah, um auf die Jagd nach Nahrung gehen zu können.

Der Wind trieb Wolkenfetzen über den klaren, aquamarinblauen Himmel. Es war beinahe friedlich, abgesehen von den Schmerzen in seinem Kopf und der Närrin, die immer näher kam.

Und kein Elf war.

Die dem Drachen aber ähnlich und zugleich auf dramatische Weise unähnlich war.

Als ihr Geruch näher kam und stärker wurde, beschwor er Bilder von kühlem, wildem Mondlicht herauf, von einer fantastischen magischen Energie, die ihn überströmte wie ein Segen die Verdammten. Damit einher ging das Gefühl, einen einzigartigen Schatz vor sich zu haben, wertvoller als alles, was der Drache je zuvor gesehen oder sich vorgestellt hatte.

Also gut. Das war allemal Grund genug, die Närrin für den Moment am Leben zu lassen. Die raubtierhaften Gedanken des Drachen wanden sich wie eine Schlange um sich selbst.

Er würde sie nahe genug herankommen lassen, um selbst herauszufinden, was für eine Kreatur sie war. Vor allem aber wollte er ergründen, wo sie diesen sagenhaften, einzigartigen Schatz versteckt hatte, damit er ihn für sich beanspruchen konnte.

Allerdings machten ihn die Schmerzen launenhaft und weckten eine Neigung zur Bösartigkeit.

Es war ihrer weiteren Gesundheit und ihrem Wohlergehen förderlich, dass sie sich langsam näherte und dabei eine gewisse Menge höfliche Geräusche machte – nicht zu laut, aber doch laut genug, dass beiden klar war, dass sie sich der Existenz des anderen deutlich bewusst waren.

Er wartete, bis sie den Rand der Lichtung erreichte, die seinen Felsvorsprung umgab. Als er hörte, wie unter ihrem Schuh ein kleiner Stein verrutschte, sagte der Drache: „Das ist nahe genug."

Tödliche Stille. Sie blieb reglos stehen.

Der Drache hob den Kopf und sah die Närrin aus seinem gesunden Auge an. Sie war keine Elfe, und obwohl sie ziemlich menschlich aussah, war sie auch kein Mensch.

Ähnlich, und doch auf eine grundlegende Weise anders.

Sie war sonnengebräunt und schlank, hatte lange, nackte

Beine und trug einen schwer aussehenden, robusten Rucksack. Ihr Haar hatte die Farbe von Sonnenlicht, von kostbarem Gold, und ihre Augen ... Auf die Wirkung ihrer großen, wachsamen Augen war er nicht gefasst gewesen. Ihre Farbe war ein wunderschönes tiefes Dunkelviolett, und sie verkörperten die Essenz von heilendem Mondschein.

Ihre Augen verwirrten und beunruhigten ihn.

„Du störst mich", knurrte der Drache.

Die Frau zog den goldenen Kopf ein und wandte den Blick ab. „Ich bitte um Entschuldigung."

Sie sprach sanft und mit zarter Stimme. Von einer solchen Stimme hatte er geträumt. *Komm zurück. Komm zu mir zurück*, hatte sie gebrochen durch die Nacht geflüstert.

Bei der Erinnerung an den Traum schüttelte er den Kopf. Die Bewegung ließ frischen Schmerz aufflackern, und er bleckte trotzig die Zähne. „Warum wagst du es, mich zu behelligen, und warum sollte ich dich mit dem Leben davonkommen lassen?"

„Ich habe dir Geschenke gebracht."

Geschenke?

Niemand brachte einem Drachen Geschenke. Allein die Vorstellung war lächerlich.

Obwohl in der Miene der Frau Angst zu lesen war, sah sie ihn unverwandt an, ohne zurückzuweichen. Ihre Angst verschaffte ihm keine Befriedigung.

Sie verstörte ihn sogar auf eine sehr tief greifende Art. Er konnte nicht klar genug denken, um das zu ergründen. Den schmerzenden Kopf an einen Felsbrocken gelehnt, fauchte er: „Was für Geschenke?"

„Ich würde sie dir gern zeigen", sagte sie mit ihrer weichen, freundlichen Stimme. „Aber ich fürchte, du wirst sie nicht richtig sehen können. Es sieht aus, als hättest du getrocknetes Blut in einem Auge."

Sobald sie es ausgesprochen hatte, erkannte er, dass es stimmte. Er hob eine Vorderpranke und rieb sich das Auge auf seiner blinden Seite, wodurch die Schmerzen nur noch schlimmer wurden.

„Vielleicht kannst du besser sehen, wenn du etwas von dem Blut abspülst", schlug die Frau vor. „Ich würde dir gern helfen, wenn es dir recht ist."

Er riss den Kopf hoch und zischte: „Bleib weg."

Sie wich zurück, und in ihren großen Augen flackerte erneut Angst auf. „Natürlich. Ich möchte nur helfen."

Der Drache konnte die Wahrheit in ihrer Stimme hören, und wieder verstörte ihn ihre Angst tief in seinem Inneren. Er knurrte: „Bleib genau da, wo du bist. Ich kümmere mich selbst darum."

„Ja, wie du willst", flüsterte sie.

Er rutschte dichter an die Quelle heran und reckte den Hals, bis er seine verletzte Kopfseite unter das fließende Wasser halten konnte. Das eisige Nass strömte über seine Haut und wusch das Blut fort. Zudem linderte es die Schmerzen ein wenig, und er seufzte erleichtert.

So blieb er eine Weile, bis sich seine Gedanken klärten und er das Auge öffnen konnte. Er hob den Kopf, schüttelte das Wasser ab und wandte sich zu der Frau um.

Sie hatte den Rucksack abgenommen, sich auf den Boden gesetzt und den Kopf mit den hellen Haaren in die Hände gestützt. Ihre Haltung war zugleich erschöpft und so entmutigt, dass der Anblick etwas in ihm anrührte.

Seine rätselhaften Reaktionen auf sie machten ihm Sorgen, und seine schlechte Laune kehrte zurück. Er hatte sie nicht gebeten, diesen Berg hinaufzuklettern und ihn mit ihrer unerwünschten Gegenwart oder ihren Gefühlen zu behelligen. „Also", sagte der Drache mit seidig klingender Stimme, „was hat es mit diesem Unsinn auf sich, dass du mir Geschenke bringst?"

Sie hob den Kopf. „Das tue ich wirklich. Darf ich sie dir jetzt zeigen?"

Während er sich daran erfreute, wie ihr Haar im Sonnenlicht glänzte, lehnte er sich lässig auf dem warmen Stein zurück. Dass sie ihm etwas mitgebracht hatte, konnte nur einen Grund haben: Sie wollte etwas von ihm. Je wertvoller ihr Geschenk war, desto mehr wollte sie von ihm. Diese Frau hatte etwas Hinterlistiges an sich, und er wollte den Grund für ihr Kommen erfahren.

„Also gut", sagte er.

Unter gesenkten Lidern beobachtete er sie, während sie den Rucksack öffnete und mehrere in Tücher gewickelte Pakete herausnahm, die mit Bindfaden zugeknotet waren. Zuerst nahm sie das größte und offensichtlich schwerste und stellte es auf den Boden. Sie löste den Bindfaden und zog das Tuch weg, um einige Goldbarren zu enthüllen.

Auch wenn sich nichts an seiner gelassenen Haltung änderte, spannte sich der Drache innerlich an. Wahrlich wertvolle Geschenke. „Zeig mir den Rest", sagte er.

Jetzt wirkte sie eifrig, als sie seiner Anweisung nachkam. Das nächste Päckchen, das sie vor seinen scharfen Augen hervorholte, war viel kleiner und enthielt eine Handvoll durchsichtiger, glänzender Steine. Sie reflektierten Lichtsplitter, so eisig wie das Wasser der Bergquelle. Diamanten. Das dritte Päckchen, das sie öffnete, enthielt Steine von einem so satten, tiefen, ins Violett changierenden Blau, dass es nur Saphire sein konnten.

Einen langen Augenblick betrachtete der Drache die reichhaltige Auswahl an Gaben, die auf dem Boden ausgebreitet war. Die Ausbeulungen ihres Rucksacks verrieten ihm, dass er noch nicht leer war. Gold, Diamanten und Saphire – alles Dinge, die er liebte. Sie hatte ihm seine Lieblingssachen gebracht.

Als er schließlich aufsah, lag eine tödliche Kälte in seinem Blick. „Wer bist du, und was willst du?"

An einer Seite ihres Munds spannte sich ein Muskel. Sie holte tief Luft und sagte leise und bedächtig: „Mein Name ist Pia Cuelebre. Und deiner?"

Cuelebre.

Er kannte diesen Namen. Er bedeutete „geflügelte Schlange".

Sobald sie ihn ausgesprochen hatte, loderte wieder heißer Schmerz in seinem Kopf auf. Es gab einen Quell des Wissens, der gleich hinter dieser feurigen Wand aus Schmerzen lag, etwas, das für ihn lebenswichtig, aber unerreichbar war.

Sie allerdings war erreichbar.

Schreck huschte über ihr Gesicht, als er sich auf sie stürzte und sie mit einer ausgestreckten Vorderpranke zu Boden drückte. Sie war so zerbrechlich, dass er sie mit einem einzigen Muskelzucken zerquetschen könnte.

So zerbrechlich.

Sie war den ganzen Weg zu ihm heraufgeklettert, um ihm gegenüberzutreten, und sie lag ganz ohne Waffen und Schutz da. Nicht einmal ihre kühle, geheimnisvolle magische Kraft hatte sie eingesetzt, um sich gegen ihn zu wehren. Den massigen Körper angespannt, starrte er verwirrt auf sie hinab. Sie hielt seine Klauen links und rechts von ihrem Hals umklammert und starrte ihn unbeirrt an, während sie am ganzen Leib zitterte.

„Du bist keine geflügelte Schlange", zischte er.

„Nein, das bin ich nicht", flüsterte sie. „Aber dennoch ist es mein Name. Wie ist deiner? Hast du überhaupt einen?"

Der Drache hatte einen Namen. Er hatte ihn selbst gewählt. Als er danach suchte, traf er wieder auf eine Wand aus sengendem Schmerz.

Der Blick der Frau verdüsterte sich, und ihre Augen füllten sich mit Feuchtigkeit. Ein Tropfen glitt aus ihrem Augenwinkel und lief ihr über die Schläfe. „Du weißt es nicht, oder?"

„Sei still", befahl er. Schlangenartig wanden sich seine Gedanken, während er versuchte, an der flammenden Wand in seinem Kopf vorbeizukommen.

Quälender Schmerz trieb ihn immer wieder zurück, besiegte ihn.

Eine Spur Berechnung flackerte in ihrem Gesicht auf. Sie sagte: „Ich habe noch ein Geschenk für dich."

Er bleckte die Zähne. Ihren Geschenken traute er nicht. „Was?"

„Wissen", teilte sie ihm mit.

Vorsichtig bohrte er die Spitzen seiner Klauen um ihren lang ausgestreckten Körper herum in den Boden. Vorsichtig deshalb, weil er seine Drohung deutlich machen, sie aber nicht verletzen wollte. Noch nicht. Diese Möglichkeit sparte er sich für später auf.

„Warum glaubst du, dein Wissen könnte mir irgendwie von Nutzen sein?" Er ließ die Möglichkeit ihres Todes düster in seiner Stimme anklingen.

Sie schluckte. „Beantworte mir zwei Fragen. Dann werde ich versuchen, es dir zu zeigen."

Er zögerte misstrauisch, weil er eine List dahinter vermutete. Doch überlisten konnte sie ihn nur, wenn er sich dafür entschied, ihr auch zu antworten. In der Zwischenzeit konnte er vielleicht aus der Art dieser Fragen etwas Wertvolles erfahren. „Frag."

Hörbar zitterte der Atem in ihrer Kehle. Sie flüsterte: „Wie viele Nächte hast du auf diesem Berg verbracht?"

Er verengte die Augen. Falls sich in einer so einfachen Frage eine List verbarg, konnte er sie nicht entdecken. „Eine. Und die nächste Frage?"

„Wo warst du gestern Morgen?"

Als er versuchte zurückzudenken, prallte er wieder gegen die Wand aus Feuer. Sein Blick wurde glasig. Er wandte sich von ihr ab und schmetterte seine Frustration und seinen Schmerz mit wütendem Gebrüll in den Himmel.

Als er wieder klar sehen konnte, stellte er fest, dass sie sich zu einer Baumgruppe am Rand der Lichtung zurückgezogen hatte und sich mit ihrem Rucksack an eine Kiefer lehnte.

Ehrlich gesagt war er verblüfft, dass sie nicht das Weite gesucht hatte und den Berg hinuntergerannt war. Noch einmal sah er sich die Auswahl an Gold und Edelsteinen zu seinen Füßen an. „Was willst du als Gegenleistung für all das, zusammen mit deinem kostbaren Wissen?"

Sie rieb sich das Gesicht und hinterließ dabei eine Schmutzspur. Mit zitternder Stimme sagte sie: „Du bist der Einzige, der mir helfen kann, meinen Gefährten wiederzufinden."

Der Drache atmete tief ein und füllte seine Lunge mit ihrem Geruch, und dann erkannte er etwas, das schon einige Zeit in seinem Hinterkopf wartete.

Ähnlich und doch unähnlich.

Er wusste nicht, was für eine Art Geschöpf sie war, aber sie war kein Raubtier. Wäre sie eines gewesen, hätte er sie vermutlich wirklich getötet, sobald sie sich zu seinem

Rastplatz vorgewagt hatte.

Vereinzelte Bilder zogen durch seinen Kopf, und er erkannte noch etwas.

Eine Explosion aus Schmerz, der erste Schmerz. Erdrückendes Gewicht und Dunkelheit. Schreie aus der Ferne.

Und eine Stimme in der Dunkelheit. *Ihre* Stimme?

Wo bist du? KOMM SCHON!

„Gestern …", sagte er. „Du warst bei denen, die mich angegriffen haben."

Bestürzung zuckte über ihr Gesicht, mit einem Ruck richtete sie sich auf. „Nein! So war das nicht."

Der Drache betrachtete sie zynisch. Wyrm wurde er genannt. Die große Bestie. Man hatte ihm schon früher Fallen gestellt und ihn angegriffen. Aber noch nie hatte ihn jemand überwältigt. „Nein? Wie würdest du es denn nennen?"

Mit beiden Händen rieb sie sich die Stirn, während sie angespannt sagte: „Ich würde es ein furchtbares Missverständnis nennen." Sie ließ die Hände sinken und sah ihn an, und in ihren Augen loderte Wut auf oder Verzweiflung. Vielleicht auch beides. „Wenn du noch etwas von gestern weißt, versuch dich daran zu erinnern, was ich zu dir gesagt habe. Ich sagte: ‚Ich bin hier. Du wirst wieder gesund.' Erinnerst du dich daran?"

Er legte den Kopf schief und kniff die Augen zusammen. An das, wovon sie sprach, konnte er sich nicht erinnern. Da war nur die Stimme in der Dunkelheit. Aber wieder lag darin keine Spur von einer Lüge.

„Nein", sagte er.

Sie ließ die Schultern sinken. „Ich kenne deinen Namen", sagte sie. „Du heißt Dragos."

Der Faden der Erkenntnis durchfuhr ihn wie elektrischer Strom.

Dragos.

Ja, das war sein Name, aber die anderen Dinge, die sie gesagt hatte ... Er dachte angestrengt zurück.

Die Frau – sie hatte gesagt, ihr Name sei Pia – sprach weiter. Ihre Worte überschlugen sich fast, während sie auf ihn zukam. „Offensichtlich hast du Schmerzen. Ich glaube, dir ist nicht klar, wie schwer du verletzt bist. Aber wenn du mich deine Wunde einmal ansehen lässt, schwöre ich, dass ich dir helfen kann."

Sie setzte ihn zu sehr unter Druck, ging zu weit. Das Einzige, woran er sich erinnerte, waren Schmerz, ein schweres Gewicht, das ihn unter sich begrub, eine dichte Staubwolke, die sich auf die Landschaft legte. Und schreiende Menschen.

„Stopp", sagte Dragos. „Genug geredet. Ich muss jetzt nachdenken."

Sorge legte sich auf ihre Miene. „Nein, du musst mir zuhören. Das ist wichtiger, als du dir vorstellen kannst ..."

„*Genug.*" Er knurrte das Wort mit solcher Intensität, dass der Boden unter ihm vibrierte. „Ich habe dir lange genug zugehört. Noch nie musste ich mich von irgendjemandem heilen lassen, und ich lasse mir von dir nicht einreden, dass es jetzt der Fall sein sollte."

Sie starrte ihn überrascht und mit ersten Spuren von Bitterkeit an. „Das ist nicht wahr", sagte sie knapp. „Du hast meine Heilkräfte schon früher gebraucht. Du kannst dich nur nicht daran erinnern."

„Wenn ich mich nicht erinnern kann", sagte der Drache, „wie kann ich dann darauf vertrauen, dass du die Wahrheit sagst?" Er streckte eine Vorderpranke aus und deutete auf das Gold und die Juwelen. „Du bringst mir genau die richtigen Geschenke, alles Dinge, die ich mag. Glaubst du, ich habe noch nie eine Falle mit einem solchen Köder gesehen?"

Schwer atmend starrte sie ihn an, sagte jedoch nichts. Dann hob sie das Kinn. „Also gut. Vielleicht war es ein Fehler, diese Schätze zu bringen. Aber ich gehe nicht weg."

„Wie du willst", sagte Dragos.

Er warf einen letzten abschätzigen Blick auf das Gold und die Edelsteine, die zwischen ihnen auf dem Boden lagen, dann kehrte er ihr den Rücken zu, stieß sich vom Boden ab und flog davon.

Auf die Jagd zu gehen war das Letzte, wonach ihm zumute war, doch er brauchte Nahrung, um zu heilen. Und er brauchte Zeit zum Nachdenken. Entweder würde die Frau noch auf ihn warten, wenn er zurückkam, oder nicht. Wenn sie ihren Gefährten wirklich wiederfinden wollte, würde sie warten.

Falls er zurückkam.

Kapitel Vier

PIA STARRTE ZUM Himmel hinauf und sah Dragos nach. Normalerweise liebte sie es, den Drachen fliegen zu sehen, aber jetzt wurde ihr davon richtiggehend übel. Wie weit würde er sich entfernen?

Wie hatte sie so dumm sein können?

Das Satellitenhandy in ihrem Rucksack klingelte, sie kramte es hervor und meldete sich.

„Alles okay bei dir?", wollte Graydon wissen. „Er hat dir nichts getan, oder?"

Sie blickte zu dem flachen Gipfel eines nahe gelegenen Berges, wo sich der Greif versteckt hielt und aus der Ferne Wache hielt. Es hatte etwas zu bedeuten, dass Graydon eine solche Frage überhaupt stellte. Noch vor einer Woche – vor einem Tag – wäre das undenkbar gewesen.

„Nein", sagte sie wie betäubt. „Er hat mir nichts getan." Jedenfalls hatte er ihr keine sichtbaren Wunden zugefügt, aber sie hatte das Gefühl, innerlich aus einer lebenswichtigen Arterie zu bluten.

„Ich fliege ihm nach."

„Nein! Lass ihn im Moment allein." Unfähig, still zu stehen, lief sie auf der Lichtung hin und her. „Es ist meine Schuld, dass er fort ist. Ich bin in Panik geraten und habe ihn zu sehr bedrängt. Das Gold und die Juwelen – das war eine schlechte Idee. Er erinnert sich nicht an mich. Er erinnert sich nicht mehr, Gray, und natürlich war er misstrauisch. Dass ich ihm seine Lieblingssachen gebracht habe, hält er für den Köder in irgendeiner Falle."

„Tief durchatmen", sagte Graydon sanft. „Du hast nichts Falsches getan. An sich war das eine gute Idee. Bist du sicher, dass ich ihm nicht folgen soll? Was ist, wenn er nicht zurückkommt?"

Pia rieb sich mit dem Handrücken das Gesicht, während sie nachzudenken versuchte. Wohin würde er fliegen? Was würde er tun?

Sie war ausgezeichnet darin, vorauszusagen, was Dragos tun und wohin er sich wenden würde. Aber sie hatte keine Ahnung, wofür sich diese fremde, beängstigende Kreatur entscheiden könnte. Bei dem Gedanken, dass der Drache ungehindert durch die Gegend zog, krampfte sich ihr Magen noch fester zusammen.

Aber sie hatte das Misstrauen des Drachen geweckt, und wenn er bemerkte, dass Graydon ihm folgte, würde er ihn vielleicht angreifen. Graydon könnte verletzt oder sogar getötet werden. Das würde sich Dragos später niemals verzeihen können, und Pia sich ebenfalls nicht. Graydons freundliche, zuverlässige Gegenwart hatte dazu beigetragen, dass sie diese dunkle, schreckliche Nacht überstanden hatte, und sie ertrug den Gedanken nicht, ihn zu verlieren.

„Nein", sagte sie noch einmal. „Das dürfen wir nicht riskieren. Vielleicht habe ich in seinem Kopf genug Fragen aufgeworfen, damit er von allein wiederkommt, um Antworten zu erhalten. Er hat gesagt, er müsse nachdenken. Für den Moment werden wir ihm vertrauen müssen und sehen, ob er von selbst zurückkehrt."

Diese Worte zählten zum Schwersten, was sie je hatte aussprechen müssen. Zusammen mit *Liam, du musst jetzt ein großer Junge sein* standen sie ganz oben auf der Liste. Das panische Tier in ihr wollte nichts lieber, als Dragos hinterherzujagen, und die Vorstellung, dem Drachen zu vertrauen, der in diesem Moment ohne Dragos' Erinnerungen handelte, war beinahe unerträglich.

„Ich möchte zu dir kommen", sagte Graydon. „Es widerstrebt all meinen Instinkten, dich da drüben allein zu lassen."

„Das geht aber nicht", gab sie zurück. „Wenn er zurückkommt und dich riecht, wird er nur noch mehr davon überzeugt sein, dass das hier irgendeine Falle ist." Abermals sah sie zum Himmel auf. „Im Moment können wir nur warten."

„Ruf mich an, wenn sich etwas tut oder wenn du mich brauchst. Nein, ruf mich am besten jede halbe Stunde an", sagte Graydon. „Ich will deine Stimme hören und wissen, dass es dir gut geht."

Sie wusste, was er wollte. Genau wie Eva hatte er Angst und suchte Sicherheit und Bestärkung. Wyr paarten sich fürs Leben, und nachdem Dragos so schwer verletzt war, war das Leben im Augenblick für sie alle instabil und unvorhersehbar.

Aber sie hatte Graydon nicht mehr Beruhigendes zu bieten als zuvor Eva.

Sie antwortete: „Ich werde nicht so tun, als ginge es mir gut. Um dir die Wahrheit zu sagen, komme ich mir ziemlich verrückt vor, und ich habe das Gefühl, ich würde um mein Leben kämpfen. Aber du wirst auch mir vertrauen müssen. Ich werde damit fertig. Ich werde damit fertig, und ich rufe dich an, wenn ich dich brauche."

Er fluchte leise und sagte dann: „Okay, Süße."

Nachdem sie aufgelegt hatte, steckte sie das Handy

wieder in eine Seitentasche des Rucksacks. Sie musste sich am Riemen reißen. Sie wusste nicht, wie lange Dragos fortbleiben würde, und sie war erschöpft. Diese lange, schreckliche Nacht des Wartens, während die Wächter nach Dragos gesucht hatten, das Regeln der rechtlichen Angelegenheiten für das Wyr-Reich und für Liam, nur für alle Fälle, und dann der lange Aufstieg auf den Berg und die Konfrontation mit dem Drachen – das alles hatte seinen Tribut gefordert.

Sie musste neue Kräfte tanken und sich ausruhen, so gut es ging zumindest, weil sie keine Ahnung hatte, was als Nächstes passieren würde.

Zuerst ging sie zur Quelle, wusch sich Gesicht und Hände in dem eisigen Wasser und trank so viel, wie sie konnte. Dann zwang sie sich, einige vegane Proteinriegel hinunterzuwürgen, wickelte die Goldbarren und Juwelen wieder ein und steckte sie in den Rucksack.

Die Nachmittagshitze ließ nach, die Schatten der Bäume wurden länger. Obwohl Hochsommer war, waren die Nächte in den Bergen kalt. Sie holte einen ihrer letzten Schätze aus dem Rucksack: eine robuste, flanellgefütterte Jacke. In diese hüllte sie sich ein, bevor sie sich an einen Baumstamm gekauert zu einem kleinen Ball zusammenrollte und in einen unruhigen Dämmerschlaf fiel.

Komm zurück. Komm zu mir zurück.

✧   ✧   ✧

DAS RAUSCHEN GIGANTISCHER Schwingen weckte sie.

Hastig kam sie auf die Füße und sah, wie der Drache über ihr kreiste. In ihr kämpften Erleichterung und Anspannung um die Oberhand, doch am Ende gewann die Erleichterung.

Er war zurückgekommen, obwohl ihn nichts dazu zwang. Er hätte genauso gut für immer verschwinden können. An diesem Ort hielt ihn nichts. Er kam zurück, weil sie hier wartete und weil er ihre Antworten wollte.

Während sie gedöst hatte, war der Nachmittag in den frühen Abend übergegangen, der Himmel über ihr hatte sich bunt verfärbt und umfing den bronzefarbenen Körper des Drachen in strahlenden Farben. Trotz seiner gewaltigen Größe landete er leicht und anmutig wie eine Katze auf dem flachen Stück Fels.

Sein Maul war mit hellem, frischem Blut verschmiert. Sie konnte es von ihrem Standort aus riechen. Es war Kuhblut. Irgendwo in der Nähe würde ein Farmer ein paar Rinder vermissen. Wenn wir das hier überleben, dachte sie mit grimmigem Galgenhumor, wird jemand diesen Farmer ausfindig machen und ihn für seinen Verlust entschädigen müssen.

Dragos ignorierte sie, als wäre sie gar nicht da, während er zur Quelle ging, um sich das Maul und die Vorderpranken zu waschen. Glatte Muskeln spielten unter seiner bronzefarbenen Haut.

Aufmerksam musterte sie ihn. Seine Bewegungen schienen an Leichtigkeit und Sicherheit gewonnen zu haben. Die gezackte Wunde auf seiner Stirn schien zum Teil verheilt zu sein, aber sie wusste nicht recht, ob sie darüber erleichtert oder besorgt sein sollte.

Was sie aber wusste, war, dass sie ihm dieses Schauspiel nicht abkaufte. Er mochte so tun, als sähe er sie nicht, aber er wusste ganz genau, wahrscheinlich bis auf den Millimeter, wo sie stand.

Noch immer sah Dragos sie nicht an, als er fragte: „Wo sind meine Schätze?"

Seine Schätze. Sie legte den Kopf schief und stützte die Hände in die Hüften. Wäre die Situation nicht so ernst gewesen, hätte sie vielleicht gelächelt. Selbst jetzt, mitten in all seinem Misstrauen, blieb der Drache so habgierig wie eh und je.

„Ich bitte um Entschuldigung für das, was vorhin passiert ist." Sie ließ ihre Stimme genauso sanft und gleichmäßig klingen wie zuvor. Keine Aggression, keine Bedrohung. „Ich verstehe, dass du Grund hast, jedem zu misstrauen, der sich dir so nähert wie ich vorhin. Aber ich wollte dich mit diesen Geschenken nicht beleidigen, und ich habe auch keinen Köder ausgelegt. Ich hatte nur gehofft, einen Handel mit dir abschließen zu können."

„Ach ja", erwiderte er mit einem zynischen Blick über die Schulter. „Weil ich der Einzige bin, der dir helfen kann, deinen Gefährten zu finden."

Sie zögerte. „Ja."

Nachdem er sich gewaschen hatte, drehte er sich um und streckte sich mit dem ganzen Hochmut eines Herrschers, der seinen Thron besteigt, auf dem harten Felsvorsprung aus. Da erst sah er sie direkt an. Der Ausdruck in seinen großen, goldenen Augen war herausfordernd und kalt.

Die Wirkung war überwältigend. Wie er seine Feinde mit diesem Blick bedachte, hatte sie bereits erlebt, aber sie selbst hatte er bisher noch nie so angesehen.

„Das beantwortet nicht meine Frage", sagte er.

Sie biss die Zähne zusammen und hielt seinem Blick stand. Er hatte zwar beschlossen zurückzukommen, aber diese Entscheidung schien ihn in ziemlich miese Laune versetzt zu haben. „Was macht das für einen Unterschied? Du hast sie offensichtlich nicht gewollt."

Der Drache verengte die Augen. „Ich habe meine Meinung geändert. Du wirst sie mir bringen."

Normalerweise hätte sie bei dieser monumentalen Arroganz der Impuls überkommen, ihm Kontra zu geben, doch sie unterdrückte den Drang. Jetzt war nicht der richtige Zeitpunkt, ihm frech zu kommen. In seinem derzeitigen Verhalten zeigte er keine Spur von Nachsicht oder Weichheit. Hier ging es nur darum, Dominanz aufzubauen. Mit seiner ganzen Haltung forderte er, dass sie sich bewies.

Den Kopf gesenkt, kniete sie nieder, um ihren Rucksack zu öffnen und die Pakete mit Gold und Juwelen herauszuholen. Sie hob alles auf und ging damit auf ihn zu. Etwa fünf Meter von ihm entfernt blieb sie stehen. Als sie gerade niederknien wollte, sagte Dragos: „Bring es näher."

Gehorsam trat sie einige Schritte näher. Die Wucht seiner Persönlichkeit war fast körperlich spürbar. Wie eine unsichtbare Korona brodelte seine magische Energie im Umfeld seines Körpers, und obwohl die Lage so ernst war, bezog das verzweifelte Tier in Pia aus seiner Gegenwart Trost und kam zur Ruhe.

„Näher", sagte der Drache noch einmal, während er sie eindringlich beobachtete.

Er war vollkommen unberechenbar, tödlich und wahrscheinlich das gefährlichste Lebewesen, dem sie je begegnet war, und in diesem Moment wusste er nicht mehr, dass er sie liebte.

Sie sollte ihm gegenüber auf der Hut bleiben, aber das war wirklich schwer, weil sie so müde war und es all ihren Instinkten zuwiderlief. Seufzend trat sie näher, bis sie die Pakete zwischen seinen ausgestreckten Vorderbeinen ablegen konnte.

Als sie sich aufrichtete, senkte er den Kopf, bis der

weite Schwung seiner Nüstern nur noch wenige Zentimeter von ihrem Haar entfernt war. So blieben sie eine Zeit lang stehen und atmeten leise. Als Pia den Blick hob und in sein riesiges Auge wie aus flüssigem Gold blickte, wünschte sie sich so sehr, seine Schnauze zu streicheln oder ihr kleines Taschenmesser hervorzuholen, sich die Handfläche aufzuritzen und sie auf diese furchtbare, halb verheilte Wunde an seiner Stirn zu legen.

Diese Wunde hatte ihr alles genommen. So aggressiv oder misstrauisch Dragos sie im Augenblick auch behandelte – sie vergaß nie, dass der eigentliche Feind diese Wunde war.

Doch so weit wagte sie nicht zu gehen, nicht ohne seine ausdrückliche Erlaubnis. Wenn sie einen Fehler machte und ihn zu sehr bedrängte, könnte er wieder auf sie losgehen, und dann würden sie beide alles verlieren.

„Jetzt berichte mir von diesem ,entsetzlichen Missverständnis'", befahl er.

Hilflos sah sie sich auf der Lichtung um. Wie konnte sie die Geschehnisse so erklären, dass der Drache es akzeptieren konnte? So vieles beruhte auf Zusammenhängen und Beziehungen, die sich über Jahrhunderte entwickelt hatten.

Er war Herrscher des Wyr-Reichs, Kopf eines Multimilliarden-Dollar-Unternehmens, außerdem Ehemann, Gefährte und Vater, und doch hatte der Drache vorhin nicht einmal seinen eigenen Namen gekannt.

Nach einem tiefen Atemzug sagte sie mit vorsichtiger, leiser Stimme: „Es war kein Angriff, das schwöre ich. Das wirst du selbst wissen, sobald du dich wieder an mehr erinnerst."

„Wenn es kein Angriff war, was war es dann?"

„Ein Unfall", flüsterte sie und fuhr sich mit beiden

Händen über die Wangen. „Ein ganz schrecklicher Unfall. Du hast beim Bau eines Projekts geholfen und selbst mitgearbeitet."

Es war unmöglich, zu erkennen, ob er ihr glaubte. Das Gesicht des Drachen blieb ausdruckslos. „Wie ist es zu diesem Unfall gekommen?"

Am Abend zuvor hatte sie genau dieselbe Frage der Harpyie Aryal gestellt, die Antwort aber nur zur Hälfte verstanden.

Jetzt sagte sie: „Ich weiß nicht in allen Einzelheiten, was passiert ist. Was ich weiß, ist, dass ihr in einem großen Bereich der Felssohle am Ufer eines Sees eine Reihe kleiner, kontrollierter Explosionen ausgelöst habt."

„Warum?" Er beobachtete sie genau.

„An diesem Ort soll ein großes Gebäude gebaut werden, deshalb muss das Gelände an manchen Stellen eingeebnet werden. Unter dem Gestein lag aber eine Verwerfungslinie, von der niemand etwas wusste. Bei der Inspektion sah alles massiv aus, doch das war es nicht. Du – und einige andere Männer – ihr dachtet alle, ihr wärt dort am Fuß des Abhangs sicher."

Sie machte eine Pause, doch der Drache schwieg. Sein gleichmäßiger Atem strich durch ihre Haare. Sie verschränkte die Finger und fuhr händeringend fort: „Als die Explosion losging, wurde ihre Wucht durch die Verwerfungslinie geleitet und trat dort aus, wo ihr standet. Einen solchen Unfall nennt man im Bau einen Sprengbruch – wenn Material aus einer festgelegten Gefahrenzone herausgeschleudert wird. Jedenfalls hat man es mir so erklärt. Als die Verwerfungslinie durchbrochen wurde, ist ein großer Teil des Felsens eingestürzt. Ihr alle wurdet darunter begraben. Ein Mann starb. Ihr anderen wurdet schwer verletzt."

Nach einem Augenblick sagte er: „Dein Gefährte war an dieser Baustelle."

Die Frage überraschte sie, und sie musste schlucken, bevor sie antworten konnte. „Ja", flüsterte sie. „Er ist verschwunden."

„Du glaubst, ich wüsste, wo er ist?"

Sie schüttelte den Kopf. „Nein. Allerdings glaube ich, du kannst mir helfen, ihn zu finden."

„Und du behauptest, du hättest mich früher schon einmal geheilt." Die vollkommene Ausdruckslosigkeit, mit der er das sagte, ließ die Tiefe seiner Skepsis erkennen.

„Das muss dir ziemlich sonderbar vorkommen." Sie versuchte zu lächeln. „Es ist wohl auch ziemlich sonderbar. Es war ein ziemlich sonderbares Jahr."

Wenn es ihm schon so schwer fiel, ihr zu glauben, dass sie ihn heilen wollte, wie würde er dann erst reagieren, wenn er von Peanut erfuhr? Sie konnte sich nur zu gut vorstellen, wie diese Unterhaltung verlaufen würde.

„Ich erinnere mich nicht an dich", sagte er.

Sie ließ den Kopf hängen. Natürlich hatte sie das gewusst, aber der klinische, leidenschaftslose Ton, in dem er es sagte, war genauso verheerend wie die eigentliche Tatsache. Diese unbändige Leidenschaft, die sie für ihn empfand, dieser gewaltige, alles verzehrende Sturm der Liebe …

Nichts davon wurde erwidert. Aus keinem seiner Worte oder Taten sprach etwas von seinem Begehren oder seiner Liebe zu ihr. Er war hier, stand lebendig und so stark wie eh und je vor ihr, und ihr war zumute, als ob eine unermesslich geliebte Person in ihrem Leben gestorben wäre.

„Ich wünsche mir so sehr, ich könnte dich irgendwie

davon überzeugen, dich von mir heilen zu lassen", sagte sie mit schwankender Stimme. „Ich wünsche es mir um deinetwillen, damit es dir besser geht und vielleicht – nur vielleicht – deine Erinnerung zurückkehrt. Aber vor allem wünsche ich es mir um meinetwillen, weil ich meinen Gefährten von ganzem Herzen vermisse und alles tun würde, alles dafür geben würde, ihn zurückzubekommen."

„Die Wunde heilt bereits." Und dann fügte er mit Bedacht hinzu: „Und ich brauche dich nicht."

Vielleicht sprach er nur seine Sicht der Wahrheit aus, doch das erschien ihr unnötig grausam, und es kostete sie alle Beherrschung, dafür nicht auf ihn einzuschlagen.

Ihre Stimme wurde hart. „Vielleicht brauchst du mich nicht, aber vielleicht glaubst du das auch nur. Du kannst dich immer noch nicht daran erinnern, was letzte Woche war oder in der Woche davor oder in der Woche davor. Du weißt nicht, wer von deinen alten Feinden ganz in der Nähe sein könnte oder welche neuen Feinde du dir womöglich gemacht hast. Du bist verwundbar, Dragos, so verwundbar wie noch nie zuvor, und ich bin die einzige Verbündete, die dir irgendeine Form von Hilfe anbietet."

Zwischen ihnen senkte sich Stille herab und währte gerade lange genug, dass Pia innerlich anfing, sich Vorhaltungen zu machen. Sie hatte ihn zu sehr bedrängt, obwohl sie sich so fest vorgenommen hatte, es nicht zu tun.

Dann regte er sich und verlagerte das Gewicht seines langen, schweren Körpers. Seine Ruhelosigkeit verriet ihr, dass sie einen Treffer gelandet hatte.

„Was hat es mit dieser Heilung auf sich, die du probieren würdest?" Dragos legte den Kopf schief, um sie genauer betrachten zu können. „Glaubst du wirklich, dadurch könnten meine Erinnerungen zurückkommen?

Einen Zauber werde ich nicht dulden."

Die Hoffnung, die in ihr aufwallte, war fast so unerträglich wie alles andere in den letzten vierundzwanzig Stunden. „Ich kann dir gar nicht sagen, wie sehr ich hoffe, dass es deine Erinnerungen zurückbringt, aber die Wahrheit ist, ich weiß es nicht", erklärte sie ihm. Sie konnte nicht länger widerstehen, legte ihm eine Hand auf die Schnauze und streichelte sie. „Aber eines kann ich dir versprechen: Ich würde dir niemals wehtun."

Ein Teil von ihr war begeistert, weil er sich ihrer behutsamen Zärtlichkeit nicht entzog, aber dann musste er es natürlich ruinieren.

„Natürlich würdest du das nicht, solange du noch die Hoffnung hast, deinen Gefährten wiederzufinden", sagte er. Der zynische Ton war in seine Stimme zurückgekehrt.

Fast hätte sie ihm eins auf die Nase gegeben, als sie ihn anfuhr: „Natürlich."

„Tu es", sagte er.

Im ersten Moment konnte sie ihren Ohren kaum trauen. Bevor er seine Meinung ändern konnte, holte sie ihr Taschenmesser aus der Tasche ihrer Jeansshorts. Unter seinem scharfen, misstrauischen Blick schlitzte sie sich die Handfläche auf.

„Es ist kein Zauber", erklärte sie ihm, ihre Stimme vor Nervosität angespannt. „Nur mein Blut. Beug deinen Kopf zu mir herunter."

Langsam, ohne sie aus den Augen zu lassen, senkte der Drache den Kopf. Sie legte ihre blutende Handfläche sacht auf die Wunde.

Magische Energie strömte aus ihrer Hand. Dragos schnappte nach Luft, und ein Zittern lief durch seinen Körper. Einen langen Augenblick später zog sie die Hand zurück und untersuchte im schwindenden Licht die Wunde.

Sie war bereits halb verheilt gewesen, und jetzt verblasste sie vor ihren Augen zu einer porzellanweißen Narbe.

Dragos stieß einen langen Seufzer aus.

„Wie fühlst du dich?", fragte sie.

„Besser. Endlich sind die Kopfschmerzen weg." Der Drache sah ihr in die Augen. „Aber ich erinnere mich immer noch nicht an dich."

Kapitel Fünf

ALS ER DIESE Worte aussprach, sah der Drache das Licht erlöschen, das in ihren Augen gestrahlt hatte. Ihre Augen waren ziemlich schön, bemerkte er. Groß und ausdrucksstark, zeigten sie jede ihrer Emotionen. Ihre Schultern sackten ab, sie ließ den Kopf hängen.

„Okay." Passend zu ihrer entmutigten Miene, war ihre Stimme dumpf und matt geworden. „Wenigstens haben wir es versucht."

Sie drehte sich um und wollte gehen.

Er legte die Stirn in Falten. Sie weggehen zu sehen gefiel ihm nicht. Diese Erkenntnis schien in seinem Kopf ein Echo auszulösen, fast so, als hätte er diesen Gedanken schon einmal gehabt. „Wo willst du hin?"

„Es wird kalt. Ich bin nicht wie du, ich habe nicht viel Körperwärme. Deshalb gehe ich Holz für ein Feuer sammeln." Sie sah sich beim Sprechen nicht nach ihm um. „Das hätte ich schon früher tun sollen."

Die Falten auf seiner Stirn vertieften sich. Zwar schreckte seine Gegenwart andere Raubtiere in der direkten Umgebung ab, aber der Boden war steil und felsig, und in der einsetzenden Dämmerung musste es für jemanden, der so viel zerbrechlicher war als er, gefährlich sein, sich auf diesem Untergrund zu bewegen.

Unvermittelt sagte er: „Ich habe nicht gesagt, dass du

gehen darfst."

Ihr Schritt stockte, und ihre Kopfhaltung schien … Entrüstung auszudrücken? Als sie antwortete, lag eine scharfe Note in ihren Worten. „Und ich habe dich nicht gefragt."

Auf diese Unverschämtheit ließ er ein langes, warnendes Knurren hören, doch sie beachtete ihn nicht weiter und verschwand zwischen den Bäumen. Wie konnte sie es wagen, ihn zu ignorieren?

Eine neue Erkenntnis drängte seinen Wutausbruch in den Hintergrund. Es stimmte zwar, dass er sich nicht an sie erinnerte, aber da die Schmerzen und die Feuerwand aus seinem Kopf verschwunden waren, konnte etwas an die Oberfläche treten – ein einzelnes Wort, das eine riesengroße Bedeutung trug.

Wyr.

Sie war eindeutig anders als er, denn sie war kein Raubtier, aber trotzdem war sie ihm auf eine grundlegende Weise ähnlich. Sie beide waren Wyr, Geschöpfe mit zwei Wesen.

Ebenso wie er hatte sie eine Tiergestalt, die irgendwie mit ihrer kühlen, hexenhaften, mondlichtartigen Energie in Verbindung stand, jener Energie, die seinen Schmerz umspült und gelindert hatte.

Und ebenso wie sie hatte er eine Menschengestalt.

Instinktiv tastete er nach seiner anderen Form – es war, als würde er einen vertrauten, gut trainierten Muskel bewegen – und verwandelte sich.

Nach der Verwandlung betrachtete er seinen Körper. Als Mensch war er immer noch viel größer und breiter als sie und hatte mehr Muskeln. Er trug Jeans und ein T-Shirt und robuste Stiefel, und alles war voller Schmutz und Blut –

sein Blut.

An der linken Hand trug er einen schlichten goldenen Ring. Während er ihn interessiert betrachtete, bemerkte er, dass etwas um sein Handgelenk gebunden war.

Er hob die Hand und betrachtete das Etwas im schwindenden Licht.

Es war ein geflochtenes Band aus schimmerndem, hellblondem Haar.

Er schnappte nach Luft. So argwöhnisch er das Band auch untersuchte, die einzige magische Energie, die er daran feststellen konnte, war seine eigene. Und dabei schien es sich um einen Schutzzauber zu handeln. Das geflochtene Band war einfach nur ein Band.

Und er hatte es schützen wollen.

Die goldenen Haare kamen ihm ziemlich bekannt vor. Genau genommen hatten sie den gleichen Farbton wie die Haare auf dem Kopf der Frau, die in diesem Moment starrsinnig auf dem steilen Berghang herumkletterte, während es immer dunkler wurde.

Aufgeschreckt stürzte er hinter ihr her. Sie hatte sich bereits viel weiter von der Lichtung entfernt, als er gedacht hatte. Während sich sein Blick noch an die dunkleren Schatten unter den Bäumen gewöhnte, spürte er sie mithilfe seines Geruchssinns und Instinkts auf.

Sie hockte neben einem umgestürzten Baum und stapelte Äste in ihre Armbeuge. Als er sich ihr näherte, richtete sie einen davon wie ein Schwert in seine Richtung, ohne den Blick zu heben.

„Komm nicht näher", sagte sie. Ihre Stimme klang seltsam, erstickt von Gefühlen. „Lass mich ein paar Minuten allein."

Die Luft um sie herum schien von Kummer getränkt zu

sein, und er nahm den leisen, verräterischen Salzgeruch von Tränen wahr. Dragos verschränkte die Arme. Der Geruch ihrer Tränen gefiel ihm nicht, und er hatte nicht die Absicht, irgendwohin zu gehen, nur weil sie es sagte.

„Du verschwendest deine Zeit", sagte er plötzlich. „Diese winzigen Zweige, die du sammelst, werden innerhalb einer halben Stunde zu Asche verbrannt sein."

„Besser als nichts", fuhr sie ihn an.

Er schob sich an dem nutzlosen Stock, den sie schwang, vorbei, beugte sich über sie und legte eine Hand auf ihre schlanke Schulter. Sie erzitterte unter seiner Berührung und neigte den Kopf zur Seite, als wollte sie die Wange auf seine Hand legen.

Während er darauf wartete, dass sie das tat, stellte er fest, dass er die Vorfreude sehr genoss. Doch sie führte die Bewegung nicht aus. Enttäuschung verdüsterte seine Gedanken.

„Geh wieder nach oben auf die Lichtung", sagte er. „Ich bringe dir Feuerholz."

Vorsichtig entzog sie sich seiner Berührung und stand auf. Immer noch ohne ihn anzusehen, sagte sie steif: „Vielen Dank."

Mit gesenktem Kopf sah er ihrer dunklen Gestalt nach, die wieder zum Felsen hinaufkletterte, das nutzlose Bündel Zweige noch auf dem Arm. Er mochte es nicht, sie fortgehen zu sehen, aber noch viel weniger mochte er es, wenn sie sich seiner Berührung entzog.

Darüber würden sie reden müssen. Ziemlich sicher würden sie darüber reden müssen.

Fürs Erste richtete er seine Aufmerksamkeit wieder auf den umgekippten Baum. Der Großteil des Stammes lag unter einer Schicht Laub und Schmutz. Mit einigen kräftigen

Tritten zersplitterte er das trockene Holz und sammelte ein paar grobe Stücke ein. Als er die Fuhre zur Lichtung brachte, sah er, dass sie Steine gesammelt und daraus eine improvisierte Feuerstelle gebaut hatte.

Wortlos stapelte er das Holz ein Stück entfernt auf und ging wieder hinunter, um eine weitere Ladung zu holen. Als er wiederkam und neues Holz auf den Stapel legte, hockte sie vor der Feuerstelle. Sie hatte die Zweige, die sie gesammelt hatte, aufgeschichtet und war damit beschäftigt, mit einem kleinen Feuerzeug eine Handvoll trockener Blätter anzuzünden.

Mit verschränkten Armen sah er ihr dabei zu. Obwohl er das Feuer mit einem einzigen Blick hätte entzünden können, bat sie ihn nicht um Hilfe, und er bot sie nicht an. Wenn sie es selbst machen wollte, dann sollte es eben so sein.

Nach wenigen Minuten hatte sie ein kleines Feuer in Gang gebracht. Winzige Flammen leckten gierig an den Zweigen, und der wachsende Lichtkreis bildete einen starken Kontrast zu der Dunkelheit um sie herum.

Da erst sah sie zu ihm auf. Sie wirkte ruhiger und gefasster, als sie sagte: „Es ist ein gutes Zeichen, dass du dich an deine Menschengestalt erinnert hast. Das ist vielversprechend."

„Ist es das?" Er senkte den Kopf und betrachtete sie unter gesenkten Brauen. „Vermutlich, ja."

Eine mächtige Woge von Emotionen verunsicherte ihn, und sie schien das zu spüren, denn ihr Blick wurde misstrauisch. „Glaubst du nicht?"

Dunkle Flecken beschatteten die zarte Haut unter ihren Augen, sie sah erschöpft aus. Trotzdem schmeichelte ihr der Feuerschein, weil er ihre warme, gesunde Bräune zur

Geltung brachte. Das helle Gold ihrer Haare schimmerte.

Ihr Haar.

Er sah nicht auf sein Handgelenk.

„Vielleicht ist es ein gutes Zeichen", räumte er ein. „Ich stelle fest, dass ich mit der Zeit immer mehr Fragen habe, was nur frustrierender ist."

Sie nickte, während sie einen weiteren Zweig ins Feuer legte. Im Profil wirkte ihre Miene entschlossen und ruhig. Sie wirkte, als würde sie sich auf einen langen Weg, der viel Ausdauer erforderte, vorbereiten.

Er beschloss, sie auf die Probe zu stellen. „Es überrascht mich, dass du immer noch hier bist. Nachdem du erfahren hast, dass ich nichts über deinen Gefährten weiß, hätte ich gedacht, du würdest aufgeben und gehen."

Wut blitzte in ihren Augen auf, ein tiefes, reines Blauviolett wie das eines Saphirs. Nur die besten Saphire waren so intensiv blau, dass sie fast violett schienen. „Wenn du glaubst, ich würde aufhören, nach meinem Gefährten zu suchen, nur weil ich ein, zwei schlechte Tage und ein paar Rückschläge hatte, bist du schwer im Irrtum. Ich habe ihn nicht für die Zeiten zum Gefährten genommen, in denen es bequem und einfach für mich ist – denn glaub mir, bequem oder einfach war es nie. Vom allerersten Tag an nicht."

Das Feuer in ihrer Antwort war herrlich. Er wollte sich darin sonnen und es verschlingen. Seit ihrer Ankunft hatte sie nicht ein einziges Mal eine Lüge ausgesprochen. Alles, was sie zu ihm gesagt hatte, war die Wahrheit gewesen.

Während er noch immer mit verschränkten Armen dastand und seine Distanz wahrte, hörte er sich sagen: „Erzähl mir von dieser früheren Gelegenheit, bei der du behauptest, mich geheilt zu haben."

Eine kleine Pause entstand, als sie seinen

Themenwechsel nachvollzog. Sie hob eine Schulter. „Ich behaupte nicht nur, dich geheilt zu haben – ich habe es wirklich getan. Drei Mal inzwischen. Beim ersten Mal – das war im letzten Jahr – bist du vergiftet worden."

Er wusste nicht, was er erwartet hatte, aber das war es ganz gewiss nicht. Leise zischend sog er die Luft durch die Zähne ein. „Wie?"

Sichtlich nach Worten suchend, hielt sie inne. „Es war eine komplizierte Situation, und einen Großteil der Verantwortung dafür nehme ich auf mich. Im Grunde habe ich dich dazu provoziert, Grenzabkommen mit dem Elfenreich zu verletzen. Sie haben einen vergifteten Pfeil auf dich geschossen, damit du nicht deine Drachengestalt annehmen konntest, solange du auf ihrem Gebiet warst. An der Stelle, wo dich der Pfeil getroffen hat, hast du immer noch eine Narbe auf der Brust."

Reflexartig fuhr er sich mit der Hand über seinen breiten, kraftvollen rechten Brustmuskel. Augenblicklich, so als wüssten seine Finger mehr als er, fand er eine kleine Einkerbung in der Haut. „Und beim zweiten Mal?"

Ein düsterer Schatten legte sich auf ihr zartes, herzförmiges Gesicht. „Beim zweiten Mal wärst du beinahe gestorben. Auch das ist eine komplizierte Geschichte, aber um es einfach auszudrücken, hast du zusammen mit einigen Verbündeten eine Schlacht gegen einen Angreifer geschlagen, einen von den alten Elfen, der aus einem Ort namens Numenlaur kam. Du hattest mehrere gebrochene Knochen und wahrscheinlich weitere innere Verletzungen. Du konntest dich nicht mehr gegen die angreifende Armee verteidigen. Zum Glück war ich rechtzeitig bei dir."

Schon wieder die Elfen. So viele seiner Probleme schienen mit diesen beschissenen Elfen zu tun zu haben.

Er ließ sich auf ein Knie nieder und legte größere Scheite ins Feuer. Das trockene Holz geriet fast augenblicklich in Brand, und die Flammen schlugen höher und brachten Licht und Wärme in die kalte Nachtluft.

„Und jetzt hast du mich wieder geheilt", sagte er. „Scheint zu einer Art Gewohnheit geworden zu sein."

Wieder zog der Schatten über ihr Gesicht. „Dieses Mal reichte meine Heilkraft nicht so weit, wie ich gehofft hatte."

Er hob den Kopf und sah sie mit durchdringendem Blick an. „Was für interessante Geschichten du da erzählt hast", sagte er mit weicher Stimme. „Aber in jeder fehlt eine beträchtliche Menge an Informationen."

Sie hob das Kinn. „Alles, was ich dir gesagt habe, ist die Wahrheit."

„Das glaube ich", sagte Dragos. „Aber was ich wissen will, ist Folgendes: Wann wirst du mir mitteilen, dass *ich* dein Gefährte bin?"

Die Überraschung erschütterte sie sichtlich, begleitet von einer wiederaufwallenden Hoffnung, so greifbar, dass ihn der Anblick schmerzte. „Du erinnerst dich?"

Vorhin, als er den goldenen Ring und das Armband aus geflochtenen Haaren gesehen hatte, hatte er die Puzzleteile zusammengefügt. Er war nicht Teil ihrer Reise, sondern das Ziel. Er war der Grund, warum sie zu ihm auf den Berg geklettert war.

Wieder dachte er an die brüchige Stimme in der Nacht.

Komm zurück. Komm zu mir zurück.

Es war ihre Stimme gewesen, die nach ihm gerufen hatte. Staunen befiel ihn. Die Wahrheit zu erkennen war eine Frage logischer Deduktion gewesen. Womit er allerdings nicht gerechnet hatte, war, welche tiefen Emotionen sie dazu getrieben hatten, sich dem Drachen zu stellen. Sie trug eine solche Leidenschaft in sich, so viel Licht.

Für ihn.

Ich vermisse meinen Gefährten von ganzem Herzen, und ich würde alles tun, alles dafür geben, ihn zurückzubekommen.

Sie hatte von ihm gesprochen. Noch nie hatte er von jemandem solche Hingabe erfahren – jedenfalls nicht, soweit er sich erinnerte. Ungezählte Jahrhunderte lang hatte man ihm Angst und Hass entgegengebracht, manchmal auch Ehrfurcht – und das alles hatte er für angemessen gehalten.

Und sie hatte ihm Diamanten, Saphire und Gold gebracht. Er starrte in das Saphirblau ihrer Augen, auf ihr goldenes Haar. Die Dinge, die er am liebsten hatte.

Bis zu diesem Moment hatte er nicht gewusst, dass er zu Mitgefühl fähig war. So sanft er konnte, sagte er: „Nein, ich erinnere mich noch nicht."

Ihre Augen weiteten sich, und sie wandte den Blick ab, als wüsste sie nicht, wo sie hinsehen sollte, weil sie überall nur das gleiche Grauen erblickte.

Dieser Blick fuhr ihm wie ein Stachel in den Leib.

Er schritt durch das Feuer und befahl den Flammen, nicht zu brennen, und sie wichen gehorsam zur Seite. Er ging vor ihr in die Hocke, legte ihr eine Hand unters Kinn und zwang sie, ihn anzusehen. „Warum hast du es mir nicht schon früher gesagt?", fragte er.

Sacht streichelte sie seinen Unterarm, und selbst inmitten der Hitze seines Zorns konnte ihn diese Berührung besänftigen.

„Wie um alles in der Welt hätte ich dir etwas Derartiges so vermitteln sollen, dass du es mir glaubst?", fragte sie. „Ich meine, denk mal einen Moment nach – du konntest mir schon kaum abnehmen, dass ich die Geschenke in guter Absicht gebracht habe. Was glaubst du, wie du es aufgenommen hättest, wenn eine völlig Fremde zu dir auf den Berg gekommen wäre und gesagt hätte: ‚Ach, hi, tut mir leid wegen deiner Kopfverletzung, und übrigens, ich bin deine Gefährtin‘?"

Er hatte sie mit seinen Krallen in den Boden gedrückt. Als sie sich ihm genähert hatte, war er drauf und dran gewesen, sie zu töten. „Wann ist es passiert?", wollte er wissen.

„Letztes Jahr. Wir sind seit vierzehn Monaten zusammen."

„Und das Haus, das gerade gebaut wird?"

Sie befeuchtete sich die Lippen. „Das ist noch so eine komplizierte Geschichte."

Begleitet von einem verhaltenen Knurren, erwiderte er: „Diese Antwort ist nicht mehr akzeptabel."

„Manchmal ist diese Antwort alles, was ich dir geben kann", erklärte sie. „Dein Gedächtnisverlust bezieht sich nicht nur auf mich, Dragos. Es gibt so viel, was du nicht mehr weißt, und ich kann dir nicht in einem oder zwei Sätzen berichten, was auf den Gefühlen, dem Engagement und den Erkenntnissen von Jahren beruht." Sie fasste ihn am Handgelenk. „Du hast die Erinnerungen an ein ganzes Leben verloren und an eine Menge Personen darin. Weißt du noch, was ich vorhin über Feinde gesagt habe? Das Gleiche gilt auch für Freunde. Du hast Freunde. Es gibt Leute, denen du wichtig bist."

Er starrte sie an.

Sie machte große Augen und hob die Schultern. „Ja, stell dir vor. Schwer zu glauben, was?"

„Wir haben uns ein gemeinsames Leben aufgebaut", sagte er langsam. Er testete die Worte auf seiner Zunge.

„Wir sind dabei, uns ein gemeinsames Leben aufzubauen", flüsterte sie. „Und das werden wir nicht aufgeben, nur weil wir ein paar miese Tage hatten. Oder weil einer von uns vorübergehend seine Erinnerung verliert und leicht bissig wird."

Er kniff die Augen zusammen. „Wovon sprichst du?"

„Vergiss es", murmelte sie.

Dieses ganze Gespräch war bizarr, und ein Teil von ihm wollte das alles rundheraus abstreiten. Er war von Natur aus ein Einzelgänger, und sein Misstrauen hatte jahrhundertealte, gute Gründe.

Wieder kam ihm in den Sinn, dass sie ihn immer noch irgendwie zu ihrem eigenen Vorteil manipulieren könnte. Er schob die Frage beiseite, welchen Grund sie dafür haben sollte, und überlegte stattdessen, wie sie es angestellt haben könnte.

Vielleicht hatte sie einen Weg gefunden, ihre ganzen Lügen in einem Wahrheitszauber zu verbergen. Vielleicht versuchte sie, ihn in eine Art Falle zu locken. Vielleicht war sie selbst die Falle.

Wieder glitt sein Blick zu dem geflochtenen Haar an seinem Handgelenk und dem goldenen Ring an seinem Finger. Sosehr er es liebte, Schmuck zu besitzen, hatte er doch nie selbst welchen getragen – bis jetzt. Und dieser Ring war ein Ehering.

Um eine so ausgefeilte List anzuwenden, hätte sie ihm sowohl den Ehering als auch das Band vor seiner Verletzung in seiner Menschengestalt untergeschoben und ihn irgendwie dazu bewogen haben müssen, das Band mit einem Schutzzauber zu belegen.

Es fiel ihm wirklich schwer, diese ganze Geschichte zu glauben.

Andererseits galt das genauso für die Vorstellung, eine

Gefährtin zu haben.

Eine Ehefrau.

Ein Leben voller komplizierter Geschichten, unter anderem Freundschaften.

All diese Gedanken ließ er los, um sich auf die aktuelle Realität zu konzentrieren.

Diese Realität war, dass er ihr Leben buchstäblich in der Hand hatte. Seine langen Finger ruhten auf der warmen, weichen Haut unter ihrem Kinn. Ihr Puls schlug zart gegen seine Hand, und weder in ihren Augen noch in ihrem Geruch konnte er Angst entdecken. Sie schmiegte sich in seine Berührung, als wollte sie seine Hände auf ihrer Haut spüren.

Sie trug keine Waffen und nichts zu ihrem Schutz bei sich. Nirgends an ihr gab es Zauber, nur ihre eigene wilde, natürliche magische Energie, die sich mit solch verlockender Kühle auf seine Hitze legte.

„Wir bauen uns also ein gemeinsames Leben auf", sagte er heiser in ihr emporgewandtes Gesicht, während er über ihre blütenzarte Haut strich. „Also gut. Ich will es selbst sehen."

Mit wachsendem Raubtierappetit beobachtete er, wie ihre reizenden Lippen die Worte formten: „Wie meinst du das?"

„Ich nehme an, wir haben irgendwo ein Zuhause? Bring mich dorthin. Zeig es mir." Er hob eine Schulter und ließ eine Spur seiner Überzeugungskraft in seine Stimme einfließen. „Wenn ich es mit eigenen Augen sehe, könnte das meine Erinnerungen anregen."

In ihrem Blick erwachte die schmerzhafte, unerträglich strahlende Hoffnung zu neuem Leben, begleitet von einer Vielzahl anderer, komplexerer Emotionen, die er nicht entschlüsseln konnte.

Komplexe Emotionen waren zweifellos Begleiterscheinungen eines komplexen Lebens.

Das alles war ihm egal. Ihn kümmerte nur eins.

Der andere Dragos – der mit intaktem Gedächtnis – hatte irgendwie das Herz und die Seele dieses bemerkenswerten Geschöpfs erobert. Vielleicht musste man ganz schön verrückt sein, um auf sich selbst eifersüchtig zu sein, aber er war es.

Er wollte das, was dieser andere Dragos hatte. *Sie* war der wahre Schatz, kostbarer als Saphire, Diamanten und Gold.

Schließlich war er tief in seinem uralten, zynischen Herzen ein habgieriges Wesen.

Kapitel Sechs

„NACH HAUSE ZU gehen, halte ich für eine sehr gute Idee", sagte Pia langsam.

Dafür, dass das Ganze so ein unerträglicher Albtraum war, machten sie tatsächlich Fortschritte. Dragos hatte seine Menschengestalt angenommen und angefangen, mit ihr zu sprechen. Richtig zu sprechen, nicht zu knurren, zu brüllen (oder zu beißen) oder Befehle zu blaffen.

Außerdem war sie zutiefst erleichtert, dass er selbst auf die Art ihrer Beziehung gekommen war. Er empfand zwar nichts von den dazugehörigen Gefühlen, und das tat so weh, als hätte ihr jemand ein glühendes Messer in die Brust gerammt, aber wenigstens musste sie nicht überlegen, wie sie es ihm sagen sollte, und brauchte nicht die Ungläubigkeit auf seinem Gesicht mit anzusehen.

Ihre Lippen waren trocken, weil sie nach dem Aufstieg nicht ausreichend getrunken hatte. Als Pia sie mit der Zungenspitze befeuchtete, blieb sein Blick an der kleinen Bewegung hängen und nahm einen gespannten Ausdruck an, doch er wahrte weiter Distanz zu ihr.

Noch immer war er so misstrauisch, und auch das schmerzte sie. Ihr Sinn für Logik wies sie scharf zurecht: Natürlich war er misstrauisch. Misstrauen gehörte zum Wesen des Drachen. So lange war er ein Einzelgänger gewesen. Er war ein Raubtier, hatte eine weit zurückreichende, primitive Vergangenheit und war leicht zu erzürnen. Die Liste seiner Feinde reichte Jahrtausende zurück.

Dieses gegenwärtige Chaos war nicht seine Schuld. Nichts von alldem war irgendjemandes Schuld. Es war nur ein zufälliger, entsetzlicher Unfall gewesen, der einfach passiert war, und trotzdem fiel es Pia immer noch schwer, das alles nicht persönlich zu nehmen.

Sie musste auf der Hut bleiben. Ihr gemeinsames Haus zu sehen würde seine Erinnerungen vielleicht nicht zurückbringen, aber vielleicht würde es ihm helfen, sich zu entspannen und ihr ein wenig mehr Vertrauen entgegenzubringen. Alles war besser als die kalte, konfrontative Haltung, mit der er sie vorhin empfangen hatte.

Noch immer hatte er sie nicht losgelassen, seine festen Finger lagen unter ihrem Kinn. Auch sie berührte ihn, hatte die Hand um seinen muskulösen Unterarm geschlossen.

Einen Feind hätte er niemals so nah an sich herangelassen. Diese Erkenntnis nährte die störrische Hoffnung in ihr, die einfach nicht sterben wollte.

Sie lächelte ihn zögerlich an. „Wann möchtest du aufbrechen?"

Er erwiderte das Lächeln nicht. Der intensive goldene Blick wich keine Sekunde von ihren Lippen. „Jetzt."

Sie nickte, stand auf und sah zum Lagerfeuer. „Die Mühe hätten wir uns dann wohl sparen können."

Auch er stand auf. Trotz seiner massiven Muskeln bewegte er sich mit einer schnellen, geschmeidigen Anmut. „Das bleibt abzuwarten", sagte er knapp. Er hielt eine Hand über das Feuer und benutzte seine magische Energie, um die Flammen zu dämpfen. „Für alle Fälle wird es später noch hier sein."

Die Muskeln mit aller Gewalt angespannt, zwang sich Pia, nicht das Gesicht zu verziehen. Dass er ihr Haus sehen wollte, hieß natürlich nicht, dass er sich verpflichtete, auch dort zu bleiben.

Jedenfalls noch nicht.

Sie ging zu ihrem Rucksack und suchte in der Seitentasche nach dem Satellitenhandy. Unter Dragos' Augen gab sie Graydons Nummer ein. Als dieser sich meldete, erklärte sie: „Wir kommen jetzt zum Haus zurück."

Vorsichtig antwortete Graydon: „Das klingt vielversprechend."

Wie die Neutralität seiner Worte und seiner Stimmlage verriet, wusste Graydon sehr wohl, dass Dragos jedes seiner Worte hören konnte. Pia warf einen Blick zu Dragos hinüber, der sie mit zusammengezogenen Brauen genau beobachtete.

„Es sind tolle Nachrichten", sagte sie zu Graydon. „Ich wollte nicht, dass du dir Sorgen machst. Ich rufe wieder an, wenn ich kann."

„Möglichst bald, ja?"

Dragos pirschte sich näher heran. Er knurrte: „Wer war dieser Mann?"

War da ein Hauch Eifersucht? Sie wagte nicht zu lächeln, aber zum ersten Mal seit fast zwei Tagen hob sich die Last auf ihrer Brust ein wenig.

Außerdem wusste sie nicht, was sie davon halten sollte, dass er sich nicht an Graydon erinnerte. Sie und Dragos waren erst seit vierzehn Monaten zusammen, aber Graydon kannte er schon sehr viel länger. Der Schaden an seinem Gedächtnis schien tief zu reichen.

Sie hielt seinem durchdringenden Blick stand, während sie erklärte: „Das war einer deiner besten Freunde. Er war um uns beide besorgt."

„Ich will seinen Namen wissen." Er packte sie am Oberarm.

Sie sah auf seine Hand. Die Geste war besitzergreifend, aggressiv, und doch war die Berührung behutsam auf ihrer nackten Haut. Gott sei Dank hatte er den Drang zur Gewalttätigkeit verloren.

Sie legte die Hand auf seine. „Er heißt Graydon, und er mag dich sehr."

„Ich will ihn treffen." Sein Kiefer spannte sich, ebenso seine Finger. „Aber nicht heute Abend. Wohin gehen wir?"

„Weißt du noch, wie du zu der Stelle zurückkommst, an der du verletzt wurdest?" Sie musterte ihn, unsicher, wie er diese Information aufnehmen würde. „Es ist etwa fünfzehn Meilen von hier entfernt. Als du gestern weggeflogen bist, warst du ziemlich desorientiert."

Sein Gesicht nahm einen verschlossenen Ausdruck an. „Ja."

Sie hasste es, wenn er sie auf diese Art aussperrte. So konnte sie nicht erkennen, was er dachte. Mit zusammenge-kniffenen Lippen sagte sie: „Der Unfall ist etwa zweihundert Meter von unserem Haus entfernt passiert, hinter einem Waldstück."

Er schwieg so lange, dass sie anfing, sich Sorgen zu machen. Er hatte geglaubt, dort angegriffen worden zu sein. Was war, wenn er sich weigerte, in die Nähe der Baustelle zu gehen?

Endlich erwiderte er: „Ich bringe uns hin."

Bevor sie viel mehr tun konnte, als mit einem Nicken zuzustimmen, verwandelte er sich wieder in den Drachen. Seine Wyr-Gestalt nahm die ganze Lichtung ein. Ohne ihr Zeit zu lassen, ihren Rucksack aufzusetzen, hob er sie auf eine Vorderpranke, duckte sich und sprang in die Luft.

Sie klammerte sich an seiner Klaue fest und kniff die Augen gegen den warmen Sommerwind zusammen. Telepathisch sagte sie: *Du hast dein Gold und deine Juwelen zurückgelassen.*

In ihrem Rucksack, zusammen mit dem Satellitenhandy. Auch wenn sie diesen Umstand lieber nicht erwähnen wollte, ärgerte es sie, dass sie Graydon nun nicht mehr erreichen konnte. Allein das Wissen, das Satellitenhandy bei sich zu haben, war wie ein Rettungsanker für sie gewesen.

Hoch über ihr bog Dragos seinen langen, starken Hals, um sich umzusehen. Seine Antwort kam ebenfalls telepathisch: *Das Gebirge ist unbewohnt. Ich werde rechtzeitig zurückkommen, bevor jemand die Sachen finden kann.*

Mutlosigkeit ergriff sie. Sie stützte den Ellbogen auf seine Klaue und legte die Stirn in die Hand. Nicht nur, dass er sich einen möglichen Rückweg offenhielt, er plante aktiv, wieder wegzufliegen.

Wenn er wieder ging, würde er sie mitkommen lassen?

An diesem Punkt änderte sich der Fokus ihrer Fragen drastisch.

Würde er ihr erlauben, ihn zu verlassen? Was war mit Liam?

Ihre ängstlichen Gedanken kamen abrupt zum Stillstand. Sie hatte keinerlei Antworten, nur Fragen.

Beide schwiegen. Die mächtige Flügelspannweite des Drachen ließ die Distanz zu ihrem Haus schnell schrumpfen.

Während sie miteinander gesprochen hatten, war der Mond aufgegangen und überzog die Landschaft mit seinem silbrigen Schein. Kleine Lichter waren kreuz und quer über das Land verstreut, folgten Straßen und markierten Häuser.

Die Landschaft erinnerte Pia an die Kunstwerke, die in seinem Büro in New York hingen.

Als sie ihr Grundstück erreichten, wurde er langsamer und näherte sich dem Gelände kreisend und indirekt. Sie zweifelte nicht daran, dass er das Gebiet mit sämtlichen Sinnen abtastete, aber sie wusste auch, was er finden würde.

Nichts und niemanden. Das Gelände war am Vortag evakuiert worden, und bis auf die spärliche Sicherheitsbeleuchtung lag ihr Haus dunkel und verlassen da. Geduldig wartete sie ab, bis er zu demselben Schluss kam.

Offenbar tat er das, denn er landete mit einem abrupten Richtungswechsel auf der weiten Rasenfläche vor dem Haus und stellte sie auf die Füße. Vor ihren Augen nahm er seine Menschengestalt an, kam auf sie zu und fasste sie wieder am Arm.

„Vor Kurzem waren hier viele Leute", sagte er. „Wo sind die hin?"

„Wir wussten, dass du nicht klar denken konntest." *Er hatte nach ihr geschnappt.* Sie schloss die Augen, um diesen Albtraum zu vertreiben. „Aber wir wussten auch, dass der Drache vielleicht zurückkommen würde, deshalb habe ich alle angewiesen, sich fernzuhalten, bis ich Bescheid gebe, dass sie zurückkommen können."

Sie führte ihn zum Haus hinauf. Beim Näherkommen nahmen seine glitzernden Augen alles auf – die dunklen, leeren Wohnwagen in der Nähe, die wenigen Autos, die noch an einer Seite des Hauses parkten, die Stapel mit Baumaterial, zwei Caterpillar-Raupen am Rande einer nahe gelegenen Baumgruppe.

Vor der Türschwelle hielt er inne, um sich umzudrehen und sich die große Lichtung noch einmal anzusehen. Dann stieß er einen leisen, frustrierten Laut aus.

„Warum erinnere ich mich an manche Dinge, an andere aber nicht?", murmelte er. „Das sind Autos. Das da hinten sind Bulldozer. Das Ding an dem Haus ist ein Baugerüst. Du hast deinen Freund mit einem Satellitenhandy angerufen und das Feuer mit einem BIC-Feuerzeug angezündet. Diese ganzen Details sind problemlos abrufbar, und doch wüsste ich meinen eigenen Namen nicht, wenn du ihn mir nicht gesagt hättest."

Ihr tat das Herz weh, als sie den Kopf schüttelte. „Ich weiß es nicht. Das Gehirn ist ein kompliziertes, geheimnisvolles Ding. Wir könnten Ärzte fragen, die sich auf Schädel-Hirn-Traumata spezialisiert haben. Sie könnten dir vielleicht helfen."

Abgesehen von einem kurzen, skeptischen Blick zeigte er keine Reaktion auf diesen Vorschlag. Stattdessen legte er die Hand an den Türknauf und drehte ihn. Die Tür war unverschlossen. Er stieß sie auf.

Die Hände ineinander verschlungen folgte sie ihm ins Haus. Drinnen waren die Renovierungsmaterialien – Leitern, Abdeckplanen, Farbeimer und verschiedene Werkzeuge – säuberlich am Rand der großzügig geschnittenen Räume aufgestapelt.

Schweigend streifte Dragos durchs Erdgeschoss. Pia folgte ihm und schaltete unterwegs die Lichter ein.

Er wurde immer schneller, bis sie laufen musste, um mit ihm mitzuhalten. In der Tür zu seinem großen, hochmodernen Büro blieb er stehen, und sie trat dicht hinter ihn. „Überall in diesem Zimmer ist mein Geruch."

„Das liegt daran, dass das dein Zimmer ist", erklärte sie, „und du viel Zeit hier verbringst. Das ist eine dieser komplizierten Geschichten."

Sein Kiefer bewegte sich. Sie hatte geglaubt, dieses Zimmer würde ganz oben auf der Liste der Orte stehen, die er sehen wollte. Doch nach einem weiteren flüchtigen Blick wandte er sich ab und ging weiter. In grüblerischer Stimmung durchstreifte er den Rest des Hauses.

Sie folgte ihm überallhin – hinaus auf die Terrasse, durch die luxuriöse Küche, die Treppe hinunter ins Untergeschoss.

Einmal blieb er einige lange Augenblicke im Flur stehen, direkt vor dem geheimen Panikraum. Als Pia das sah, wallte wieder die Hoffnung in ihr auf. Es war ein erschöpfendes, unkontrollierbares Gefühl, als wäre es ein eigenständiges Lebewesen, das völlig unabhängig von ihren eigenen Bedürfnissen oder Wünschen existierte.

Doch er sagte nichts, und kurz darauf ging er weiter.

Nervös wurde sie, als er die Treppe zum ersten Stock hinaufging. Sie war ausgelaugt, als hätte sie sich tagelang mit zu viel Kaffee wach gehalten. Auf dem oberen Treppenabsatz zögerte er und wandte sich nach rechts. Ihr Herz begann zu hämmern, ihre Hände zitterten.

Ich sollte etwas sagen, dachte sie. *Ich muss ihn warnen.*

„Du hast Angst." Er sagte es über die Schulter, während er durch den Flur ging, vorbei an offenen Türen, die zu leeren Schlafzimmern führten.

„Nicht direkt Angst", erwiderte sie angespannt.

„Was dann … direkt?" Sein unfehlbarer Instinkt ließ ihn vor der geschlossenen Tür zu Liams Kinderzimmern anhalten und Pias Miene gründlich studieren.

Mit unsicherer Hand rieb sie sich den Mundwinkel. „Das ist noch so eine komplizierte Geschichte."

Er öffnete die Tür, trat ein – und erstarrte.

Die Arme um den Oberkörper geschlungen und ihre

eigenen Ellbogen umklammernd, beobachtete Pia ihn von der Tür aus. Von den breiten Schultern bis zu den schmalen Hüften war die Kontur seines kräftigen Rückens völlig starr.

Nach einer langen Sekunde stürmte er durch die übrigen Zimmer. Sie eilte ihm nach.

In Peanuts Schlafzimmer blieb er stehen, starrte die leuchtenden Farben an den Wänden an, das Kinderbettchen, die Kommode mit der Wickelunterlage und den Windeln. Liams Lieblingsstofftier, sein Hase, lag in dem Bettchen. Offenbar hatten Eva und Hugh ihn vergessen, als alle evakuiert worden waren.

Drago hob den Hasen auf und vergrub kurz das Gesicht darin. Seine Hände krampften sich um das weiche Spielzeug, bis die breiten Knöchel weiß hervortraten.

Die Stille war ohrenbetäubend. Pia tat alles weh, sie litt körperliche Schmerzen. Sie wusste nicht, wohin sie den Blick wenden oder wie sie sich halten sollte, damit der Schmerz nachließ.

Er flüsterte: „Das ist ein männlicher Geruch. Ich habe einen Sohn."

Obwohl er so leise gesprochen hatte, schienen seine Worte von den Wänden widerzuhallen. Sie schluckte schwer, und ihre Stimme zitterte, als sie sagte: „Ja."

Er sah zum Wickeltisch. „Er ist noch klein."

Wieder sagte sie: „Ja."

Mit hell loderndem, wundem Blick wandte er sich zu ihr um. „Wie ist das möglich? Wie kann ich mich nicht daran erinnern, dass ich einen Sohn habe?"

„Ich weiß es nicht." Sie hatte nicht vorgehabt, etwas zu sagen, doch die Worte gewannen ein Eigenleben und drängten von selbst über ihre Lippen. „Ich weiß nicht, wie du einen von uns vergessen konntest. *Ich trage dich in mir.*"

Mit ruckartigen Bewegungen kam er auf sie zu, Liams Hasen immer noch in der Faust umklammert. „Wo ist er?"

Sie stützte den Kopf in die Hände. „In der Stadt."

„Wegen mir", brachte er zwischen zusammengebissenen Zähnen hervor. Er machte eine abrupte Handbewegung. „Falls ich zurückgekommen wäre und euch angegriffen hätte. Er war meinetwegen in Gefahr."

Seine heftigen Emotionen trafen wie unsichtbare Schläge auf ihre Haut, bis sie glaubte, am ganzen Körper blaue Flecken zu bekommen. Sie musste sich irgendwo anlehnen.

Doch es gab nichts, was die Wucht dieser vulkanischen Gewalt hätte abfangen können, die vor ihr wütete. Es gab keinen anderen Weg für sie als die Flucht nach vorn. Blindlings ging sie auf ihn zu, bis sie gegen seine Brust stieß. „Bitte hör auf", flüsterte sie. „Du bist nicht der Böse. In dieser Situation gibt es keinen Bösen. Es ist nur eine böse Situation."

Er legte die Arme um sie. Das war es, was sie brauchte, dringender als Luft und Wasser. Sie lehnte sich an seine Stärke, und er hielt sie fest.

Für einen Moment legte sich etwas auf ihren Scheitel – seine Wange. Eine kurze Berührung nur, dann hob er den Kopf wieder und löste die Arme von ihr.

„Ich muss die Baustelle sehen", knurrte er.

Sie straffte den Rücken, hob den Kopf und trat zurück. Die Wildheit in seiner Miene überraschte sie, doch dann erkannte sie, was er wirklich brauchte. Er verspürte den Drang, zu kämpfen, aber weil es keinen greifbaren Feind gab, konzentrierte er sich auf das einzig Verfügbare.

„Also gut", sagte sie. „Gehen wir. Machen wir es gleich."

Er hielt kurz inne, um den Hasen auf die Kommode zu

legen. Für einen Moment verweilten seine Finger auf dem weichen Stoff. Dann wandte er sich wieder zu ihr um, und gemeinsam verließen sie das Kinderzimmer.

Es gab nur noch einen Ort in diesem Flügel, den sie nicht erkundet hatten: die geschlossene Tür am Ende des Flurs. Nach einem Blick in diese Richtung sah er Pia fragend an. „Das sind unsere Zimmer", sagte sie knapp.

Er zögerte. An seinem zurückhaltenden Tempo konnte sie seine widerstreitenden Gefühle ablesen, als er auf diese Tür zuging und sie öffnete.

Noch vor einigen Minuten wäre sie darauf gefasst gewesen, dass er ihre gemeinsame Suite betrat. Jetzt, nach der schmerzlichen Szene in Liams Zimmer, konnte sie es kaum ertragen. Das Gefühl war schlimmer, als sich vor einem Fremden auszuziehen, weil hier noch mehr enthüllt wurde. Sie konnte kaum atmen, während sie auf seine Meinung wartete.

Was, wenn es ihm nicht gefiel? Was, wenn er es ablehnte?

Er trat nicht über die Schwelle, sondern legte nur den Lichtschalter um und starrte lange Zeit ins Zimmer. Die Hände hatte er wieder zu Fäusten geballt. „Hier wohnt *er*, mit dir", murmelte er.

Sie musste ihn falsch verstanden haben. Kopfschüttelnd sagte sie: „Entschuldige, was hast du gesagt?"

Er schaltete das Licht aus und schloss die Tür. „Nicht so wichtig." Seine Miene war wieder verschlossen geworden. Er hatte sie erneut ausgesperrt.

Plötzlich ganz wild darauf, diesem Flur mit all den glücklichen Erinnerungen zu entkommen, lief sie eilig zurück zur Treppe, nahm zwei Stufen auf einmal. Diesmal war er es, der ihr folgte. Sie ging aus dem Haus, ohne die

210 ✧ THEA HARRISON

Tür hinter sich zu schließen, und schritt den Weg zur Baustelle am See hinunter.

Zu dem Ort, an dem ihr Leben zerstört worden war.

Er blieb ihr so dicht auf den Fersen, dass sie ihn spüren konnte – als riesiges Inferno aus Hitze, das hinter ihr herpirschte. Innerhalb weniger Augenblicke hatten sie das Waldstück durchquert und traten in die frische Luft am Rande der Baustelle.

Als sie stehen blieb, stellte Dragos sich neben sie, und beide betrachteten das Bild, das sich ihnen bot.

Ganz in der Nähe glitzerte der See friedlich im Mondlicht. Diese Baustelle war nicht sauber und ordentlich, wie es der Bereich um ihr Haus gewesen war. Werkzeuge, Helme und Geräte waren achtlos liegen gelassen worden, und am Fuß des Felshangs erhob sich noch der Geröllhaufen.

Pia schlug sich die Hand vor den Mund, als sie den Ort betrachtete und sich an die Angst und die Panik erinnerte.

Dragos nahm ihre Hand, schob die Finger zwischen ihre und zog sie weiter, bis sie nebeneinander am Fuß der Felsen standen.

Sie stürzte in die Vergangenheit.

Wie sie mit beiden Händen im Geröll grub. Wie sie sich verzweifelt an die Hoffnung klammerte.

Weil sie so tief in den Erinnerungen an ihren Albtraum versunken war, merkte sie erst nach einigen Augenblicken, dass seine Hand in ihrer zitterte.

Aus ihren Erinnerungen gerissen, drehte sie sich zu Dragos um.

Er bebte am ganzen Leib. Im Mondlicht sah er ausgezehrt und krank aus.

„Was ist?" Besorgt rieb sie ihm den Arm.

Sein düsterer Blick traf ihren. Heiser sagte er: „Ich habe nach dir geschnappt."

Von so vielen Dingen wünschte sie sich, dass er sich daran erinnern möge, aber diese eine Erinnerung hätte sie ihm am liebsten für immer erspart.

Ihr blieb ein Sekundenbruchteil für die Entscheidung, wie sie darauf reagieren sollte. In diesem Moment leistete sie insgeheim den Schwur, niemals über dieses Erlebnis zu sprechen.

Was sie empfunden hatte – den Schock, die Verzweiflung –, ging ihn nichts an. Wenigstens davor konnte sie ihn beschützen. Jeder von ihnen würde sich mit seinen Problemen befassen müssen, die sich aus den Ereignissen ergaben, aber im Augenblick blieb ihr nichts anderes übrig, als dieser Sache die Stirn zu bieten.

Mit ruhiger, vernünftiger Stimme sagte sie: „Nun ja, natürlich hast du das. Wie hättest du dich auch sonst verhalten sollen? Du hattest gerade einen gewaltigen Schlag auf den Kopf bekommen, und du dachtest, du würdest angegriffen."

In der kurzen Zeit, die sie zusammen waren, hatten sie einige schwere Momente durchlebt, doch noch nie hatte sie ihn so verletzt gesehen. Er sah aus, als müsste er sich übergeben.

„Ich hätte dich fast getötet", sagte er mit kehliger Stimme. „Ich hätte dich umbringen können. Was für ein Wyr könnte seiner Gefährtin so etwas antun?"

Sein Atem ging stoßweise, als wäre er lange gerannt.

„Aber das hast du nicht getan." Sie schlang die Arme um seinen zitternden Körper und hielt ihn so fest, wie sie konnte, den Kopf in die leichte Mulde seines Brustbeins gebettet. „Du würdest das nie tun."

Mit einem unartikulierten, gebrochen klingenden Laut presste er sie fest an sich.

„Ich erinnere mich immer noch nicht an dich", flüsterte er.

Vor ein paar Stunden hatte es sie entsetzlich verletzt, diese Worte zu hören, doch jetzt war sie klüger.

Besänftigend streichelte sie ihm über den Rücken. „Doch, das tust du. Irgendwo tief in dir drin erinnerst du dich. Wir müssen nur geduldig sein und uns Zeit lassen." Sie legte den Kopf in den Nacken und lächelte ihn sanft an. „Du trägst mich nämlich auch in dir."

Kapitel Sieben

D RAGOS WAR SICH da nicht so sicher.
Wenn er sie in sich trug, warum kam es ihm so gänzlich neu vor, ihre zierliche, feminine Gestalt in den Armen zu halten? Der Duft ihrer Haare war herrlich. Und das Vertrauen, das sie offenbarte, als sie sich an ihn lehnte, war revolutionär. Es veränderte alles.

Er hatte ihr Vertrauen nicht verdient. Es war ein Geschenk, so wie die Heilung, das Gold und die Edelsteine. Diese Großzügigkeit warf ihn aus der Bahn.

In ihm wüteten die verschiedenen Aspekte seiner Persönlichkeit gegeneinander. Er fühlte sich zerrissen, in zu viele Richtungen gleichzeitig gezerrt. Ein Teil von ihm sehnte sich nach den fehlenden Erinnerungen. Er war schockiert über die vielen Anzeichen seiner Gegenwart, die es an diesem Ort gab, und wütend darüber, dass er nichts davon spüren konnte.

Und dann war da die Eifersucht, wegen der er sich noch verrückter vorkam.

Er hasste den anderen Dragos, den, der dieses reiche, vielschichtige Leben geführt hatte. Den Dragos, den Pia offensichtlich über alles liebte. Er wollte diesen anderen Drachen brüllend zum Kampf herausfordern und ihn in Fetzen reißen, bis er selbst als Einziger noch am Leben wäre, als wahrer Sieger und Erbe dieses ganzen Schatzes.

Aber es gab keinen anderen Drachen, es gab nur ihn selbst. Die Bedrohung, die er spürte, lag in ihm selbst.

Er war es, der nach ihr geschnappt hatte. Er hätte sie umbringen können, ohne es zu wissen, und dann, irgendwann in der Zukunft, wäre ihm klar geworden, was er getan hatte. Vielleicht hätte er sich daran erinnert, dass sie seine Gefährtin gewesen war. Bei diesem Gedanken überrollte ihn eine kalte Welle der Übelkeit.

„Es tut mir leid", flüsterte er ihr zu. „Ich kann dir gar nicht sagen, wie leid es mir tut. Ich habe es nicht gewusst. Nie, niemals hätte ich das tun können, wenn ich es gewusst hätte."

Mit ihrer schlanken Hand strich sie ihm über den Rücken. Als sie sprach, klang ihre Stimme so sanft und pragmatisch wie immer. „Ich weiß, wie leid es dir tut, und ich wusste, dass es so sein würde. Was hier geschehen ist – ich wollte nie, dass du dich daran erinnerst. Ich will nur, dass du dich an *uns* erinnerst."

Natürlich wollte sie ihren Ehemann zurück. Es erschien ihm angebracht, etwas Beruhigendes zu sagen, doch er konnte die widerstreitenden Teile seiner selbst nicht genügend vereinen, um Worte zu finden, die nicht vollkommen verrückt geklungen hätten.

Worte wie: *Du gehörst nicht ihm. Du gehörst mir.*

Ich werde jeden töten, der versucht, dich mir wegzunehmen.

Vergiss die Zeit, die du mit ihm verbracht hast. Sei mit mir zusammen, hier und jetzt, nicht mit der Vorstellung von einem Mann, der ich deiner Meinung nach sein sollte.

Mit einem frustrierten Knurren gab er die Worte endgültig auf, hob ihr Gesicht an und küsste sie. Bereitwillig schmiegte sie sich an ihn und öffnete die Lippen für ihn.

Diese Reaktion sollte ihm gelten, doch er konnte nicht

darauf vertrauen. Was er empfand, war düster und verworren, und über allem lag der Drang nach Gewalt. Sie glaubte, sie würde ihren Mann küssen, doch stattdessen küsste sie ein wildes Tier. Eines, das alles tun und jedermann töten würde, um sie zu bekommen.

Als er sich von ihr losriss, machte sie ein leises, protestierendes Geräusch, das ihm direkt ins Herz und in die Lenden fuhr. Für einen Moment glaubte er, sie würde seinen Kopf zu sich herabziehen, und ein gieriger, ausgehungerter Teil von ihm wünschte sich, dass sie genau das tat und ihm damit zeigte, dass sie ihn wollte.

Sieh mich an. Erwähle mich.

Stattdessen ließ sie ihn los und wandte sich ab.

„Brauchst du hier noch mehr Zeit?" Sie klang atemlos.

„Nein", sagte er knapp. Als er sah, wie sie zurückzuckte, wollte ein Teil von ihm wütend durch die Nacht toben.

Vorsichtig spähte sie von der Seite zu ihm herüber, als sie vorschlug: „Möchtest du zurück ins Haus?"

In das Haus mit dem leeren, stillen Zimmer eines Kindes, das nicht da war, und der wunderschönen, heiteren Suite, die *der andere Dragos* mit ihr gemeinsam bewohnte.

Fest presste er die geballten Fäuste auf seine Oberschenkel. Das war selbst für seine Verhältnisse zu impulsiv. Er musste sich unter Kontrolle bekommen. Wie wollte er von ihr erwarten, dass sie ihm vertraute, wenn er sich nicht einmal selbst trauen konnte?

„Geh schon mal vor." Weil sein Tonfall zu kurz angebunden war, gab er sich Mühe, ihn sanfter klingen zu lassen. „Ich brauche ein paar Minuten für mich."

Sie zögerte und wandte das Gesicht zu ihm empor wie eine seltene Blume, die nur im Mondlicht erblühte. Obwohl sie versuchte, ihre Angst zu verbergen, konnte er sie in ihrem schlanken Körper spüren. „Sicher?"

Eine plötzlich aufblitzende Intuition sagte ihm, worum sie sich Sorgen machte. Er legte die Hand an ihr Gesicht. Ihre Haut war so weich, dass es süchtig machte. Als er diesmal versuchte, sanft zu sein, gelang es mit Leichtigkeit. „Ich verlasse dich nicht", raunte er. „Ich brauche nur ein paar Minuten."

Sie hielt seine Finger fest und schmiegte das Gesicht in seine Handfläche. Leise sagte sie: „Okay. Wir sehen uns später im Haus."

Ein raubtierhafter Instinkt ließ ihn nach ihrem zierlichen Kinn greifen, wobei er vorsichtig darauf achtete, die zarte Haut nicht zu verletzen. „Ich wollte nicht aufhören, dich zu küssen", sagte er ihr ins Gesicht.

Das leise Geräusch ihres Atems strich über seine erhitzte Haut. Ihr Herzschlag pulsierte unter seinen Fingerspitzen. Sie flüsterte: „Ich wollte mich nicht abwenden."

Ich bin nicht der, für den du mich hältst.

Ich bin nicht der Mann, von dem du dir so sehr wünschst, dass ich es bin.

Er sprach es nicht aus, sondern strich mit den Lippen über ihren weichen Mund, und selbst wenn er in Wahrheit auch *der andere Dragos* war, so war doch dieser Impuls sinnlicher Intimität vollkommen neu. Dieses Gefühl hatte es noch niemals auf dieser Welt gegeben, doch gefangen in dem Gewirr seiner eigenen Gedanken, wusste der Drache nicht, wie er ihr das sagen sollte.

Sie ließ seine Hand los, trat einen Schritt zurück und machte auf dem Absatz kehrt, um zum Haus zurückzugehen.

Er sah ihr nach, während sie sich entfernte, und als sie

im Schatten der Bäume verschwand, spannten sich instinktiv seine Muskeln. Sobald er wirklich allein war, gab er der wilden, eifersüchtigen Kreatur in seinem Inneren nach, verwandelte sich in den Drachen und pirschte über jeden Zentimeter des Baugrundstücks.

Dabei achtete er nicht darauf, was er sah. Er suchte nicht nach Beweisen für ein Verbrechen oder Fehlverhalten. Diesen Verdacht hatte er sorgfältig aus dem Weg geräumt. Der Drache stocherte nur in den Felsbrocken und verschiedenen Gegenständen herum, um etwas zu tun zu haben, während die eigentliche Aktivität in seinem gewaltigen verschachtelten Verstand vonstattenging.

Er hatte das Gold und die Edelsteine nicht absichtlich oben in den Bergen zurückgelassen. Er hatte sie vergessen und erst wieder daran gedacht, als sie davon angefangen hatte.

Was, wie er gesagt hätte, ziemlich untypisch für ihn war. Er vergaß seine Schätze nicht. Niemals. Bis auf dieses eine Mal, als sich seine gesamte Aufmerksamkeit auf den wahren Schatz konzentriert hatte, der vor ihm gestanden hatte.

Seines Wissens gab es nur ein Lebewesen, das mit seinem Blut heilen konnte, ein Geschöpf, das vor langer Zeit in Mythen und Legenden verschollen war, und doch wusste er, dass das ihr wahres Wesen sein musste. Er wusste es, so wie er wusste, wie er das Feuer seinen Befehlen unterwerfen konnte.

Schließlich verließ er die Baustelle und schwang sich zu einem kurzen Flug in die Luft. Er schoss über die Baumgruppe hinweg und landete auf der Lichtung auf der anderen Seite. Sobald er wieder am Boden war, verhüllte er seine Gestalt, für den Fall, dass sie nach ihm Ausschau hielt. Dann streifte er um das riesige Haus herum.

Was für ein Anblick. So zivilisiert. So hübsch.

Die Lichter, die sie für ihn angelassen hatte, funkelten in der Dunkelheit.

Der Drache ließ seinen Schwanz hin und her peitschen und zeigte dem Haus die Zähne. In ein so zivilisiertes, hübsches Leben passte er nicht. Er gehörte nach draußen, hier in die Nacht, wo der Mond eine Welt voller Schatten schuf und alle anderen Raubtiere sich beim ersten Anzeichen seiner Gegenwart wohlweislich zurückzogen.

Dragos.

Cuelebre.

Das waren seine Namen, und sie drückten aus, was er war. Nicht mehr und nicht weniger. Und doch hatte er überall in diesem Haus die Spuren eines zivilisierten Mannes gesehen, des Mannes, mit dem Pia sich gepaart hatte. Spuren eines Mannes, der womöglich nie zu ihr zurückkehren würde.

Eines Mannes, den er hasste und töten würde, wenn er könnte. Eines Mannes, der er nicht sein wollte.

In den freundlichen, heiteren Zimmern im ersten Stock allerdings, dort wollte er den Platz dieses Mannes einnehmen. Er wollte diese intimen Räume mit den cremefarbenen Möbeln, den leuchtenden Farben und den unzähligen Anzeichen ihres Nestbautriebs erobern. Das Parfum, das sie trug. Die Ansammlung femininer Kleidung, von Schuhen und Schmuck.

Zuerst und vor allem wollte er die Frau dieses Mannes für sich gewinnen.

Also würde er sich mit dem Rest des zivilisierten Lebens abfinden. Er würde sich die komplexen Vorgänge in diesem seinem Büro aneignen und sich mit den vielen anderen Lebewesen anfreunden, die Teil des Gesamtpakets zu sein schienen. Er legte den Kopf schief, nahm wieder seine Menschengestalt an und ging auf das Haus zu.

Ein netterer Mann, vielleicht *der andere Dragos*, in den sie sich verliebt hatte, hätte sie vielleicht davor gewarnt, was aus ihm geworden war.

Aber er war kein netterer Mann. Er war überhaupt nicht nett.

Und zu ihrem Pech war er derjenige, der ihren Ring am Finger trug.

Er betrat das Haus durch den Vordereingang, folgte ihrem Geruch zur Rückseite des Hauses und fand sie in der Küche, wo sie an einem Tisch saß und eine Schale Frühstücksflocken aß.

Sie hatte geduscht, und ihr feuchtes, gekämmtes Haar schmiegte sich an die schön geschwungene Kontur ihres Kopfes. Ihre robuste Wanderkleidung war verschwunden, und stattdessen trug sie eine dünne, weich aussehende Pyjamahose zu einem passenden ärmellosen Top in tiefem Rubinrot, das ihre golden schimmernde, gebräunte Haut betonte. Sie war barfuß, und unter dem Hosensaum sah er rosa lackierte Zehennägel hervorlugen.

Unsicher sah sie ihn an. „Wenn du Hunger hast, im Kühlschrank ist reichlich zu essen."

Er hatte brennenden Hunger, aber nicht auf Nahrung. Begierig sah er zu, wie sie sich den letzten Löffel Frühstücksflocken in den Mund schob. Ihre vollen Lippen, die sich um den Löffel schlossen, bescherten ihm eine unglaublich schmerzhafte Erektion.

Sein Körper verkrampfte sich, und er rang um Beherrschung. Sie hatte eine große Belastung hinter sich und, soviel er wusste, seit Langem nichts gegessen. „Und was ist mit dir?", fragte der Drache, bemüht um einen besorgten Tonfall. „Möchtest du noch etwas anderes essen?"

Mit großen Augen sah sie ihn von der Seite an, und ihre wachsame Miene verriet ihm, dass er nicht ganz überzeugend war. „Nein, danke. Ich habe genug."

Als sie vom Stuhl rutschte, um Schale und Löffel zur Spüle zu bringen, fiel sein Blick auf ihren wohlgeformten Po, auf ihre Schenkel und das Spiel der straffen Muskeln, die sich sinnlich unter dem dünnen Stoff ihres Pyjamas bewegten.

Unvermittelt sagte er: „Ich weiß, was du bist. Ich wusste es in dem Moment, als du mich geheilt hast."

Sie stellte die Schale ins Spülbecken und drehte sich zu ihm um. Dabei kaute sie auf ihrer Unterlippe. „Ich habe nicht wirklich versucht, es vor dir zu verbergen. Allerdings solltest du wissen, dass wir es vor allen anderen geheim halten."

Das überraschte ihn nicht. In ihrer Wyr-Gestalt konnte sie jedes Gift unwirksam machen. Sie konnte mit ihrem Blut heilen. Nur mit unfairen Mitteln konnte man sie einfangen. Kein Käfig konnte sie aufhalten. Sie zu opfern konnte Unsterblichkeit verleihen. Wenn sich herumsprach, was für ein Wesen sie war, würde sie den Rest ihres Lebens gejagt werden.

Langsam, um ihr keine Angst zu machen, schritt er durch den Raum auf sie zu. Er legte den Kopf schief und betrachtete sie eingehend. „Du verbirgst deine Identität irgendwie. Das ist mir vorher nicht aufgefallen. Ich weiß, wie ich mich vor den Blicken anderer verhüllen kann, aber ich habe noch nie jemanden gesehen, der das so unauffällig schafft wie du."

Auch wenn es noch nicht in ihr Bewusstsein gedrungen

war, hatte ein animalischer Teil tief in ihrem Inneren bemerkt, dass er auf der Jagd war. Mit einer rastlosen Bewegung lehnte sie sich an den Küchentresen. „Meine Mom hat immer gesagt, unsere Verhüllung sei das Wichtigste, was wir selbst für uns tun könnten. Das, und zu wissen, wann man weglaufen muss und wo man sich verstecken kann."

Er hätte sie gern weglaufen sehen. Nicht vor Angst oder weil sie sich bedroht fühlte – diese Gedanken waren ihm genauso zuwider wie der Geruch ihrer Tränen. Doch die Vorstellung, sie über einen dunklen Waldweg zu jagen, während sie nach Kräften versuchte, ihm zu entwischen … das war ein Spiel, das seine Jagdinstinkte ansprach, und seine Erektion wurde noch härter.

Er trat vor sie hin und stützte links und rechts von ihr eine Hand auf die Anrichte, damit sie ihm nicht entkommen konnte. Aus dieser Nähe konnte er hören, wie sich ihr Puls und ihre Atmung beschleunigten. Unter allen Offenbarungen dieses Tages brachte ihn die Tatsache, dass er ihre Erregung riechen konnte, am meisten zum Staunen.

Ihre Körperwärme war eine sanfte Hitze, die die Luft auf seiner Haut durchtränkte. „Lass den Verhüllungszauber fallen", sagte er. Seine Stimme war tief und heiser geworden. „Ich will dich so sehen, wie du wirklich bist."

Ein leises Lächeln spielte um ihre Mundwinkel. „Du hast noch nie geduldet, dass irgendetwas zwischen uns steht."

Er runzelte die Stirn, weil er nicht sicher war, ob es ihm gefiel, mit *dem anderen Dragos* verglichen zu werden, doch noch bevor er sich für eine Reaktion entscheiden konnte, fiel der elegante, unauffällige Verhüllungszauber von ihr ab.

Ein helles, zartes Leuchten ging von ihrer Haut aus.

Alles andere war vergessen, als er sie anstarrte. Das Leuchten war dem silbrigen Schein des Mondes so ähnlich, und doch war es so viel kostbarer, weil es von ihrer kühlen, hexenhaften Magie durchtränkt war.

Er verlor sich in Ehrfurcht. Der Drache wusste nicht mehr, wann er zuletzt Ehrfurcht empfunden hatte. Vielleicht einmal, am Anbeginn der Welt, vor diesem ersten, strahlenden Sonnenaufgang. Behutsam nahm er ihre Hand, führte sie an die Lippen und bewunderte dabei die mühelos ebenmäßigen Bewegungen ihres anmutigen Arms und Handgelenks.

Sie ließ ihn gewähren, und dann hob sie selbst die Hand und legte sie an seine Wange. Ihre Magie, diese Unmittelbarkeit ihrer Gegenwart, drang durch seine Haut und fand den Weg in seine alte, böse Seele. Er vergaß zu atmen, schloss die Augen und sog sie gierig in sich auf.

„Was brauchst du jetzt, Dragos?", fragte sie sanft. „Weißt du das? Brauchst du Raum für dich oder ein eigenes Zimmer zum Schlafen? Oder möchtest du zurück auf den Berg?"

Die Schnelligkeit seiner inneren Reaktion erschütterte ihn. Bei dem Gedanken, Raum für sich allein zu beanspruchen, traf ihn der Widerwille augenblicklich wie ein Peitschenhieb. Doch als sie eine mögliche Rückkehr auf den Berg erwähnte, musste er innehalten.

Es war nicht zu leugnen, er geriet in Versuchung. Wahrscheinlich strahlte das Felsgestein noch die Sonnenwärme des Tages ab, und das gewaltige Zelt des Nachthimmels würde sich über ihm wölben, die Sterne daran wie Diamanten funkeln. Die Wildheit und Einsamkeit dieses Ortes zog ihn an, und er wusste, dass sie mit ihm kommen würde, wenn er sie fragte.

Doch obwohl er irgendwann dorthin zurückkehren wollte, um den kleinen Berg an Schätzen – seine Geschenke – abzuholen, könnte er sich die fremdartige Landschaft an diesem Ort, in diesem Haus nicht zu eigen machen, wenn er jetzt dorthin flog. Und dazu war er felsenfest entschlossen. Er musste in diesen privaten Bereich im Obergeschoss eindringen, in das behagliche Nest, das sie mit *dem anderen Dragos* bewohnte, und es für sich erobern.

Er musste *sie* an diesem Ort für sich erobern.

Er sah ihr fest in die Augen und sagte: „Ich muss mit dir ins Bett gehen."

Er spürte, wie ihre Erregung wuchs, und das Leuchten, das sich auf ihr Gesicht legte, hatte nichts mit ihrer eigenen Magie zu tun, sondern nur mit dem Zauber, der zwischen ihnen beiden entstand. „Das freut mich", flüsterte sie.

Dann drehte er sich um, und sie gingen Hand in Hand durch das stille Haus.

kapitel Acht

PIA WUSSTE NICHT, was sie von Dragos' sinnlicher Annäherung halten sollte oder davon, wie sie Händchen haltend die Treppe hinaufstiegen.

Es hätte sich ganz gemächlich anfühlen müssen, doch das tat es nicht. Ihr war, als würde ein innerer Schwelbrand sie ganz und gar in Flammen aufgehen lassen.

Als sie an Peanuts Kinderzimmer vorbeikamen, warf er einen Blick auf die geschlossene Tür, und sein Gesicht nahm einen unergründlichen Ausdruck an. „Ich muss ihn sehen", sagte er. „Aber noch nicht jetzt. Erst muss ich wieder mehr in mir ruhen."

Nach kurzem Überlegen erwiderte Pia: „Das ist eine ausgezeichnete Idee. Der Unfall war erst gestern Nachmittag – es ist gerade mal einen Tag her. Sosehr ich ihn auch vermisse, er ist bei Leuten, die ihn lieben und von denen ich weiß, dass sie ganz wunderbar auf ihn aufpassen werden. Wir können uns ruhig ein paar Tage Zeit nehmen, vielleicht sogar eine Woche." Sie sah zu ihm auf. „Am wichtigsten ist es jetzt, dass du alles bekommst, was du brauchst."

Er öffnete die Tür zu ihrer Suite, legte ihr eine Hand ins Kreuz und schob sie hinein. Nägelkauend beobachtete sie, wie er die Zimmer erkundete und selbst herausfand, wo alles war. Stumm verschwand er für einige Augenblicke in seinem begehbaren Kleiderschrank, um anschließend ins Bad zu gehen. Kurz darauf hörte sie Wasser laufen.

In einer normalen Situation hätte er ihre Hand keinen Augenblick losgelassen. Sie wäre an seiner Seite geblieben und hätte ihm Trost und Sex angeboten. Wie schon so viele Male zuvor hätten sie unter dieser Dusche heilsame Intimität erlebt.

Jetzt war alles so anders. Er berührte sie und machte kein Geheimnis aus seinem sexuellen Interesse, und doch waren da Barrieren, die ihn auf einer tiefen, fundamentalen Ebene von ihr trennten. Das verwirrte sie und ließ sie an ihren eigenen Instinkten zweifeln.

Er verhielt sich wie Dragos, aber er verhielt sich nicht wie *ihr* Dragos.

Ihre Augen füllten sich mit Tränen. Sie ging zu den Balkontüren, öffnete sie weit und trat hinaus, um etwas frische Luft zu schnappen. Er wusste nichts mehr von ihren heilsamen intimen Erlebnissen unter der Dusche, und sie war zu verunsichert, um ihm ins Bad zu folgen, obwohl sie es gewollt hätte. Sie wusste nicht, wie sie sich verhalten sollte, und hatte Angst, etwas Falsches zu tun, etwas, das ihn vertreiben würde.

Sie hörte ihn nicht, als er auf den Balkon hinaustrat. Er war nicht nur schnell und leichtfüßig, sondern konnte auch außergewöhnlich leise sein, wenn er wollte.

Es war etwas anderes, was ihre Aufmerksamkeit weckte: eine mächtige, feurige magische Energie, die über ihre Sinne strich.

Den Blick fest auf die im Dunkel liegenden Berge in der Ferne gerichtet, wischte sie sich die Tränen von der Wange.

„Du könntest gehen, weißt du?", sagte sie. „Frei sein, ein ganz neues Leben anfangen. Du hast einen Ausweg wie niemand sonst in der Geschichte der Wyr-Paarungen.“

Nur weil sie ein Gefährtenpaar waren, bedeutete das nicht, dass sie auch zusammen leben mussten. Manche Wyr-Spezies lebten getrennt voneinander. Von Natur aus Einzelgänger, kamen sie nur zusammen, wenn sie das Bedürfnis danach verspürten.

Pia wollte das nicht. Nach ihrem so intensiven gemeinsamen Leben konnte sie sich nicht vorstellen, sich daran zu gewöhnen. Aber man wusste vorher nie, womit man sich abfinden konnte, wenn man keine andere Wahl hatte. Wenn das nötig war, damit er ein Teil ihres Lebens blieb, würde sie es tun.

Seine Hände legten sich schwer auf ihre Schultern, und sie fuhr herum.

Er war nackt, seine Haare und die dunkel bronzefarbene Haut noch feucht. Sein sauberer, männlicher Duft umwehte sie. Nachdem sie einen kurzen, verschwommenen Blick auf seinen muskulösen Körper hatte erhaschen können, zog er sie an sich und beugte den Kopf über ihr Gesicht.

Seine Miene hatte einen mörderischen Ausdruck angenommen, und das Gold in seinen Augen glühte hell und heiß.

„Das ist doch Scheiße!“, zischte er.

Ach, er sagte immer so entzückende Sachen zu ihr.

Sie tätschelte ihm die leicht behaarte Brust und erklärte mit unsicherer Stimme: „Ich habe nicht gesagt, dass du das tun *sollst* oder dass ich es wollen würde. Ich sagte, du *könntest*. Ich wollte nur darauf hinweisen, dass diese Situation wirklich bizarr ist.“

Er hielt sein gefährliches Gesicht dicht vor ihres und knurrte: „Ich behalte, was mir gehört. Ich lasse es nicht zurück. Ich verliere es nicht, niemals, und ich werde jeden jagen, der den Versuch wagt, es mir wegzunehmen."

Das wusste sie ziemlich gut, und es war einer der Hauptgründe, warum sie ihm nicht erzählt hatte, dass sie ihn einmal bestohlen hatte. Bei dieser Gelegenheit – beziehungsweise bei der anschließenden Verfolgungsjagd – hatten sie sich kennengelernt.

Das allerdings war wieder so eine komplizierte Sache, von der er am besten erst im richtigen Zusammenhang erfahren sollte.

Sie sollte etwas sagen, um die Stimmung aufzuheitern. Sie sollte die gleiche sanfte, pragmatische Art an den Tag legen, mit der sie seiner traumatisierten Reaktion an der Unfallstelle begegnet war.

Doch jedweder Pragmatismus war aufgebraucht. Er hatte in den letzten beiden Tagen jede Menge Prügel bezogen. Von einem Moment auf den anderen war ihr jegliche Bewältigungskompetenz abhandengekommen, und sosehr sie es auch versuchte, konnte sie doch die Tränen nicht mehr zurückhalten.

Ihre Stimme schwankte, ihre Lippen bebten. „Das ist es ja – du hast alle Erinnerungen verloren, durch die ich dir gehöre."

Jetzt sah er sogar noch wütender aus. „Was ist aus ‚Du trägst mich in dir' geworden?"

„Na ja, ich wollte, dass es wahr ist. Aber ich kann es nicht wissen, oder? Und ich … ich bin müde."

„Hör auf damit", verlangte er. „Hör auf!"

Er nahm ihr Gesicht in beide Hände. Trotz der Schroffheit seiner Stimme war er unendlich sanft, als er ihr mit den Daumen die Tränen abwischte.

Mit einiger Verspätung begriff sie, dass er ihr gerade befohlen hatte, mit dem Weinen aufzuhören, und ein schluckaufartiges Lachen brach aus ihr hervor, das sich allerdings schnell in etwas anderes verwandelte.

„Ich dachte, du wärst tot", schluchzte sie. „Ich stand vor diesem schrecklichen Geröllhaufen und dachte, du wärst tot, und ich wollte nur noch unter das Geröll kriechen und dir folgen."

Betroffenheit legte sich auf seine harten Züge, und dann kippte ihre Welt zur Seite, als er sie auf die Arme hob und ins Schlafzimmer trug.

Er ließ sie aufs Bett sinken und legte sich auf sie. Sein schwerer Körper drückte sie in die Matratze, und sie sehnte sich nach diesem Gewicht. Mit beiden Händen umfasste sie seinen Hinterkopf, grub die Finger in das seidig schwarze Haar und zog ihn fest an sich.

Er presste den Mund auf ihren und bremste die unkontrollierte Wortflut.

Harte Lippen legten sich auf ihre, seine Zunge drang in ihren Mund. An diesem Kuss war nichts Raffiniertes, Schmeichelndes. Es war eine Inbesitznahme, und sie öffnete sich ihm von ganzem Herzen, während sie seinen Kuss innig erwiderte. Mit all ihrer Liebe und all ihrem Verlangen.

Die Fäuste neben ihrem Kopf auf die Bettdecke gestützt, schob er seinen schweren, muskulösen Schenkel zwischen ihre Beine. Sie umfasste seine harte, schwere Erektion, die an ihrem Becken lag, und streichelte mit zitternder Hand seine breite, samtige Eichel.

Er zischte an ihren Lippen und stieß die Hüften rhythmisch gegen ihre. Dann löste er sich von ihr, richtete sich auf und riss ihr die Kleider vom Leib.

Als sie nackt war, wurde er ganz still. Seine völlige Regungslosigkeit ließ sie innehalten und seinen Blick suchen.

Er starrte sie an.

Ihr Schlafzimmer lag im Dunkeln. Das einzige Licht kam vom Mond, der durch die Fenster schien, und von ihr.

Jeder Zentimeter an ihr strahlte dieses perlmuttfarbene Leuchten aus. Es gehörte von Geburt an zu ihr und diente keinem speziellen Zweck. Wie die Farbe ihrer Haare oder ihrer Augen war es einfach da. Oft war es ihr auf die Nerven gegangen, und oft hatte sie gefürchtet, es könnte zu viel über ihr wahres Wesen preisgeben.

Es war das Gefährlichste in ihrem Leben, die Eigenschaft, die sie am leichtesten verraten konnte. Nie durfte sie unachtsam sein oder den Verhüllungszauber von sich abfallen lassen, solange sie nicht an einem absolut sicheren Ort befand.

All das schmolz dahin, als sie das Staunen auf Dragos' Miene las. Mit einer Hand berührte er die Wölbung ihrer Brust und zog mit seinen harten Fingerspitzen Kreise um die aufgerichteten Brustspitzen.

Mit der anderen Hand strich er über den Schwung ihrer Taille und Hüfte. Die goldenen Locken am Scheitelpunkt ihrer Schenkel wurden feucht unter dem vollen, scharfen Verlangen.

Ihr war nie bewusst gewesen, wie leer sie sich gefühlt hatte, bis sie ihm begegnet war. Dann plötzlich war diese Leere unerträglich geworden, und er war der Einzige, der diesen Schmerz lindern konnte.

„Du bist das Wundervollste, was ich je gesehen habe." Seine Worte waren kaum hörbar.

Mit ihrer Hand umfasste sie sein großes, hartes Glied, und während sie ihn streichelte, sagte sie: „Und du bist das Wundervollste, was ich je gesehen habe."

Überall an ihm waren harte Muskeln. Er war ein dunkler Schemen im mondbeschienenen Zimmer, sein massiger

Körper, abgesetzt mit noch dunkleren Schatten – den seidig schwarzen Haaren, die sich von seiner breiten Brust bis hinunter zu seinen Leisten zogen. Die Wölbungen seiner Bauchmuskeln und seines Bizeps, als er sich über sie schob. Die lang gezogene Vertiefung an seiner Leiste.

Er hielt erst inne, als er sie wie in einem Käfig unter sich gefangen hatte. Auf Händen und Knien blieb er über ihr stehen. Es war eine dominante, besitzergreifende Haltung, und sie liebte es. Begierig fuhr sie mit den Händen über seinen Körper, berührte die flachen, männlichen Brustwarzen und strich über seine Brusthaare, folgte ihrem Weg hinab zu seinen Lenden.

Seine schwere Erektion hing auf sie herab, und darunter sah sie seine straffen Hoden. Mit den Fingern umkreiste sie den Ansatz seines Glieds, streichelte ihn und wollte auf dem Bett weiter nach unten rutschen, um ihn in den Mund zu nehmen. Doch er hatte andere Pläne.

Er hielt sie am Kinn fest und hob ihr Gesicht zu sich empor, damit sie ihn ansah, als er ihre Beine auseinanderschob und sich dazwischenlegte. In seinem Blick lag glühende Hitze.

Leise sagte er: „Du gehörst mir. Du wirst immer mir gehören. Was vorher war, ist nicht wichtig. Alles, was zählt, sind das Jetzt und die Zukunft. Es wird niemand anderen für dich geben. Nur mich. *Mich.*"

Ein Teil von ihr wunderte sich darüber, wie seltsam er die Worte betonte, doch das wurde von der gewaltigen Flut anderer Empfindungen hinweggespült. Glück, wilde Freude und Dankbarkeit waren ganz vorn mit dabei.

„Natürlich gehöre ich dir. Ich hab immer dir gehört und werde immer dir gehören."

Bis der Tod ihrem Leben ein Ende setzte, doch selbst er

würde sie nicht scheiden können. Sie waren Wyr, sie paarten sich fürs Leben.

Einer von ihnen würde vielleicht zurückbleiben, um ihre Angelegenheiten zu regeln. Als sie geglaubt hatte, Dragos wäre von ihnen gegangen, hatte sie Liam dieses stumme Versprechen gegeben. Sie schätzte es hoch, was ihre Mutter für sie getan hatte, bevor sie von ihr gegangen war, und sie würde dasselbe für ihren Sohn tun.

Aber letztendlich würde sich ihre Welt immer nur um Dragos drehen, sie würde immer nach ihm Ausschau halten, sich immer nach ihm sehnen. Welche Brücke er auch überquerte, welche Reise er auch antrat, sie würde ihm immer folgen.

Seine markanten Züge und sein Körper wirkten angespannt, konzentriert auf eine innere Landschaft, die nur er sehen konnte. Er legte sich auf sie und barg das Gesicht an ihrem Hals, suchte mit den Lippen ihre Haut, während er die Hand zwischen ihre Beine schob und die zarten Hautfalten ihres Geschlechts ertastete.

Er saugte an ihrer Haut, leckte und biss sie, und seine scharfen Zähne verursachten leichte, erotische Stiche. „Das gehört mir", raunte er dicht an ihrem Busen, bevor er ihre Brustwarze in den Mund nahm. „Das, und das."

Sie klammerte sich an seine Schultern und erzitterte unter seinen sinnlichen Attacken.

„Ja", sagte sie.

Ja, und ja.

Schwer atmend lehnte er die Stirn an ihr Brustbein. „Alles in diesem Körper gehört mir."

Er forderte sie ganz und gar für sich.

Sie hob den Kopf vom Bett. „Dragos", sagte sie, als er die intimste Stelle ihres Körpers streichelte.

Er hielt inne und neigte den Kopf, um sie anzusehen. Sein funkelnder Blick war eifersüchtig und verschlossen. Bei der Güte aller Götter, was ging nur in seinem komplizierten Verstand vor?

Sie liebte diesen schwierigen, hochmütigen Mann über alles.

Mit fester, klarer Stimme sagte sie: „Und du gehörst mir. Für immer. Ich werde dich niemals aufgeben, ganz egal, wie oft du einen Schlag auf den Kopf abbekommst oder wie unleidlich du wirst."

Auch sie konnte entzückende Sachen sagen, wenn sie es drauf anlegte.

Befriedigung flackerte auf seinem Gesicht auf, begleitet von Triumph, und diese Reaktion ließ sie aufmerken und brachte sie wieder ganz durcheinander. Schließlich hatte sie aus ihren Gefühlen für ihn nicht gerade ein Geheimnis gemacht.

Ihr blieb nicht viel Zeit, dieses Rätsel zu lösen. Während er ihr fest in die Augen sah, drang er mit zwei Fingern in sie ein. Sie war so bereit für ihn, so feucht.

Das Gefühl seiner Finger in ihr war so schön, so notwendig, dass sie die Fersen in die Matratze stemmte und ihm die Hüften entgegenhob.

Das entlockte ihm ein leises Knurren. Während er sie mit den Fingern vögelte, betrachtete er eindringlich jedes Detail ihrer Züge, und als sein Daumen ihre Klitoris berührte, barst sie in eine Million Stücke.

Ihre Augen wurden feucht. Als sie wieder sprechen konnte, flüsterte sie: „Ein paar Dinge hast du offenbar nicht vergessen."

„Das ist wahrscheinlich wie Fahrradfahren." Er zögerte und runzelte die Stirn. „Allerdings glaube ich nicht, dass ich

Fahrrad fahre."

Darüber musste sie laut lachen und schlang die Arme um ihn. „Nein, Liebling. Das tust du nicht."

Mit einer schnellen, raubtierhaften Bewegung stürzte er sich auf sie und eroberte ihren Mund. Während er sie so innig küsste, dass er sie in die Matratze drückte, griff er gleichzeitig nach seinem Glied und rieb seine breite Spitze an ihr. Ihr Lachen verlor sich in gespannter Erwartung.

Als er in sie drang, war es genau das, was sie kannte und brauchte. Die Vertrautheit und das Wiedererkennen machten es nur umso süßer und intensiver, und es tat ihr schmerzlich weh, dass er diese tiefe, intensive Erfahrung verloren hatte.

Dann verflüchtigte sich dieser Gedanke, als er sie ausfüllte und nicht aufhörte, ehe er sich ganz und gar in ihr versenkt hatte. Als er die Hüfte vorschob, murmelte er zwischen zusammengebissenen Zähnen: „Ich komme nicht tief genug."

Sie kannte dieses schmerzliche Gefühl der Frustration, hatte es so oft selbst erlebt.

Und sie kannte nur eine Möglichkeit, etwas dagegen zu tun. Sie legte den Mund dicht an sein Ohr und flüsterte: „Versuch es."

Mit einem tiefen Knurren setzte er sich in Bewegung. Einem Instinkt folgend, der tiefer reichte als alles Denken, nahm sie seinen Rhythmus auf und wölbte sich seinen Stößen entgegen.

Er zog sie kurz hoch, positionierte einen Arm unter ihrem Oberkörper und den Unterarm so zwischen ihre Schulterblätter, dass er ihr mit einer Hand fest ins Haar greifen konnte. Mit der anderen packte er sie an der Hüfte und nahm sie härter.

So besitzergreifend. Sie akzeptierte das alles bereitwillig, die etwas merkwürdige Stellung und den festen Griff, mit dem er sie hielt.

Wieder baute sich die Spannung auf. Sie fuhr ihm mit den Fingernägeln über den Rücken und forderte: „Härter."

Er reagierte sofort und nahm sie mit bewusst festen Stößen. Ihre Körper waren feucht vom Schweiß. Das war kein süßes Liebesspiel, es war wild und verzweifelt.

Gierig. Sie war so gierig. Und frustriert, weil sie keine Gelegenheit zu einem zweiten Höhepunkt bekam, als er sich vor ihr ins Finale stürzte. Keuchend bog er den Rücken durch, als er sich in sie ergoss.

Sie stellte ihr eigenes Verlangen zurück, umarmte ihn und konzentrierte sich auf seine Lust. Sie konnte das wundervolle Pulsieren seines Glieds spüren. So fest sie konnte, umfing sie ihn mit ihren inneren Muskeln, damit es für ihn länger anhielt.

Stoßweise atmend, kam er zur Ruhe. Sie streichelte seinen Hals.

Er löste die Hand aus ihren Haaren und stützte sich auf die Ellbogen. Er sah gequält und verzweifelt aus.

Schroff sagte er: „Ich bin noch nicht fertig."

Sie starrte ihn an. Bevor sie etwas erwidern konnte, drehte er sie kraftvoll herum, sodass sie auf Händen und Knien landete. Ungläubig fügte sie sich, bog den Rücken durch und reckte ihm in einer animalischen, einladenden Haltung den Hintern entgegen.

Wenn er sie von hinten nahm, fühlte er sich immer noch größer an und schien tiefer vorzudringen. Mit einem Knurren, das auf ihrer Wirbelsäule vibrierte, drang er in sie ein, und ein beinahe unhörbares Wimmern kam aus ihrer Kehle.

O Gott, o Gott. Das war ein Wunder, auf das sie nicht einmal zu hoffen gewagt hatte.

Lust und Emotionen erschütterten sie. Jetzt war es an ihr, sich in die Bettdecke zu krallen. Er packte sie fest an den Hüften, und als er sie nahm, vergrub sie das Gesicht im Stoff, um das Geräusch ihrer Schluchzer zu dämpfen.

Er paarte sich.

Er erinnerte sich zwar nicht an ihr gemeinsames Leben, aber er paarte sich mit ihr.

Das war der letzte zusammenhängende Gedanke, den sie hatte, bevor sie selbst ebenfalls wieder vom Paarungsrausch erfasst wurde. Ihr Orgasmus überrollte sie wie eine Dampfwalze. Das Gefühl war so intensiv, dass sie keuchend den Kopf zurückwarf.

Als sie gerade dachte, den Höhepunkt hinter sich zu haben, legte er einen Arm um sie und ertastete ihre Klitoris, und sie kam ein weiteres Mal. Sie krallte sich in seinen Oberschenkel und spornte ihn an.

Diesmal trieben seine Stöße sie gegen das Kopfteil des Bettes. Sie versuchte sich abzustützen, hatte aber jegliche Kontrolle verloren. Genau wie er. Als auch er abermals kam, drang ein animalischer Laut aus seiner Kehle.

Stille und Reglosigkeit schlichen sich ins Zimmer. Eine Chance, Atem zu holen.

Aber nur für einen Augenblick.

Er legte sich zu ihr, schmiegte sich von hinten an sie, seine Brust an ihren Rücken. Sie konnte an ihrer Haut spüren, wie sein Herz in kraftvollem, schnellem Tempo schlug.

Die ganze Zeit blieb er tief in ihr, seine Erektion so hart wie vorher.

Sie kannte dieses Spiel. Sie hatten es schon einmal

gespielt.

Dragos barg das Gesicht in ihren Haaren und flüsterte: „Ich bin immer noch nicht fertig."

Kapitel Neun

ER TRÄUMTE, ER wäre begraben und in der Dunkelheit verloren.

Außerhalb seines Grabes wartete eine strahlende, anmutige Gestalt aus schimmerndem, elfenbeinfarbenem Licht auf ihn. Sie hatte zierliche Hufe und Beine, und das einzelne schlanke Horn auf ihrer Stirn durchbohrte süß sein Herz.

Komm zurück, rief sie. *Komm zu mir zurück.*

Getrieben von der Sehnsucht, zu ihr zu gelangen, versuchte er, sich freizukämpfen. Staub füllte seine Nüstern, drohte ihn zu ersticken. Aus unermesslicher Ferne in der sternenbesetzten Nacht wandte sich der Tod, dessen Name Azrael war, an ihn.

Azrael flüsterte seinen Namen.

Dragos kannte den alten Mistkerl gut. Schließlich waren sie Brüder. Azrael, auch bekannt als der Jäger, war ein Teil vom Wesen des Drachen, und Dragos war ein Teil von Azraels Wesen.

Er sagte zu Azrael: *Du kriegst mich nicht.*

Azrael schenkte ihm ein bleiches, elegantes Lächeln. In manchen Momenten konnte der Tod sehr verlockend wirken. Seine grünen Augen glitzerten, als er sagte: *Eines Tages vielleicht, Bruder. Du bist unsterblich, aber nicht gegen den Tod gefeit. Und nichts in diesem Universum besteht ewig.*

Mit weit aufgerissenem Rachen stieß der Drache ein wütendes Brüllen aus, und der Tod verschwand in einer Wolke aus Hitze und Licht.

✦ ✦ ✦

DRAGOS SCHRAK AUS dem Traum hoch.

Durch die großen Schlafzimmerfenster fiel Sonnenlicht herein. Pia lag neben ihm, den Kopf auf seinem Arm. Sie schlief tief und fest.

Als er den Traum abgeschüttelt hatte, hob er den Kopf und ließ den Blick über ihren nackten Körper schweifen. Bei Tageslicht war ihr eigenes Leuchten weniger auffällig, nur ein leichter perlmuttfarbener Schimmer auf ihrer Haut. Obwohl sehr dezent, war es doch zu offensichtlich unmenschlich.

Ihre momentane Position betonte ihre sanduhrförmige Figur. Sie trug Male auf der Haut, leichte Blutergüsse und rötliche Biss- und Kratzspuren. Sie verheilten bereits, und am Nachmittag würden die Spuren vollständig verschwunden sein.

Einem zivilisierten Mann hätte es etwas ausgemacht, dass er seine Zeichen auf ihr hinterlassen hatte. Vielleicht hätte es *dem anderen Dragos* etwas ausgemacht. Behutsam berührte er einen verblassenden Bluterguss mit dem Finger. Da er keins von beidem war, dafür aber sehr besitzergreifend, würde er es bedauern, sie verschwinden zu sehen.

Dann betrachtete er sich selbst. Er war so viel größer als sie, härter und schwieliger, und dennoch hatte auch er Male auf seiner Haut. Als er sich träge in den Laken drehte, riefen ihm die Kratzspuren auf seinem Rücken in Erinnerung, mit welcher Leidenschaft sie auf ihn reagiert hatte.

Vorsichtig, um sie nicht zu wecken, beugte er sich über

ihre schlafende Gestalt und formte mit den Lippen die Worte: „Du gehörst so was von mir."

Schon an seinen sanftmütigen Tagen hatte Dragos ein stürmisches Naturell. Jetzt war er sogar selbst von der Heftigkeit seiner Gefühle für sie erschüttert. Also war sie doch eine Närrin, weil sie es nicht nur zugelassen, sondern sogar freudig angenommen hatte.

Behutsam hob er ihren Kopf von seinem Arm und legte stattdessen ein Kissen darunter. Sie wachte nicht auf. Ihr Liebesspiel hatte bis weit nach Sonnenaufgang angedauert, und offensichtlich hatte er sie erschöpft.

Er schlüpfte aus dem Bett und ging ins Badezimmer, um sich schnell unter der Dusche abzubrausen. Nach einer kurzen Suche in seinem Kleiderschrank fand er verwaschene Jeansshorts, die er anzog. Mit weiterer Kleidung oder Schuhen hielt er sich nicht auf. Die Hitze des Sommertags machte sich bereits bemerkbar, und schließlich waren sie allein auf dem Anwesen.

Er ließ Pia im Schlafzimmer zurück, um in der Küche nach etwas zu essen zu suchen. Der Kühlschrank war gut gefüllt, sowohl mit fleischhaltigen als auch mit veganen Gerichten, die mit minimalem Aufwand zubereitet werden konnten. Jemand hatte gut für sie vorausgeplant.

Am Küchentresen stehend aß er fast ein ganzes Brathähnchen. Nachdem der schlimmste Hunger gestillt war, machte er sich auf Erkundungstour.

Das Büro – das Büro des *anderen Dragos* – zog ihn an. Er ließ sich Zeit, alle einzelnen Bereiche zu entdecken, sah Aktenschubladen durch, las die ersten Seiten von Verträgen und studierte Baupläne, die auf einem runden Mahagonitisch ausgebreitet waren. Die Baustelle am See würde nach der Fertigstellung ein ziemlich kompaktes Gebäude ergeben, in dem Büro- und Wohnraum kombiniert waren.

Dass nichts, was hier offen herumlag, wirklich wichtig war, brauchte ihm niemand zu sagen. Alle sensiblen Unterlagen waren entweder in dem Wandsafe eingeschlossen, den er hinter einer Täfelung gefunden hatte, lagen passwortgeschützt auf seinem Computer oder in den unerreichbaren Tiefen seines Gedächtnisses.

Seine Wut über die verlorenen Erinnerungen war sinnlose Zeitverschwendung. Gewaltsam unterdrückte er dieses Gefühl, während er am Computer einige Kombinationen ausprobierte, jedoch nicht das richtige Passwort fand.

Was hätte *der andere Dragos* als Passwort genommen? Er wäre nicht in die Falle getappt, persönliche oder offensichtliche Informationen zu verwenden.

Als der nächste Log-in-Versuch fehlschlug, verlor er die Beherrschung. Fauchend fegte er alles von seinem Schreibtisch und schleuderte einen Tacker mit solcher Gewalt von sich, dass er eine Fensterscheibe durchschlug.

Das Glas zersprang und fiel aus dem Rahmen. In diesem Moment trat Pia in die Tür, sie telefonierte auf dem Handy.

Mitten im Satz brach sie ab und blieb jäh stehen. Dann sagte sie ins Telefon: „Ich muss dich später zurückrufen. Ich wollte dir nur Bescheid geben, dass wir hier ein paar Tage brauchen."

„Ich werde alles veranlassen", sagte der Mann am anderen Ende. „Konzentriert euch ganz auf euch. Du brauchst dich um nichts zu sorgen."

Graydon, so hieß der Mann.

„Sag Peanut, dass ich ihn über alles liebe", sagte Pia.

Über alles liebte? Dragos' Zorn fand ein neues Ziel. Wer

war dieser Peanut?

„Das mache ich", versprach Graydon. „Das sind fantastische Neuigkeiten, Süße. Wir sprechen uns bald wieder."

Mit ruhigem Gesicht schaltete sie unaufgeregt das Handy aus. Wie Dragos sehen konnte, hatte auch sie geduscht und ein fröhliches Outfit aus gelben Shorts und einem hellen Sommertop mit großen, leuchtenden Sonnenblumen darauf angezogen. Ihre Haare waren noch feucht, und sie trug hübsche Flip-Flops, auf deren Lederriemen gelbe Blümchen geprägt waren.

Sie sah aus wie ein glückliches Geschöpf aus Sonne und Licht, während er noch immer ernsthaft darüber nachdachte, den Laptop in kleine Stücke zu zertrümmern.

„Du liebst jemanden namens Peanut?", knurrte er mit geballten Fäusten. „Wer heißt denn bitte schön Peanut, verdammte Scheiße?"

Sie zuckte zusammen. Offenbar hatte er irgendwie einen Nerv getroffen. Während sie das Telefon in die Tasche steckte, sagte sie leise: „Das ist der Spitzname unseres Sohnes. Ich habe angefangen, ihn so zu nennen, als er noch nicht mehr als ein kleiner Zellhaufen war. Weil er eben eine Zeit lang nur so groß wie eine Erdnuss war. Und irgendwie ist das hängen geblieben. Sein richtiger Name ist Liam."

Er schnappte nach Luft. Dann drehte er sich auf dem Absatz um und starrte blicklos aus dem Fenster, das er zerbrochen hatte.

Sie trat hinter ihn und strich ihm über den Rücken. Sobald ihre Finger seine nackte Haut berührten, erlosch der letzte Rest seines Zorns, und er senkte den Kopf.

„Was ist passiert?", fragte sie sanft.

Er rieb sich das Gesicht. „Ich kriege sein Passwort nicht

raus."

Sie wartete einen Moment, und als sie weitersprach, klang ihre Stimme noch sanfter. „*Sein* Passwort?"

Erst als er sich nach ihrer Stimme umwandte, bemerkte er, was ihm da herausgerutscht war.

Die Emotionen wallten wieder auf, eine explosive Mischung aus Wut und Frustration. Er ließ ihnen freien Lauf.

„Ja, *sein* Passwort", fuhr er sie an. Er duckte sich unter ihrer besänftigenden Hand weg und drehte sich zu ihr um. „*Der andere Dragos*. Der, der oben einen ganzen Schrank voller handgenähter Anzüge hat. Der, der Verträge liest und Abkommen aushandelt und der die Unterschiede zwischen Wolf- und Viking-Küchengeräten diskutiert." Mit einer heftigen Geste wies er auf die Bedienungshandbücher, die auf dem Schreibtisch gelegen hatten und jetzt auf dem Boden verstreut waren.

Sie biss sich auf die Lippe, allerdings nicht vor Lachen. Leise sagte sie: „Du wolltest für meine Küche nur das Beste kaufen."

Die Wände des Hauses drohten ihn zu erdrücken. Er packte ihre Hand und fauchte: „Ich muss hier raus."

Mit schnellen Bewegungen zog er sie nach draußen. Sie versuchte nicht, ihn aufzuhalten, sondern lief bereitwillig neben ihm her. Sobald sie an der frischen Luft waren, ließ er ihre Hand los, verwandelte sich in den Drachen, setzte sie auf eine Pranke und erhob sich in die Luft.

Manchmal war Fliegen ein träges, langsam kreisendes Gleiten über den Himmel. Diesmal war es ein Kampf. Sensengleich schnitten seine Flügel durch die Luft, und er flog, so schnell er konnte, zurück zu dem Gebirge, auf dem er am Tag zuvor Rast gemacht hatte.

Der Felsen an dem kleinen Wasserlauf war genau so, wie er ihn verlassen hatte, da lagen seine Geschenke, ihr Rucksack unter den Bäumen, der Stapel Feuerholz und die teilweise verbrannten Scheite im Steinkreis.

Er landete nicht gerade sanft, fing sich jedoch ab, bevor er sie auf die Füße stellte, was er mit äußerster Vorsicht tat. Dann fuhr er herum und fing an, auf und ab zu gehen.

Sie sagte nichts. Aus dem Augenwinkel sah er, wie sie zu ihrem Rucksack lief, sich in den Schatten eines Baumes setzte und sich mit dem Rücken an den Stamm lehnte.

Das Gesicht in die Sonne gedreht, überlegte er, ob er sie hier zurücklassen und einen Flug allein unternehmen sollte. Aber wenn er wirklich für sich hätte sein wollen, hätte er sie im Haus zurückgelassen, und sie war klug genug, ihn seinen eigenen Weg durch seine ungewisse, säuerliche Laune finden zu lassen.

Schließlich erlag er der Versuchung der Sommersonne und streckte sich in seiner ganzen gewaltigen Länge auf dem heißen Stein aus.

In die Stille hinein sagte er: „Mir ist sehr wohl bewusst, wie verrückt ich klinge."

Er sah sie von der Seite an. Sie hatte sich zusammengerollt, die Knie an die Brust gezogen, den Kopf auf ihren Rucksack gebettet und beobachtete ihn. Ihre Miene war offen, sogar mitfühlend. Wie konnte sie ihn nur so ansehen? Sie musste doch am besten wissen, dass er gefährlich war.

„Du weißt, dass ich nicht dieser Mann bin, oder?", fragte er.

Endlich sagte sie etwas. „Ich glaube, dass du nicht der Mann bist, von dem du glaubst, dass du es warst."

Mit düsterem Blick fuhr der Drache sie an: „Was soll

das heißen?"

„Wenn du die Details seines Lebens betrachtest, ohne seine Erinnerungen zu haben, kann man sicher leicht einen falschen Eindruck davon bekommen, wer *dieser* Dragos ist", erklärte sie. Sie setzte sich auf, schlug die Beine übereinander und spielte mit einem Grashalm. „Die handgenähten Anzüge, die Verträge und Verhandlungen … Das alles hat er nicht getan, weil er zivilisiert gewesen wäre, sondern weil er das Spiel mitspielte." Sie sah ihm in die Augen. „Und darin warst du sehr, sehr gut."

Mit den Klauen auf den Stein trommelnd, dachte er darüber nach. Ein Spiel spielen. Ja, das konnte er nachvollziehen.

Der Drache erhob sich auf die Hinterbeine und kam zu Pia hinüber, dort senkte er den Kopf, bis seine Schnauze dicht vor ihrem Gesicht war.

„Ich habe nach dir geschnappt", flüsterte er.

Sie legte die Hand an seine Wange und sah ihn lächelnd an. „Ich werde jetzt einen Schlussstrich ziehen. Wir müssen uns darauf einigen, das hinter uns zu lassen. Dass du gefährlich bist, weiß ich. Das habe ich immer gewusst. Ich war nicht naiv, was dein Naturell angeht, als ich mich das erste Mal mit dir gepaart habe, und jetzt bin ich es ganz gewiss auch nicht. Du hast mir nie die Treue gebrochen. *Du* würdest mir nie etwas zuleide tun. Und von jetzt an werden wir nie wieder daran denken, was du getan hast, als du verletzt warst und mich nicht erkannt hast."

Ein Gefühl des Friedens drohte, seine schlechte Laune zu vertreiben. Er schnaubte leise.

„Ich werde nie ein netter Mann sein", warnte er sie.

Sie drückte ihm einen Kuss auf die Schnauze. „Darüber haben wir schon einmal gesprochen, und damals habe ich dir gesagt: Du bist vielleicht nicht nett, aber du gibst einen wahrlich ausgezeichneten Drachen ab."

„Vielleicht kann ich mich im Laufe der Zeit mit dem anderen Dragos anfreunden."

„Wenn du es ernsthaft versuchst, wirst du bestimmt überrascht sein, wie gut das funktioniert." Sie hob eine Schulter. „Und wenn du dich nicht eingewöhnen kannst, können wir auch woanders hingehen und etwas anderes tun. Wir werden sehr lange zusammenleben, und die Dinge ändern sich."

Der letzte Rest seiner Anspannung löste sich. Mit einem tiefen Seufzer verwandelte er sich und bettete den Kopf auf ihren Schoß. Sie strich ihm durch die Haare, und zum ersten Mal seit dem Unfall fiel er in einen richtig tiefen, erholsamen Schlaf.

✧   ✧   ✧

WÄHREND DRAGOS SCHLIEF, wanderte die Sonne über einen wolkenlosen, blauen Himmel.

Nach einer Weile wurde auch Pia schläfrig, bis sie schließlich die Augen nicht mehr aufhalten konnte und einnickte, die Hände schützend über Dragos' Hinterkopf gelegt.

Als er sich einige Zeit später rührte, schreckte sie hoch. Sie rieb sich die Augen und sah sich um. Sie hatten den ganzen Nachmittag verschlafen.

Er rieb die Wange an ihrem Bein, dann gähnte er und drehte sich auf den Rücken. Lächelnd pflückte sie Grashalme von seiner Haut.

Er bekam nie einen Sonnenbrand, ganz egal, wie lange er in der Sonne blieb. Der dunkle Bronzeton seiner Haut wurde nur noch tiefer und schimmernder. Als kurz darauf alle Grashalme fort waren, gab sie diesen kleinen Vorwand für ihre Berührung auf und streichelte einfach seine nackte Brust.

Er betrachtete sie mit einer Miene, die so friedvoll war wie schon lange nicht mehr. Ein wenig würde es ihr immer das Herz brechen, diese frische, weiße, gezackte Narbe auf seiner Stirn anzusehen. Sie strich mit dem Finger darüber und schluckte schwer.

Er hat mich zu seiner Gefährtin erwählt, dachte sie. *Nicht einmal, sondern zweimal.*

Ich habe ein solches Glück. Mehr als alle anderen Frauen auf der Welt.

Ihr Lächeln wurde schief, weil es als Ausdruck für die gewaltigen Gefühle in ihrem Inneren einfach viel zu klein war.

„Ich liebe dich, weißt du das?", sagte sie.

Er sah sie an und zog dabei eine elegante schwarze Braue in die Höhe. Zufälligerweise war es diejenige, die jetzt die Narbe trug. „Das musst du wohl, Frau."

Sie lachte leise. „O ja."

Sie sah das Spiel seiner Bauchmuskeln, als er sich aufsetzte, um sie ausgiebig zu küssen. „Zu den verrücktesten Dingen, die mir durch den Kopf gegangen sind", murmelte er, „gehört, wie verdammt eifersüchtig ich auf den anderen Dragos war."

Sie schlang die Arme um seinen Hals. „Vielleicht habe ich zu früh versucht, dich mit ihm auszusöhnen. Ich hätte diese Bedrohung benutzen können, um dich unter Kontrolle zu halten."

Es war vielleicht kein sehr lustiger Scherz, aber der Versuch zählte. Jede Unterhaltung, jeder Scherz, jede Offenbarung bedeutete, dass sie einen weiteren Schritt zwischen sich und das Geschehene brachten.

Offenbar sah er das genauso, denn sie spürte ein flüchtiges Lächeln an ihren Lippen. Dann legte er eine Hand um ihren Hinterkopf und küsste sie inniger, und schnell eskalierte der Kuss – zu einer heißen, explosiven Stichflamme der Gefühle.

Mit angespannten, vor Verlangen geröteten Zügen erhob er sich auf die Knie und riss ihr die Kleider vom Leib. Sie half bereitwillig mit und wand sich aus ihrem Top, bevor er den komplexen Vorgang des Knöpfe-Öffnens durchschaut hatte.

Schnell streifte er sich die Jeansshorts ab, und sein steifes Glied wippte, als es aus dem Stoff befreit wurde. Er zog sie ins Gras und legte sich auf sie.

Zeit für Feinheiten und ein Vorspiel würden sie später finden. Viel später, nachdem die erste Woge des Paarungsdrangs abgeklungen war. Oder bei Pia vielleicht, nachdem die Erinnerung an die Angst und den Schmerz der letzten Tage verblasst war.

Aber so weit waren sie noch nicht. Jetzt nahm er sie in rasender Hitze, und sie kamen zusammen wie die Tiere, die sie waren. Worte vermischten sich mit Gefühlen, und alles wurde eins.

Ich liebe dich, liebe dich.

Ich werde dich nie gehen lassen. Du gehörst mir. Du bist mein Gefährte. Meine Gefährtin.

Sie verbrannten sich gegenseitig, bis sie endlich in den Armen des anderen Ruhe fanden.

Schließlich löste er sich von ihr, und sie sah, wie er zu dem kleinen Hügel aus eingewickeltem Gold und Edelsteinen ging. Ohne Umschweife warf er die Saphire in ihren Rucksack, nahm das Tuch, in das sie eingeschlagen gewesen waren, und befeuchtete es an der Quelle.

Als er zurückkam, wusch er sanft die Innenseite ihrer Schenkel. Sie streichelte seinen Arm und betrachtete staunend seine konzentrierte Miene. Manchmal wollte er etwas mit solcher Inbrunst richtig machen, dass der Anblick sie wie ein Pfeil durchbohrte.

Als er fertig war, zogen sie sich an und verstauten die restlichen Schätze im Rucksack. Der Himmel verdunkelte sich bereits. Dragos nahm wieder seine Drachengestalt an und bot ihr einen Platz in seiner hohlen Tatze an. Als sie es sich bequem gemacht hatte, flogen sie zurück zu ihrem Anwesen.

Als die Gebäude in Sicht kamen, legte er sich in eine Kurve und flog in Kreisen darüber. Nicht aus Misstrauen wie am Vortag, sondern gemächlicher, um im letzten Tageslicht eine gute Sicht darauf zu haben.

Pia sah sich das Bild ohne großes Interesse an. Schon oft waren sie genau so über das Gelände geflogen und hatten über ihre Pläne für die Renovierungen und die neuen Gebäude gesprochen. Der Großteil ihrer Aufmerksamkeit galt ihm, während sie seine Reaktionen auf die Dinge, die er sah, einzuschätzen versuchte.

Deshalb bemerkte sie auch das kurze Stocken in seinem Flugrhythmus.

Neugierig sagte er: „Über dieses Gebäude haben wir nie gesprochen."

Sie richtete den Blick nach unten auf den Brennpunkt seiner Aufmerksamkeit.

Es war das Haus des Grundstücksverwalters, das ein Stück von der Baustelle entfernt in einer Bucht am Seeufer lag.

Ein Stich durchfuhr sie. Obwohl sie ihre Erinnerung für

nichts in der Welt hergegeben hätte, war es doch schwer, sich allein an ihre gemeinsame Zeit zu erinnern.

„Das ist das Haus des Grundstücksverwalters", berichtete sie.„Sein Name ist Mitchell. Solange das Haupthaus leer stand, hat er hier gelebt. Im Moment macht er allerdings Urlaub, während wir überlegen, wie sich seine Aufgaben in Zukunft gestalten können."

Dragos legte die Flügel an und stieß in die Tiefe. Obwohl sie wusste, dass er sie niemals fallen lassen würde, klammerte sie sich bei der abrupten Höhenveränderung an eine seiner Klauen.

Nach der Landung am Seeufer direkt vor dem Haus setzte er sie ab und verwandelte sich. Auf seinem Gesicht lag ein angespannter, aufmerksamer Ausdruck.

Pia beobachtete ihn genau, während sie sagte: „Wir haben unsere Hochzeitsnacht in diesem Haus verbracht."

Er flüsterte: „Hier hast du unser Kind zur Welt gebracht. In dem Zimmer mit dem großen Fenster, während wir auf den See hinausgeschaut haben. Wir waren ganz allein."

Ihr stockte der Atem, ihr Herz begann zu rasen. „Ja."

Dann drehte er sich mit dem Schwung frischen Zorns zu ihr um. „Du hast mir einen Penny gestohlen!"

Sie wusste nicht, wie reine Freude aussah.

Aber sie wusste, wie sie sich anfühlte, als sie aus ihrem Gesicht strahlte.

Kapitel Zehn

NACHDEM DER ERSTE Durchbruch nicht weniger als ein Wunder gewesen war, gestaltete sich seine weitere Genesung nicht ganz so leicht oder einfach.

Sie verbrachten noch zwei Tage allein, einerseits, damit Dragos ein wenig Kontrolle über den impulsiven Paarungstrieb gewinnen konnte, andererseits, um zu sehen, ob weitere Erinnerungen zurückkehrten, bevor sie anfingen, sich mit der Außenwelt auseinanderzusetzen.

Nach stundenlangen geduldigen Gesprächen zwischen ausgedehnten Liebesspielen erinnerte er sich an das meiste aus ihrer gemeinsamen Zeit. Einige kleine Teilchen blieben verschollen, aber er hatte nicht mehr das Gefühl, mit *dem anderen Dragos* im Wettbewerb zu stehen, besonders nachdem er sich daran erinnert hatte, wie sie sich das erste Mal gepaart hatten.

Sie hatte recht gehabt. Er trug sie in sich. Eines Morgens, als sie erschöpft ineinander verschlungen im Bett lagen, flüsterte er ihr ins Ohr: „Ich werde mich immer wieder mit dir paaren."

Er konnte das Lächeln in ihrer Stimme hören, als sie zurückflüsterte: „Das glaube ich dir."

Pia konnte ihn davon überzeugen, sich wenigstens einmal den Rat von Dr. Kathryn Shaw einzuholen. Kathryn war die Wyr-Chirurgin, die oft Dragos' Wächter behandelte, wenn sie verletzt waren, daher war sie in vertrauliches Wissen eingeweiht.

Obwohl er schließlich zustimmte, widerstrebte es Dragos. Er war von Natur aus verschlossen. Jemandem zu offenbaren, dass seine Erinnerungen immer noch unvollständig waren, ging gegen all seine Instinkte.

Am Morgen des Termins brachte Graydon Kathryn zum Haus. Auch sie war eine Flug-Wyr, ein Falke, und beide landeten auf der Lichtung. Dort nahmen sie ihre Menschengestalten an und blieben noch einige Minuten stehen, um miteinander zu reden, bevor sie zur Eingangstür gingen.

Sie waren die Ersten, die auf das Anwesen zurückkehrten. Ihre Ankunft war sorgsam choreografiert worden. Nichts blieb dem Zufall überlassen, damit Dragos sie aus der Ferne kommen sehen konnte.

Als er Graydons stämmige Umrisse erblickte, sagte er sofort: „Natürlich kenne ich ihn. Er ist ein guter Freund – einer meiner besten Freunde –, und wir arbeiten schon seit Jahrhunderten zusammen."

Pias Miene hellte sich auf. „Das tut ihr allerdings."

Als Dragos sein Augenmerk auf Kathryn richtete, kehrte seine Frustration zurück.

Wie die meisten Wyr-Falken hatte die Ärztin eine sehnige, schlanke Figur. Ihre großen honigbraunen Augen waren scharf und intelligent, und sie hatte dichtes, kastanienbraunes Haar, das von einer schlichten Schildpatthaarspange zusammengehalten wurde.

Auf Pias forschenden Blick hin sagte er: „Die Frau müsste ich auch kennen."

Pia antwortete, als hätte er ihr eine Frage gestellt. „Ja. Sie gehört zu unserem engeren Bekanntenkreis und ist eine der wenigen Personen, die meine Wyr-Gestalt kennen. Mit ihren Fähigkeiten als Chirurgin und meinen Heilkräften konnten wir Aryals Flügel retten, die sie sich Anfang des Jahres schwer verletzt hatte."

Aryal war eine seiner Wächterinnen. Die streitsüchtige. Am Abend zuvor war er mit Pia alles durchgegangen, was sie über die Wächter wusste.

Sein Mund straffte sich. „Da ist nichts."

„Das ist okay." Pia legte ihm eine Hand auf den Arm, und er beruhigte sich. Er beruhigte sich immer, wenn sie ihn berührte. „Lässt du dich trotzdem von ihr untersuchen? Bitte?"

Wenn die Ärztin Pias Wyr-Gestalt kannte, konnte Dragos auch verkraften, dass sie über ihn Bescheid wusste. „Ja."

Sie lehnte sich aus der Eingangstür und winkte einladend. Graydon und Kathryn näherten sich.

Kurz vor der Tür wurden sie langsamer. Mit einem Blick in ihre unsicheren Mienen sagte Dragos zu der Ärztin: „Sie nicht." Lächelnd sah er in Graydons vertraute graue Augen. „Du, ja."

Ein breites, erleichtertes Lächeln legte sich auf Graydons schroffe Züge. Als der Mann auf ihn zukam, zog Dragos ihn in eine kurze, kräftige Umarmung.

Nachdem Dragos ihn wieder losgelassen hatte, wollte Graydon auch Pia umarmen, doch diese trat flink einen Schritt zurück und lächelte warnend, woraufhin er sich mit verlegener Miene zurückhielt.

Dragos war dankbar dafür, dass sie so geistesgegenwärtig daran gedacht hatte, Abstand zwischen sich und dem anderen Mann zu wahren. Mitten in der Paarungszeit konnten Wyr gefährlich aufbrausend sein, und in so vielerlei

Hinsicht war er sich selbst immer noch fremd.

Dragos und Pia hatten die Glasscherben in seinem Büro zusammengefegt und das offene Fenster mit dicker Plastikfolie zugeklebt, sodass die Ärztin ihn dort untersuchen konnte.

Graydon ging in die Küche, um zu warten. Pia aber blieb dicht an Dragos' Seite, während Kathryn ihm mit einer hellen Taschenlampe in die Augen leuchtete, seine Reflexe und sein Gleichgewicht testete und ihm eine Reihe von Fragen stellte.

Die Ärztin achtete darauf, stets zu fragen, bevor sie etwas tat, und das war hilfreich. Nachdem sie seine Zustimmung eingeholt hatte, untersuchte sie ihn auch mit ihrer magischen Energie.

Mit zusammengebissenen Zähnen erduldete er das Gefühl, wie die fremde Magie durch seinen Kopf glitt. Offensichtlich hatte sie Erfahrung mit der Behandlung von Wyr, die ihre gewalttätigeren Impulse schlecht kontrollieren konnten, denn sie beendete diesen Teil der Untersuchung schnell.

Anschließend setzte sich die Ärztin auf die Kante des Mahagonitischs und betrachtete die beiden mit ruhigen, intelligenten Augen.

„Wie Sie wissen, bin ich Chirurgin und keine Neurologin", sagte Kathryn. „Daher ist mein erster Rat an Sie, jemanden zu finden, der sich auf die Behandlung von Patienten mit Amnesie spezialisiert hat."

„Nein", sagte Dragos. Neben ihm hob Pia den Kopf. Sie hielten sich an den Händen, und er schloss die Finger fest um ihre. Noch einmal sagte er: „Nein. Es fällt mir schwer genug, mich Kathryn in dieser Sache anzuvertrauen. Ich werde keinen völlig Fremden zurate ziehen."

Pia ließ die Schultern sinken und seufzte, aber sie sah nicht überrascht aus.

Ebenso wenig Kathryn. „Geben Sie mir Bescheid, falls Sie diese Entscheidung noch einmal überdenken", sagte die Ärztin. „Vorerst kann ich Ihnen sagen, dass die Behandlung von Gedächtnisverlust ebenso sehr eine Kunst wie eine Wissenschaft ist, aber einige Dinge wissen wir schon. Zum Beispiel, dass verschiedene Arten von Erinnerungen auf verschiedene Weise gespeichert werden. Ihr prozedurales Gedächtnis, das Fähigkeiten und Tätigkeiten umfasst, scheint unbeschädigt zu sein. Sie wissen noch, wie man duscht, wie man fliegt, wie man sich anzieht und so weiter."

Überraschend zuckte Dragos' Mundwinkel. Trocken sagte er: „Oder wie man Fahrrad fährt."

Er spürte mehr, als dass er es sah, wie Pia ihm einen kurzen Blick zuwarf. Ein leises Lachen entschlüpfte ihr, und sie rutschte unruhig hin und her.

„Ganz genau", sagte Kathryn. „Dann gibt es das deklarative Gedächtnis, das aus zwei Teilen besteht, dem semantischen und dem episodischen Gedächtnis. Das semantische Gedächtnis enthält Fakten und Begriffe, das episodische enthält Ereignisse und Erfahrungen. Ihren Berichten zufolge scheint Ihr semantisches Gedächtnis weitgehend unbeschädigt zu sein, aber nicht ganz. Sie erinnern sich an viele Begriffe und Tatsachen, aber je enger sie mit Ihrem episodischen Gedächtnis – Ihren Erlebnissen und Erfahrungen – verknüpft sind, umso wahrscheinlicher kommt es zu Lücken."

Das klang so langatmig, dass es Dragos an eine von Pias *komplizierten Geschichten* erinnerte.

„Erklären Sie mir das", befahl er.

„Okay." Kathryns Antwort klang leichthin. Sie

wechselte einen Blick mit Pia und setzte sich dann etwas bequemer hin. „Sie wissen, dass es ein Wyr-Reich hier in New York gibt."

„Ja. Aber vor ein paar Tagen habe ich mich nicht daran erinnert." Er dachte an den verwundeten Drachen, der sich auf einem Felsen ausruhte und auf einen lebensmüden Narren wartete, der zu ihm heraufkletterte. „Ich war fast ganz in meinem Tierwesen gefangen."

„Seitdem ist der Heilungsprozess weit fortgeschritten." Kathryn zögerte und warf abermals einen Blick zu Pia. „Ich werde Ihnen eine Frage stellen und möchte, dass Sie schnell antworten, ohne zu viel darüber nachzudenken. Wie ist die Beziehung zwischen dem Wyr-Reich und dem Reich der Dunklen Fae?"

„Nicht übel", sagte er sofort, dann hielt er inne und runzelte die Stirn. „Aber das war nicht immer so, oder?"

„Nein", sagte Pia. „Das war es nicht."

Unter gesenkten Brauen sah er sie an. „Was ist passiert?"

Ihre Miene nahm einen ironischen Zug an. „Du hast dich mit Urien, dem König der Dunklen Fae, nicht gut verstanden. Er hat mich entführt, und du hast ihn getötet. Aber wir mögen die neue Königin Niniane."

Kathryn hob ihre schlanke Hand. „Auf der einen Seite haben Sie also Ihre semantische Erinnerung an Fakten und Begriffe – dass die Wyr und die Dunklen Fae nicht immer gut miteinander ausgekommen sind." Die Ärztin hob die andere Hand. „Und hier, auf der anderen Seite, haben wir das episodische Gedächtnis, Ihre Erlebnisse und Erfahrungen – dass Sie den König der Dunklen Fae umgebracht haben. Beide befinden sich im deklarativen Teil Ihres Gedächtnisses. In diesem Bereich liegt der Schaden,

den Sie erlitten haben."

Wieder kam die Frustration in ihm hoch. Er ließ Pias Hand los und fuhr sich mit den Fingern durch die Haare. Dann sagte er: „Was Sie damit eigentlich sagen wollen, ist, dass ich mich an bestimmte Fakten und Konzepte womöglich nicht erinnere, wenn damit ein persönliches Ereignis verknüpft ist?"

„Ja", antwortete Kathryn. „Das halte ich für wahrscheinlich."

Was bedeutete, dass er sich möglicherweise nicht an alte Feinde erinnerte oder an Geheimnisse, die er vor vielen Jahren verborgen hatte.

Der Drache in ihm regte sich, als ihm bewusst wurde, wie viel gefährlicher die Welt um ihn herum geworden war.

Pia, die offenbar in die gleiche Richtung dachte, murmelte matt: „Dragos ist jahrtausendealt. Er hat so viele geschichtliche Ereignisse bezeugt und beeinflusst."

„Nun, ja", sagte die Ärztin wieder. Dann wandte sie sich an Dragos. „Wenn das irgendein Trost ist: Ich bin nicht sicher, ob Ihnen ein Spezialist überhaupt helfen könnte. Sie haben ein … einzigartiges und weiträumiges Gehirn."

„Ich muss diese Erinnerungen zurückbekommen", knurrte er. „Alle."

„Tut mir leid." Kathryn runzelte die Stirn. „Es ist nicht leicht, Ihnen das zu sagen. Sie haben einen Hirnschaden erlitten, der real und erkennbar ist. Bei der magischen Abtastung habe ich ihn als dunklen Schatten wahrgenommen. Es ist gut möglich, dass Sie nur deshalb so große Fortschritte gemacht haben, weil es Pia war, die Sie geheilt hat. Ich habe gesehen, welche Wunder ihre Heilkraft bewirken kann."

Er ließ die Hände sinken und sah Pia grimmig an. Sie

flüsterte: „Wir haben Glück, dass du lebst und dich noch an so viel erinnerst."

Glück.

Er legte ihr einen Arm um die Schultern und lehnte die Stirn an ihre.

Heute früh in der ersten Morgenröte hatte sie seinen Namen gerufen, als er in sie eingedrungen war, und er hatte kaum glauben können, was für ein neues, überwältigendes Gefühl das war.

Ja, er hatte ein verdammtes Glück. Mehr Glück, als er je verdient hatte.

Nach einem kurzen Moment sagte Kathryn: „Es gibt einen weiteren wichtigen Aspekt beim Thema Erinnerung – Gefühle. Meist sind die lebhaftesten Erinnerungen mit Gefühlen verknüpft, daher ist es möglich, dass diese am leichtesten zurückkehren. Außerdem können Sie Bilder benutzen, um weitere Erinnerungen zu stimulieren."

Als Dragos sich wieder an die Ärztin wandte, hatte er die Augen zusammengekniffen. „Pia hat mir von Graydon erzählt, aber erinnert habe ich mich erst, als ich ihn gesehen habe."

„Das ist ein gutes Beispiel", antwortete Kathryn. „Ich schlage vor, dass Sie alle Fotoalben durchsehen, die Sie haben. Außerdem kann ich einige Übungen für Sie zusammenstellen, die helfen können. Aber vergessen Sie nicht: Wenn jemand Ihnen von einem Ereignis erzählt – zum Beispiel, wie Sie den König der Dunklen Fae getötet haben –, stimuliert das nicht die echte Erinnerung. Aber da Sie jetzt angefangen haben, sich an einige Dinge zu erinnern, können Sie auf weitere Schübe spontaner Wiederherstellung hoffen."

„Aber es gibt keine Garantie, dass alles zurückkommmt",

sagte Dragos.

Kathryn lächelte. „Nein. Aber im Leben gibt es nie Garantien. Ihre bisherige Genesung war schon ziemlich erstaunlich. Versuchen Sie, Geduld zu haben, und geben Sie Ihrem Gehirn die Zeit, neue Wege auszubilden. Man kann nie wissen, was man alles erreichen kann."

Da war etwas Wahres dran. Er hatte eine Gefährtin und einen Sohn.

Und er erinnerte sich an eine Zeit, in der er nie geglaubt hätte, einmal eines von beidem zu haben.

Er fing Pias Blick auf.

Mit dem Mund formte sie das Wort: „Glück."

Seine Lippen spannten sich, doch dann lächelte er und nickte.

✧　✧　✧

KATHRYN BLIEB NOCH etwa eine halbe Stunde, dann verabschiedete sie sich mit dem Versprechen, in der nächsten Woche für eine Folgeuntersuchung wiederzukommen.

Graydon bestellte die übrigen Wächter ein, und anschließend gingen die beiden Männer nach draußen auf die Terrasse, während Pia sich zurückzog, um zu telefonieren.

Als sie in der Hitze des Tages anfingen zu schwitzen, holte Graydon zwei Flaschen kühles Bier aus der Küche. Er reichte Dragos eine der Flaschen, und dieser inspizierte das Etikett.

O ja, er mochte dieses Bier.

Er nahm einen tiefen Zug, während Graydon sich vorbeugte und die Ellbogen auf die Knie stützte. „In wenigen Minuten werden die anderen hier sein", sagte

Graydon. „Sie haben in einer Bar im Ort gewartet."

Dragos probierte einige neue Wörter aus. „Wer ... hat den Kürzeren gezogen?"

Graydon hob den Kopf, und ein Lächeln hellte seine schroffen Züge auf. „Grym ist in New York geblieben."

Grym.

Mit düsterer Miene versuchte Dragos vergeblich, sich ins Gedächtnis zu rufen, wie der Wächter aussah.

Graydon sagte in zuversichtlichem Ton: „Vielleicht musst du ihn erst sehen, wie bei mir. Wir skypen später mit ihm."

Sein Kiefer spannte sich. „Kathryn meinte, ich kriege vielleicht nicht alle Erinnerungen zurück. Also müsst ihr anderen besonders wachsam sein, weil nur die Götter wissen, woran ich mich nicht erinnern werde."

Der andere Mann richtete sich auf und holte tief Luft. „Okay", sagte er. „Das kriegen wir hin. Wir bringen dir alles bei, was wir wissen."

„Und wir müssen das geheim halten", fügte Dragos hinzu. „Das Letzte, was wir brauchen können, ist, dass etwas davon nach außen dringt."

Graydon rieb sich den Nacken. „An der Baustelle waren viele Leute, und die Nachricht von dem Unfall ist bereits an die Öffentlichkeit gesickert. Aber die Einzigen, die wissen, dass du dein Gedächtnis verloren hast, sind die Wächter und die Ärztin." Seine besorgten grauen Augen fingen Dragos' Blick auf. „Es wird zwar ein ziemlicher Stepptanz nötig sein, aber wir können das unter Verschluss halten."

Pia kam in Sichtweite, und beide Männer verstummten und sahen sie an. Sie hatte den Kopf gesenkt und konzentrierte sich ganz auf die Person am anderen Ende der Leitung.

Mit leiser telepathischer Stimme sagte Graydon: *Als du verschwunden warst, hat sie die Angelegenheiten wie ein Boss geregelt. Sie hat einen Plan aufgestellt, der alles abgedeckt hat – sie hat die Suche nach dir organisiert und sogar ein Testament aufgesetzt. Nur für den Fall. Dann ist sie auf diesen Berg geklettert, hat dich geheilt und dir den Arsch gerettet. Es war wirklich gut, dass sie da war, um die Lage zu retten.*

Dragos lächelte ihr zu, als sie in seine Richtung sah.

Dann sagte er laut: „Pia rettet mich jeden Tag."

„Amen", sagte Graydon.

Sie stießen mit ihren Bierflaschen an.

Nachdem Pia aufgelegt hatte, kam sie zu ihnen herüber. Sie sah zugleich aufgeregt und besorgt aus.

Dragos stand auf. „Was ist?"

„Liam wird in ein paar Minuten hier sein." Sie biss sich auf die Lippe. „Sie kommen zusammen mit den Wächtern. Eva sagt, wir sollen uns auf etwas gefasst machen."

„Was soll das heißen?"

Ihre Miene wurde noch besorgter, als sie die Achseln zuckte. „Ich weiß es nicht! Alles, was sie verraten wollte, ist, dass er einen weiteren Wachstumsschub hatte."

Beide wandten sich zu Graydon, der sich entschuldigend wand. „Es ist alles in Ordnung." Er hob beide Hände. „Liam geht's gut. Deshalb haben wir beschlossen, dass es am besten ist, euch nicht zu stören, bis ihr wieder Kapazitäten frei habt, um euch damit zu befassen."

„Womit zu befassen?", wollte Dragos wissen.

Mit seinem scharfen Gehör erfasste er das Geräusch sich nähernder Fahrzeuge, und ohne eine Antwort abzuwarten, lief er mit großen Schritten durchs Haus. Pia folgte ihm auf den Fersen.

Zwei SUVs hielten vor dem Haus. Darin saßen Eva und Hugh und fünf große, kräftig aussehende Personen, die Dragos allesamt sofort erkannte.

Aryal und Quentin. Bayne, Constantine und Alex.

Alle Wächter mit Ausnahme von Grym, der den Kürzeren gezogen hatte und in der Stadt bleiben musste.

Pia drängte sich an ihm vorbei, rannte die Treppen hinunter und auf den SUV zu, in dem Eva und Hugh gekommen waren. Erst mit Verspätung erkannte Dragos, dass das, was er für eine Lücke auf der Rückbank gehalten hatte, tatsächlich ein Kindersitz war.

Natürlich.

Eine Hand nach Pia ausgestreckt, sprang Eva vom Beifahrersitz. „Es geht ihm gut, es geht ihm gut. O Scheiße, ich weiß nicht, wie ich es dir beibringen soll."

„Was, verdammt?", rief Pia verärgert. Sie schob sich an Eva vorbei und riss die hintere Tür auf, um in den Wagen zu sehen.

Stille legte sich über die Gruppe, während sie dastanden und zusahen – bis auf Dragos, der eilig auf den SUV zulief. Sein Magen zog sich zusammen, als Pia flüsterte: „O mein Gott."

Sie beugte sich in den Wagen und hob einen lächelnden flachsblonden Jungen von der Rückbank.

Ein großer, wunderhübscher Junge. Ein sehr viel größerer Junge als das Kleinkind, das Dragos in Erinnerung hatte. Er war kein Experte, was Kinder anging, aber Liam sah doppelt so groß aus, etwa wie ein Vierjähriger.

„Was zur Hölle?", flüsterte er.

Pia sank auf die Knie und umarmte Liam fest, und der Junge schlang die Arme um ihren Hals. „Was habe ich verpasst?", weinte sie. „Was habe ich nur verpasst?"

„Ich habe dich vermisst", erklärte Liam. „Ganz, ganz doll. Hi, Mom."

Der Junge konnte *sprechen*.

Als Dragos bei ihnen war, sank er neben ihnen auf die Knie.

„Sieh dich nur an", hauchte Pia. Zwanghaft fuhr sie mit beiden Händen über Liams Körper. „Wie ist das passiert?"

Liam strahlte. „Ich bin ein großer Junge."

Ihre Augen weiteten sich, und sie sah aus, als hätte jemand sie geschlagen.

Der Junge legte den Kopf schief, und sein Lächeln verblasste. „Wolltest du das nicht?"

Sofort zog sie ihn fest an sich, bedeckte sein Gesicht mit Küssen und umarmte ihn innig, während sie schluchzte: „Doch, natürlich. Das hat du super, *wirklich super* gemacht. Du bist der tollste Junge, den ich je gesehen habe. Du kannst jetzt wieder aufhören zu wachsen. Wirklich. Du kannst eine Zeit lang aufhören. Guter Gott, du bist groß genug."

Liam gab ihr einen Kuss, dann wandte er sich zu Dragos um und verstummte.

Als sie merkte, wie sich Liams Aufmerksamkeit verlagerte, sah auch Pia zu Dragos. Mit sichtlichem Widerwillen lockerte sie ihre Umarmung und ließ ihn los.

Dragos wollte die Arme nach ihm ausstrecken, doch Liam zögerte und lehnte sich an seine Mom.

„Hast du Angst vor mir?", fragte Dragos.

Der Junge schüttelte den Kopf und stellte eine Gegenfrage: „Erinnerst du dich an mich?"

„Ja", sagte er ein bisschen heiser. „Ich erinnere mich sehr gut an dich, und ich möchte wirklich nicht, dass du Angst vor mir hast."

Liam stieß sich von Pia ab und ging auf ihn zu. Ganz still blieb Dragos stehen und beobachtete die vielen Gesichtsausdrücke, die über diese jungen Züge huschten.

Liam sah ihm in die Augen. Es war ein alter, tiefer Blick aus violetten Augen, ein Blick, der nicht von einem Kind zu kommen schien.

Dann lächelte Liam und tätschelte seinem Vater die Wange.

Mit sanfter Stimme sagte er: „Du bist ein guter Dad."

Vor Staunen brach etwas in ihm auf, und Dragos spürte, wie etwas an seiner Wange hinunterglitt. Er berührte sein Gesicht und spürte etwas Nasses. Mit einer Fülle und Tiefe von Gefühlen, wie er sie noch nie zuvor empfunden hatte, sah er, wie sich Liam an ihm vorbeischob und fröhlich zum Haus hüpfte.

Peanut kommt in die Schule

Eine Novelle
der ALTEN VÖLKER

THEA HARRISON

Übersetzt von Cornelia Röser

kapitel eins

WAS DIE ANWENDUNG von Verhüllungszaubern so knifflig machte, war die Tatsache, dass Verhüllungszauber nun mal knifflig waren.

Leise kichernd schlich Liam auf Zehenspitzen um die Terrassenmöbel herum und verwandelte sich in seine Drachengestalt. Der Drache hatte inzwischen die Größe eines ausgewachsenen Löwen, und er musste aufpassen, bei der Wandlung nicht die Möbel auf der Terrasse umzustoßen.

Außerdem schaffte er es, den Verhüllungszauber dabei aufrechtzuerhalten, was ein dicker, fetter Sieg war. Dad hatte gesagt, Liams Verhüllungskünste würden zu den besten zählen, die er je gesehen hatte, obwohl es schwierig war, während der Gestaltwandlung unsichtbar zu bleiben.

Aber da sein Dad es konnte, war Liam zuversichtlich gewesen, es selbst ebenfalls hinzukriegen. Irgendwann. Manchmal. Wenn er fleißig übte, würde er, falls nötig, schon bald die ganze Zeit über unsichtbar bleiben können.

Liam spielte sein Lieblingsspiel. Es hieß Wyr-Spion, und er hatte es sich ganz allein ausgedacht. Wenn er groß war, würde er Geheimwächter werden. Onkel Graydon würde ihn auf Missionen schicken, und wenn er zurückkehrte, nachdem er jemanden gerettet hatte – oder sogar alle –, würden Mom und Dad mächtig stolz auf ihn sein.

Natürlich würde ihm Dad die Medaillen unter

Ausschluss der Öffentlichkeit verleihen müssen, schließlich war alles undercover. Sie würden aus Silber oder Bronze sein oder, wenn er etwas besonders Eindrucksvolles getan hatte, aus Gold. Und vielleicht, wenn er etwas wirklich Herausragendes tat, würde Dad ihm eine funkelnde Medaille mit Diamanten darauf überreichen. Dann würde Liam einen supergeheimen Ort finden müssen, um sie zu verstecken.

Für den Drachen in ihm klang das herrlich. Es vermittelte ihm ein knurriges, angenehmes Gefühl.

Tagsüber würde Liam ... hm ... vielleicht Basketball-Spieler sein. Basketballer reisten viel, also wäre es eine gute Tarnung. Außerdem würde es ihm Spaß machen, die ganze Zeit Ball zu spielen, also wäre das ein dickes, fettes Plus.

Hi. Mein Name ist Cuelebre. Liam Cuelebre. Mein Codename ist Null-Null-Peanut, aber du darfst mich einfach Rockstar nennen.

Wieder kicherte er und machte sich daran, an der Hauswand hinaufzuklettern. Es war ein großes Haus mit vielen Ziegeln an den Außenmauern. In seiner Menschengestalt wäre er dort nicht hochgekommen, aber als Drache fand er guten Halt, indem er die Spitzen seiner Krallen in die Steine bohrte.

Eine seiner Lieblingsbeschäftigungen war es, auf dem Dach zu sitzen und sich umzusehen. Hugh sagte, das läge an seinem Lauer-Instinkt. Dad sagte, er müsste das Dach verstärken lassen, weil Liam noch sehr viel größer werden würde, bevor er aufhören würde zu wachsen.

Es war Mitte August, und der Tag war zur Abwechslung angenehm kühl, sodass etliche Fenster offen standen. Selbst am Samstag waren stets viele Leute hier. Ins Mauerwerk gekrallt, legte Liam eine Pause ein, um zu überlegen, wen er als Nächstes ausspionieren könnte.

Mom und Dad hatten sich in ihre Zimmer zurückgezogen ... Sie entspannten sich viel, seit Dad vor einem Monat verletzt worden war.

Wenn Liam sich an Dad und dessen Super-Spürsinn vorbeischleichen konnte, würde er an allem und jedem vorbeikommen. Das würde ihm dicke Pluspunkte einbringen, um Onkel Graydon davon zu überzeugen, ihn für Spionageaufträge zu engagieren, wenn er größer war.

Sobald ihm die Idee in den Kopf gekommen war, wurde er sie nicht mehr los. Er gab der Versuchung nach und kletterte seitwärts bis zur Hausecke, um sie herum und hinauf zum Balkon von Mom und Dad. Weil das viel anstrengender war, als er erwartet hatte, wurde er müde und war froh, als er sich an einem Stützbalken unter dem Balkon festhalten konnte.

Über sich hörte er leises Rascheln und das Knarren von Möbeln. Mom und Dad waren draußen auf dem Balkon. Es klang, als würden sie miteinander kuscheln.

Liam liebte es, mit ihnen zu kuscheln und zusammen Filme oder Footballspiele anzusehen. Bei dem Gedanken, ihnen Gesellschaft zu leisten, verlor er das Interesse daran, Wyr-Spion zu spielen.

Dann sagte Mom mit leiser Stimme: „Ich habe das Gefühl, es ist meine Schuld."

„Du weißt, dass das nicht wahr ist", erwiderte Dad. „Er ist schon schnell gewachsen, bevor du irgendetwas zu ihm gesagt hast."

Irgendwo in Liams Bauch nistete sich ein heißes Engegefühl ein. Sprachen sie über ihn?

„Ich weiß. Trotzdem würde ich beinahe alles darum geben, die Zeit zurückdrehen zu können und meine Worte zurückzunehmen."

Liam ließ die Flügel und den Schwanz hängen. Er

wusste genau, wovon die Rede war. Sie sprachen wirklich über ihn, und Mom klang richtig traurig.

Letzten Monat, als Dad so schwer verletzt worden war, hatte sie zu Liam gesagt: *Du musst jetzt ein großer Junge sein.*

Und Liam hatte gedacht: Das kriege ich hin.

Mit aller Kraft hatte er versucht zu wachsen, weil er für Mom stark sein musste.

Größer zu werden, war nicht schwer. Es war ein bisschen wie Gestaltwandeln, und der Drache in ihm wollte ihn sowieso größer machen. Er konnte spüren, wie das Wesen in seinem Inneren versuchte, seine gesamte magische Energie zu umfassen. Und, wie Dad gesagt hatte, war er ohnehin schon furchtbar schnell gewachsen. Doch aus irgendeinem Grund hatte sein Wachstumsschub Mom wehgetan – und das war das Letzte auf der Welt, was Liam wollte.

Zum ersten Mal in seinem Leben dachte er: Bin ich böse?

Als er sich diese Frage stellte, verschlimmerte sich das heiße Engegefühl.

„Ich kann nicht glauben, dass ich ihn morgen zur Schule bringe", sagte Mom. „Auch wenn er größer ist als die meisten Erstklässler, ist er doch erst sechs Monate alt."

„Darüber haben wir doch gesprochen", erwiderte Dad. „Wir waren uns einig, dass er die Schule braucht."

„Ich weiß. Ich war ja selbst dafür. Aber ich muss einfach fragen: Tun wir das Richtige? Er ist schon weit über das hinaus, was ein normaler Erstklässler kann. Er hat ein Drittel unserer Bibliothek gelesen, schreibt in ganzen Sätzen, und Hugh bringt ihm Algebra auf Highschool-Niveau bei." Leiser fuhr sie fort: „Ich kann mich ja selbst nicht einmal mehr an Highschool-Algebra erinnern."

„Mach dir um den Lehrplan keine Gedanken", erklärte Dad. „Du hattest recht. Er braucht die Sozialisation. Im Moment hat er ausschließlich Kontakt zu Erwachsenen. Er muss lernen, Beziehungen zu anderen Kindern aufzubauen, solange er selbst noch ein Kind ist."

„Da bin ich deiner Meinung", stimmte Mom zu. „Ich mache mir nur Sorgen. Er ist so unschuldig, Dragos."

„Ich weiß, aber dieser unschuldige Junge ist auch ein gefährliches Raubtier. Er kann schon Tiere erlegen, die doppelt so groß sind wie seine Wyr-Gestalt."

Nur eine einzige Kuh, dachte Liam. Er hatte nicht geahnt, dass das eine so große Sache wäre.

Dad sprach weiter: „Als er diese Kühe getötet hat, soll er in einen völligen Rausch verfallen sein, sagt Hugh."

Okay, vielleicht hatte Liam die anderen Kühe vergessen. Mit einem Vorderbein rieb er sich die Schnauze, die angefangen hatte zu jucken.

„Er muss lernen, sich zu beherrschen", fuhr Dad fort. „Und dazu muss er soziale Bindungen entwickeln. Beziehungen werden das Einzige sein, was ihm Einhalt gebieten kann, wenn er ausgewachsen ist. Andere Personen müssen ihm so wichtig sein, dass er sich um ihretwillen beherrscht."

„So wie du?", flüsterte Mom.

„Ja", sagte Dad. „Genau wie ich."

Sie verstummten. Liam hatte den Verdacht, dass sie sich küssten, was sie gern und oft taten.

Hinter der Hausecke, von der Küche her, hörte er Hugh rufen: „Komm rein, Liam. Zeit zum Essen."

Er seufzte schwer. Er wollte nicht weg von hier, sondern Mom und Dad zuhören, bis sie etwas sagten, das alles besser machte. Er wollte, dass dieses enge, heiße

Gefühl wegging.

„Liam!", rief Hugh. „Zwing mich nicht, dich holen zu kommen, Kumpel."

Er hörte deutlich, dass Hugh zu fröhlich klang, um wirklich sauer zu sein. Hugh wurde fast nie sauer, aber Liam wollte nicht hier von ihm gefunden werden, denn dann hätten ihn auch Mom und Dad entdeckt, und was hatte man vom Spionieren, wenn man es nicht geheim halten konnte?

Er löste sich vom Stützbalken und ließ sich fallen. Wie eine Katze drehte er sich in der Luft und landete richtig herum in der Hocke. Während er um die Hausecke stapfte, verwandelte er sich zurück in einen Menschenjungen und ging zum Mittagessen ins Haus.

Der Rest des Tages schien ewig zu dauern. Liam spielte noch ein bisschen Wyr-Spion, war aber nicht mit dem Herzen bei der Sache.

Langsam wurde er wegen der Schule nervös. Was, wenn ihn die anderen Kinder nicht mochten? Wie sollte er lernen, sich zu sozialisieren? Bei seinem Vater hatte es geklungen, als wäre das etwas sehr Wichtiges.

Und davon abgesehen, was war, wenn er überhaupt keine Freunde fand?

Zum Abendessen kochte Mom sein Lieblingsgericht, Spaghetti mit Fleischbällchen, und er, Mom und Dad aßen zusammen in der an die Küche angrenzenden Essecke. Auch Mom hatte Fleischbällchen zu ihren Spaghetti, aber ihre waren unecht. Wenn es ums Essen ging, war Liam anders als Dad. Obwohl er echtes Fleisch viel lieber mochte, schmeckten ihm unechte Fleischbällchen auch nicht schlecht.

Aus irgendeinem Grund waren die Nudeln heute schwer zu schlucken, und er schob das Essen auf seinem Teller herum, bis Mom stirnrunzelnd fragte: „Geht's dir gut, mein Schatz?"

Er war sich nicht sicher. Alle Gefühle hatten sich in ihm zu einem Knoten verschlungen, und er wusste weder, wie er sie entwirren, noch, was er Mom antworten sollte. Also zuckte er die Schultern und sagte: „Klar."

Sie betrachtete ihn einen langen Augenblick. „Ich habe noch nie erlebt, dass du keinen Appetit hast."

Nachdem er einen Moment nachgedacht hatte, zuckte er abermals die Schultern. „Ich auch nicht."

Mom und Dad lachten, doch dann musterte Dad ihn intensiv. Mit seinen eindringlichen, goldenen Augen schien er alles zu sehen, und Liam wand sich unbehaglich auf seinem Stuhl. Doch Dad sagte nur: „Vielleicht kriegst du ja später Hunger. Oder morgen."

„Klar, vielleicht", nuschelte er, während er mit seiner Serviette spielte.

„Warum gehst du nicht nach oben und badest?", schlug Mom vor. „Ich komme gleich nach, um dich ins Bett zu bringen."

Liam sah aus dem Fenster. Draußen war es noch ziemlich hell, aber Mom hatte ihm schon erklärt, dass er abends früher ins Bett gehen musste, wenn er am nächsten Tag Schule hatte. In dem Moment hatte es ihm nichts ausgemacht, aber jetzt fand er es ziemlich blöde.

„Muss ich?", fragte er. „Es ist noch so früh, und ich bin nicht müde."

„Ja, du musst." Sie lächelte ihn an. Moms Lächeln war das Schönste auf der Welt, und es half gegen beinahe alles. Fast hätte es ihn sogar dafür entschädigt, so früh ins Bett zu müssen. Aber nur fast.

Er überlegte, ob er widersprechen sollte, aber an den

ruhigen Mienen seiner Eltern konnte er ablesen, dass die beiden sich in diesem Punkt absolut einig waren.

Betrübt seufzte er. „Also gut."

Als er von seinem Stuhl rutschte, zog Dad ihn mit seinem großen Arm an sich und drückte ihn. Liam lehnte sich an ihn. Dad war so groß und stark, dass man fast unmöglich Angst haben konnte, wenn man sich bei ihm anlehnte.

Das Problem war, dass das nicht immer möglich war. Zur Schule würde er allein gehen müssen.

Als er sich aufrichtete, gab Dad ihm einen Kuss auf die Stirn, und Mom sagte: „Bis in ein paar Minuten."

Oben angekommen, betrachtete er nachdenklich sein Badespielzeug. Aber weil er keine Lust mehr zum Spielen hatte, ging er stattdessen unter die Dusche. Nachdem er sich die Haare getrocknet und eine Unterhose angezogen hatte, lief er zu seinem Schrank und nahm ein Paar hellbraune Khaki-Shorts und ein gelb-blau kariertes Hemd heraus. Das Hemd hatte einen Kragen und war vorn geknöpft. Das Gelb und das Blau erinnerten ihn an den Himmel.

Es waren seine Lieblingsanziehsachen. Er stieg in die Shorts und streifte das Hemd über. Als er gerade anfing, es zuzuknöpfen, kam Mom ins Zimmer.

Ihre Augenbrauen hoben sich. „Was machst du da?"

„Ich ziehe mich für die Schule an", erklärte er.

Der Anflug eines verwirrten Lächelns umspielte ihre Mundwinkel. „Schätzchen, du weißt doch, dass du erst morgen früh in die Schule gehst."

Er sah sie ernst an. „Das weiß ich."

„Und warum ziehst du dann deine Schulsachen an?"

Er drückte die nackten Zehen in den Teppich. „Ich will nicht zu spät kommen. Da dachte ich, es wäre besser, mich jetzt schon fertig zu machen."

Ihr Lächeln verblasste, und sie erwiderte seinen Blick vollkommen ernst. Dann setzte sie sich in den Schaukelstuhl, in dem sie ihn als Baby immer gewiegt hatte. Da er so groß geworden war, hatten sie das Gitterbett durch ein richtiges Bett ersetzt, aber der Schaukelstuhl war geblieben.

Eigentlich gefiel es ihm immer noch, wenn Mom mit ihm darauf schaukelte. Manchmal. Sofern sie niemandem davon erzählte, und das hatte sie ihm versprochen.

Mom musste seinen Stoffhasen Bunny aus dem Weg räumen. Sie beugte sich vor, stützte die Ellbogen auf die Knie und hielt das Stofftier in beiden Händen.

„Morgen ist ein ziemlich großer Tag", sagte sie. „Ich verstehe, dass du deine Schulsachen schon heute Abend anziehen willst, einfach, um sicher zu gehen. Aber wenn ich dir hoch und heilig verspreche, dass du morgen genug Zeit haben wirst, um dich anzuziehen und gut zu frühstücken, und trotzdem pünktlich zur Schule kommst – würde das helfen?"

Er hob eine Schulter und räumte ein: „Schon möglich."

„Wenn du willst, kannst du trotzdem in deinen Schulsachen schlafen, aber dann werden sie zerknittern, und dann möchtest du sie morgen vielleicht gar nicht mehr anhaben."

Er legte die Stirn in Falten. Morgen wollte er diese Sachen tragen, nichts anderes. „Okay, ich ziehe meinen Schlafanzug an."

„Das ist eine kluge Entscheidung. So hast du es viel bequemer." Während er in seinen Superman-Schlafanzug schlüpfte, tätschelte sie Bunny zwischen den Schlappohren. „Kannst du mir verraten, warum du wegen der Schule so nervös bist?"

Er dachte darüber nach.

Er konnte sie nicht fragen, ob er böse war, denn was, wenn es stimmte? Und wenn andere es auch merken würden?

Was, wenn Mom gar nicht wusste, dass er böse war, aber dahinterkommen würde, sobald er sie fragte? Das heiße Engegefühl kehrte zurück. Vor Dads Verletzung hatte er sich noch nie Gedanken darüber gemacht, jemanden zu verlieren. Aber jetzt tat er es. Und er durfte seine Mom nicht verlieren. Das durfte einfach nicht passieren.

Als sie weitersprach, war ihre Stimme leiser und sanfter. „Liam, geht's dir gut?"

Er zog den Kopf ein und murmelte: „Ich weiß nicht."

„Möchtest du gern ein paar Minuten mit mir schaukeln?"

Er nickte. Sie lehnte sich im Schaukelstuhl zurück, und als er auf ihren Schoß kletterte, zog sie ihn in die Arme. Er legte den Kopf an ihre Schulter, und sie wiegte ihn. Nach einer Weile reichte sie ihm Bunny, und beim Anblick des Stofftiers musste er lächeln. Obwohl er schon viel zu groß dafür war, hatte er ihn trotzdem gern in seiner Nähe.

„Schau dir nur deine Beine an", sagte sie. „Und diese großen Füße."

Sie piekte ihn ins Bein, bis er anfing zu zappeln und zu kichern. Beide nahmen sich einen Moment Zeit, um seine Beine anzusehen. Sie waren wirklich lang, und seine Füße reichten fast bis auf den Boden, aber das war ihm egal.

„Schon bald wirst du zu groß sein, um auf mir zu reiten", sagte sie sanft.

Ein plötzlicher Schmerz traf ihn. Er liebte, liebte, liebte ihre Wyr-Gestalt und war noch nie so glücklich gewesen wie bei ihren gemeinsamen Ausritten in den Wald, die sie in diesem Sommer unternommen hatten.

Er flüsterte: „Ich kann nicht aufhören zu wachsen."

Sofort drückte sie ihn fest an sich. „Natürlich nicht", erklärte sie mit fester Stimme. „Und das sollst du auch gar nicht. Wir drehen die Sache einfach um. Wenn du groß genug bist, kann ich auf *deinem* Rücken reiten."

Er fing an zu lächeln. „Wirklich?"

„Wirklich. Und das wird mindestens genauso schön. Indianerehrenwort." Sie drückte die Lippen auf seine Stirn. „Kein Wort ist groß genug, um dir zu sagen, wie sehr ich dich liebe."

Hm, der Weltraum war ziemlich groß. Genaugenommen war er das Größte, was er kannte. Er sagte. „Ich hab dich lieb bis zum Ende des Weltraums."

Mit schiefgelegtem Kopf lächelte sie ihn an. „Wie perfekt. Ich hab dich auch lieb bis zum Ende des Weltraums."

Sie schaukelten, bis das heiße Engegefühl langsam nachließ und er sich besser fühlte. Als sie vorschlug, ins Bett zu gehen, widersprach er nicht. Sie steckte die Decke um ihn herum fest, gab ihm noch einen letzten Kuss und schaltete beim Hinausgehen das Licht aus.

Liam drehte sich um und schlief fast augenblicklich ein. Er träumte davon, wie köstlich das frische warme Blut der Kühe geschmeckt hatte, als es durch seine Kehle geströmt war.

Kapitel Zwei

MOM HIELT IHR Versprechen und weckte ihn früh genug, damit er seine Lieblingskleidung anziehen und sich zu Dad und einem großen Frühstück aus Rührei und Steak an den Tisch setzen konnte.

Auch Dragos hatte sich für die Arbeit angezogen, aber in ihrem neuen Haus trug er nicht mehr so oft Anzüge wie früher in der Stadt. Heute waren es Jeans und ein schwarzes T-Shirt, allerdings hatte er einen Stapel Wirtschaftszeitungen an den Tisch mitgebracht.

Liam hüpfte auf seinem Stuhl herum und schwenkte die Gabel durch die Luft, während er mit vollem Mund redete. Manchmal tat er so, als würde er ein unsichtbares Orchester dirigieren. Als er zum dritten Mal fragte, wie spät es war, stand Dad auf und ging aus der Küche.

Kurz darauf kam er mit einem tragbaren Wecker zurück, den er direkt vor Liams Teller stellte. Dabei sah er seinen Sohn mit einer Miene an, bei der dieser einfach kichern musste. Aus den Augenwinkeln konnte er sehen, dass auch Mom leise lachte.

„Tut mir leider gar nicht leid", sagte Liam. Das hatte er im Internet aufgeschnappt.

„Das sehe ich", erwiderte Dad, eine schwarze Augenbraue hochgezogen.

Als Mom in die Küche ging, um frischen Kaffee zu

holen, drehte Dad sich zu Liam um und sah ihm in die Augen. Alle Heiterkeit war aus seinem Gesicht gewichen, und davon wurde auch Liam ernst.

„Du wirst heute stärker sein als alle anderen, einschließlich der Lehrer", sagte Dad in einem ruhigen Ton, der verriet, dass er es ernst meinte. „Hugh und ein paar weitere Wachposten werden in der Nähe bleiben, um die Lage im Auge zu behalten, aber sie werden nicht auf dem Schulgelände sein. Ich möchte, dass du mir versprichst, dein Temperament zu zügeln und auf deine Lehrer zu hören."

„Ja, Sir." Liam richtete sich kerzengerade auf.

Dad lächelte ihn an. „Guter Junge."

Aber was, wenn er das nicht war? Wenn er kein guter Junge war?

Das heiße, enge Gefühl kehrte zurück und zwang ihn, die Gabel wegzulegen. Er fragte: „Darf ich aufstehen?"

Dads Blick fiel auf das Essen, das auf Liams Teller übriggeblieben war, doch er äußerte sich nicht dazu. Stattdessen sagte er: „Sicher. Geh dir die Zähne putzen und hol deinen Rucksack."

Liams neuer Rucksack war prall gefüllt mit allem, was auf seiner Schulliste stand, wie Klebstoff, Schere und Buntstiften. Er flitzte los und tat, was sein Dad gesagt hatte, und viel zu bald stiegen Mom, Eva und er in einen der SUVs und fuhren zur Schule.

Die Fahrt schien ewig zu dauern, doch dann bog Eva ganz plötzlich rechts ab, und er erkannte, dass sie auf dem Schulparkplatz waren.

Neugierig betrachtete er den großen Spielplatz, der hinter einem hohen Maschendrahtzaun lag. Große Bäume spendeten reichlich Schatten, und es gab zwei Klettergerüste und eine Schaukel.

Mom setzte sich eine Baseballmütze und eine dunkle Sonnenbrille auf. Wenn sie aus dem Haus gingen, trug Mom oft Mütze und Brille, das nannte sie ihr Inkognito-Outfit. Sie drehte sich zu ihm um und schenkte ihm ein strahlendes Lächeln. „Bereit?"

Nein. „Ja."

„Also dann los."

Als sie aus dem Wagen stiegen, bemerkte er, dass auch andere Eltern mit ihren Kindern in die Schule gingen. Die meisten waren Menschen oder Wyr, doch ihm fiel auch ein Mädchen auf, das wie eine Dunkle Fae aussah. Ihr schwarzes Haar war zu einem kinnlangen Bob geschnitten, und aus dem schimmernden Helm ragten spitze Ohren hervor. Wie Liam war auch sie größer als viele der anderen Kinder, und mit ihren großen, grauen Augen sah sie sich hektisch um.

Mom reichte ihm die Hand, und er ergriff sie. Sie wechselte zur Telepathie. *Vergiss nicht, dass du als Liam Giovanni angemeldet bist, nicht als Liam Cuelebre. Der Direktor weiß, wer du bist, aber sonst niemand.*

Das habe ich nicht vergessen, sagte er. Er mochte es, Moms Mädchennamen zu benutzen. So hatte er das Gefühl, undercover zu sein.

Sie zog die Brille ein Stück herunter, um ihn über den Rand hinweg anzusehen. *Du hast so viel magische Energie, mein Schatz … Achte darauf, sie mit dem Verhüllungszauber gut zu verbergen, okay? Sonst könntest du die anderen nervös machen.*

Okay, sagte er.

Was ist mit deinem Handy? Hast du es dabei?

Ja. Er klopfte sich auf die Hosentasche, in der das Handy steckte.

Wen hast du auf Schnellwahltaste Nummer eins?

Er sah zu ihr auf. *Dich.*

Richtig. Wer ist auf Nummer zwei?

Dad. Immer wieder starrte er das Dunkle-Fae-Mädchen an, wenn sie nicht zu ihnen herübersah. Sie gefiel ihm. Sie sah frech aus.

Und Nummer drei?

Hugh.

Sie fasste seine Hand fester. *Denk dran, zuerst Hugh anzurufen, wenn du sofort jemanden brauchst, weil er gleich vor dem Schulgelände wartet.*

Ich vergesse es nicht, antwortete er.

„Du wirst einen fantastischen Tag haben, das weiß ich", sagte Mom laut. Ihre Stimme klang erstickt, als würde sie eine Erkältung bekommen. „Es ist schwer zu glauben, dass du noch im letzten Jahr wirklich nicht größer als eine Erdnuss warst, Peanut."

Mit zusammengekniffenen Lippen sagte er: „Mom, du hast versprochen, mich vor anderen nicht mehr so zu nennen."

„Richtig! Entschuldige, mein Schatz."

Als sie den Eingang erreicht hatten, drehte er sich zu ihr um. „Wie ich zu meinem Klassenzimmer komme, weiß ich noch. Es ist okay, du kannst jetzt nach Hause fahren."

„Klingt gut. Ich hole dich gleich nach der Schule ab." Ihr Lächeln sah ein bisschen seltsam aus, doch er war zu beschäftigt, um sich lange darüber zu wundern.

„Okay." Er zog seine Hand aus ihrer und sprang hoch, um sich einen Kuss abzuholen.

Normalerweise machte er sich wenig Sorgen, und als er in das Gebäude flitzte, war die Nervosität von gestern Abend Vergangenheit. Mom hatte nämlich recht.

Er würde einen ganz fantastischen Tag haben.

✧   ✧   ✧

PIA SAH LIAM nach, als er im Schulgebäude verschwand.

In den letzten Monaten war sein Haar zu einem Honiggold nachgedunkelt, und schon bald würde er ihr bis zur Schulter reichen. Wenn sie in seine Augen blickte, die den gleichen mitternachtsvioletten Farbton hatten wie ihre eigenen, sah sie die magische Energie, die in diesem großen, jungen Körper wohnte.

Es war nicht die gleiche Energie wie die seines Vaters. Sie brodelte nicht mit einer solch feurigen Hitze. Doch sie war nicht weniger stark und nicht weniger gewaltig.

Pia war so stolz auf ihn, aber sie ängstigte sich um seine Zukunft. Und sie liebte ihn so sehr, dass es ihr manchmal alle Luft aus der Lunge drückte.

Wie stark und tapfer er doch war. Er rannte ins Schulgebäude, ohne sich noch einmal nach ihr umzusehen.

Das war *gut*. Gut für ihn.

Als sie sich umdrehte und zum SUV zurückging, in dem Eva wartete, kamen ihr die Tränen und rollten ihr über die Wangen.

Sie stieg auf den Beifahrersitz, schlug die Tür zu und blickte starr geradeaus. „Versuch nicht, mir das Weinen auszureden. Ich muss das jetzt rauslassen."

Sanft legte Eva ihre dunkelbraune Hand auf Pias Knie. „Dein Baby ist gerade in die Schule gekommen. Du darfst heulen, so viel du willst, Süße. Heute kriegst du einen Freibrief für alles."

Pia nickte, fuhr sich mit der Hand über die Augen und starrte aus dem Beifahrerfenster, während Eva sie nach Hause fuhr. Nachdem der Großteil der Renovierungsarbeiten am Haus endlich abgeschlossen war, konzentrierten sich die Baumaßnahmen nun auf den Bürokomplex unten am See.

Jene Baustelle, an der Dragos im vorigen Monat so schwer verletzt worden war.

Pia hatte sich nicht bewusst vorgenommen, die Stelle zu meiden, doch irgendwie hatte sie seit dem Unfall immer irgendeinen Grund gefunden, um nicht dorthin zu gehen. Die ganze Zeit sagte sie sich, dass alles anders werden würde, wenn der Komplex erst einmal fertiggestellt war. Doch bisher konnte sie, sobald sie zwischen den Bäumen hervortrat und die Stelle sah, an nichts anderes denken als an das Entsetzen und die Angst, die sie empfunden hatte, als sie gefürchtet hatte, Dragos wäre tot.

Nachdem Eva den Wagen geparkt hatte, nahm sie Pia fest in den Arm. „Sag Bescheid, wenn du über irgendetwas reden willst.“

„Das mach ich, danke.“ Pia erwiderte die Umarmung und ging ins Haus, um Dragos zu suchen.

Er war in seinem Büro, saß am Schreibtisch und hielt eine Besprechung über das sichere Kommunikationssystem ab, das er installiert hatte. Nachdem er tagelang grimmig darüber gebrütet hatte, was *der andere Dragos* – der Dragos vor dem Unfall – getan hätte, war er endlich auf das Passwort für seinen Computer gekommen. Als Pia die Stimmen hörte, erkannte sie zwei der Wächter, Graydon und Constantine.

Auf diese Art packte er alles an, was mit seiner Verletzung und dem dadurch bedingten Gedächtnisverlust zu tun hatte: Er behandelte die Situation wie eine Schlacht und führte seine ganze bemerkenswerte Aufmerksamkeit und sein taktisches Geschick ins Feld, um sie zu gewinnen. Das mit anzusehen, war für Pia gleichermaßen erheiternd und erschöpfend.

Weil sie ihn nicht unterbrechen wollte, blieb sie in der Tür stehen, doch sobald Dragos sie erblickte, sagte er zu seinem Bildschirm: „Wir reden später weiter. Ich muss jetzt weg."

„Okay." Constantines Stimme kam klar über die Lautsprecher.

Graydon sagte: „Schick mir eine SMS, wenn du bereit bist, das Thema wieder aufzugreifen."

Dann trat Dragos hinter seinem Schreibtisch hervor. Auf seinen harten Zügen lag Besorgnis. Er zog die Brauen zusammen. „Du hast geweint."

Sie lächelte ihn schief an. „Ja, ich bin sentimental geworden, nachdem Liam im Schulgebäude verschwunden war. Er wollte nicht, dass ich mit hineinkomme, und ist losgelaufen, ohne sich noch einmal umzusehen. Ich war so glücklich, dass er so stark und selbstsicher war … Und dann habe ich auf der ganzen Rückfahrt geheult wie ein Baby."

Er zog sie in die Arme, und sie ließ es geschehen. Glücklich sog sie das Gefühl in sich auf, beschützend in seine gewaltige Energie gehüllt zu werden.

Sie fand ihre Lieblingsstelle, die flache Mulde in der Mitte seines Brustbeins, in die sie ihre Wange betten konnte. So blieben sie einen Augenblick stehen, bis Pia sagte: „Ich will keine Helikopter-Mutter sein, aber wenn er so weiterwächst, wird er … wie alt, achtundzwanzig? … sein, wenn er eigentlich erst zwei ist. Ich kann das einfach nicht begreifen, und es macht mir Sorgen."

Sie spürte, dass Dragos den Kopf schüttelte. „Auch wenn es schwer fällt, sich an den Gedanken zu gewöhnen, werden wir ihn nie nach normalen Maßstäben beurteilen können. Dafür ist er ein viel zu großes Wunder."

„Ich weiß. Aber meine eigene Vergangenheit war so

menschlich, dass ich nicht begreife, woher er all das weiß, was er weiß."

Er strich ihr durch die Haare. „Die erste Generation der Alten Völker war schon voll entwickelt, als sie bei der Entstehung der Welt zu existieren begann. Inzwischen hat die Magie längst in ein Gleichgewicht gefunden, aber damals war sie noch nicht ansatzweise festgelegt. Sie strömte heiß und wild, und es passierten verrückte Dinge. Der einzige Grund, warum Liam überhaupt so etwas wie eine Kindheit durchlebt, ist, dass er empfangen und ausgetragen wurde und sich nicht spontan gebildet hat wie die erste Generation."

Sie dachte daran, was es für ein Schock gewesen war, von ihrer Schwangerschaft zu erfahren, und murmelte: „Seine Empfängnis kam mir schon recht spontan vor."

Als Dragos fortfuhr, konnte sie das Lächeln in seiner Stimme hören. „Außerdem sind seine Eltern zwei sehr seltene Geschöpfe, und die magische Energie, die er von jedem von uns geerbt hat, ist ziemlich einzigartig. Wäre er am Anbeginn der Welt empfangen worden, wäre vielleicht auch er voll ausgewachsen auf die Erde gekommen. Aber so muss er sich mit den heute gültigen Naturgesetzen herumschlagen."

Während Pia ihm zuhörte, wurde sie ruhiger. Er war immer so viel wärmer als sie. Sie schwelgte in seiner Körperwärme, in der Stärke seiner Arme, die sie hielten, und in allen sinnlichen Anzeichen seiner Gegenwart. „Ich liebe es, deine Geschichten über den Ursprung zu hören. Das klingt so faszinierend."

„Es war eine gefährliche und unberechenbare Zeit", sagte er. „Und ja, faszinierend war es auch." Er legte die Wange auf ihren Scheitel. „Jedenfalls sind unsere Gedanken zu Liam allesamt reine Spekulation, da wir ihn praktisch mit nichts vergleichen können."

„Wir werden einfach akzeptieren müssen, was die Zukunft bringt, und das ist okay", sagte sie leise. „Ich werde mich daran gewöhnen. Das Wichtigste ist, dass er gesund und glücklich ist." Sie legte den Kopf in den Nacken und sah Dragos mit einem schiefen Lächeln an. „Eines ist sicher: Hier wird es jedenfalls nie langweilig, oder?"

Ein Lächeln trat auf seine sexy Lippen. „Nein, das wird es nicht."

„Trotzdem tut es mir leid, dass ich eure Besprechung unterbrochen habe."

Er legte ihr eine große Hand um den Hinterkopf. „Du kannst mich immer unterbrechen. Wenn ich gerade mit etwas so Wichtigem beschäftigt bin, dass es nicht warten kann, sage ich dir Bescheid."

Ihr Blick glitt zu einer Ecke seines Büros, die von Kisten und Bücherstapeln dominiert wurde. Auf dem großen runden Konferenztisch häuften sich noch mehr Bücher, und in der Bibliothek warteten weitere Kisten auf seine Aufmerksamkeit.

Seit Juli hatte Dragos ein Vermögen für die verschiedensten Bücher über Geschichte und Politik von Menschen und Alten Völkern ausgegeben, und das Thema jedes Bücherstapels konzentrierte sich auf eine der Lücken, die er in seiner Erinnerung festgestellt hatte.

Wie ein Besessener las er bis spät in die Nacht und redete stundenlang mit jedem seiner Wächter, während große Unternehmensentscheidungen aufgeschoben wurden. Seine Geschäfte, ebenso wie das Wyr-Reich selbst, wurden am Laufen gehalten, jedoch nicht aktiv vorangetrieben.

Zum Glück hatten sie die geschäftigste Zeit der

Politiksaison für dieses Jahr hinter sich. Dragos' Assistenten, besonders Kris, waren schon geradezu zwanghaft engagiert, und dank der Hilfe seiner Wächter konnte Dragos sich die nötige Zeit nehmen, um sich auf seine Genesung zu konzentrieren.

„Wie läuft es?", fragte sie.

„Nichts Neues", knurrte er. „Ich lerne viel."

Die Frustration war ihm deutlich anzuhören. Während der ersten Wochen seiner Heilung hatte er einige Episoden spontaner Erinnerungswiederherstellung erlebt. Jetzt erinnerte er sich an fast alle Ereignisse der letzten Jahre, doch inzwischen hatte er festgestellt, dass ihm ganze Jahrhunderte fehlten, und seit seinem letzten Durchbruch waren zehn Tage vergangen.

Wie er bald herausgefunden hatte, stand viel von dem, was in der Geschichte wirklich passiert war, in keinem Buch. So zum Beispiel der größte Teil von Dragos' Leben einschließlich unzähliger privater Kriege, Fehden, Pakte und Verrat.

Sie schloss die Augen und streichelte seinen breiten, muskulösen Rücken. „Es tut mir so leid."

Das tat es. Es tat ihr entsetzlich leid, dass er so frustriert war, und sie verstand, dass er die Welt nach dieser Erfahrung mit noch größerem Misstrauen betrachtete. In seinen Augen waren sie jetzt verwundbarer, und das, was sie nicht wussten, konnte ihnen eines Tages schaden.

Aber wirklich nachempfinden konnte sie es nicht. Ihr selbst war egal, was in so ferner Vergangenheit passiert war. Das Einzige, was für sie wirklich zählte, war, dass er wieder ihr Dragos war, dass er sich an sie erinnerte, körperlich genesen war und sie so sehr liebte und brauchte wie eh und je.

Das Wyr-Reich war stark. Sie hatten alle Arten von Schutz und Unterstützung, und alles andere ließ sich wieder aufbauen.

„Kann ich dir irgendwie helfen?", fragte sie.

Er drückte die Nase in ihr Haar, atmete tief ein und seufzte. „Du hilfst mir schon, indem du einfach nur da bist."

„Tja, das ist leicht", sagte sie lächelnd. „Ich möchte nämlich nirgendwo anders sein." Nach einer Pause fügte sie sanfter hinzu: „Manchmal mache ich mir Sorgen, weil du so hart arbeitest. Deine Verletzung ist erst einen Monat her, es kann also gut sein, dass noch weitere Erinnerungen zurückkehren. Aber ich hoffe, du kannst dich auch mit dem Gedanken abfinden, dass es vielleicht nicht passiert."

„Darum werde ich mich kümmern, wenn es soweit ist", sagte er. Sein Tonfall war düster und angespannt geworden. „Aber es ist noch nicht soweit, und bis dahin werde ich keinen Augenblick meines Lebens kampflos aufgeben."

Unter anderem wegen dieser grimmigen Entschlossenheit hatte sie sich von Anfang an zu ihm hingezogen gefühlt. Nichts, was ihm gehörte, würde er kampflos aufgeben. Und er war der böseste, gemeinste Kämpfer, den sie kannte.

Davon getröstet, hob sie den Kopf. Er reagierte sofort, indem er ihr Kinn ergriff und seine Lippen auf ihre drückte, bis alles andere im Licht des Feuers verschwand, das sie gemeinsam entfachten.

Kapitel Drei

D IE SCHULE WAR wirklich genauso interessant, wie
Liam es erwartet hatte.

Na ja, der Teil mit dem Lernen war eigentlich nicht
besonders interessant. Aber Mom und Dad hatten ihn
bereits vorgewarnt, dass er viel mehr wissen würde als die
anderen Erstklässler. *Hab Geduld*, hatten sie gesagt. *Deine
Erfahrungen mit der Schule werden anders sein als die aller anderen
Kinder.*

Der ganze Rest war überwältigend.

Seine Lehrerin hieß Mrs Teaberry, und sie war ganz
schön alt. Was Mrs Teaberry war, wusste er nicht – er war
nicht gut darin, zu identifizieren, welcher Art andere Leute
angehörten –, aber womöglich war sie zum Teil Fae. Sie
hatte graue Haare, und ihr Gesicht war von interessanten
Linien durchzogen, die sich bewegten, wenn sich ihre Miene
änderte.

In seiner Klasse waren zwanzig Kinder, die er fasziniert
beobachtete. Einige waren ungestüm und aufgeregt, andere
wirkten ängstlich und scheu. Ein Mädchen weinte ein paar
Minuten lang leise, was es hinter einer Hand verbarg. Sie tat
ihm leid, aber da er am anderen Ende des Klassenzimmers
saß, konnte er nichts für sie tun.

Das Dunkle-Fae-Mädchen sah er nicht, also musste sie
in einer anderen Klasse sein. Das fand er schade, er hatte

nämlich das Funkeln ihrer Augen gemocht.

Die Lehrerin redete viel. Irgendwann wurde ihm langweilig, und er passte nicht mehr auf. Sein Blick wanderte über eine Reihe von Büchern, die in einer Ecke hinter dem Lehrerpult in einem Regal standen. Das waren keine Kinderbücher. Es waren Erwachsenenbücher, deren Titel Wörter wie *Lernmethodik* und *Alphabetisierung in der ersten Klasse* enthielten.

Solche Bücher hatte er noch nie gelesen, und sie weckten sein Interesse.

Als es Zeit für die Pause war, schlüpfte er aus der Reihe und lief zurück ins Klassenzimmer, um sich die Bücher der Lehrerin anzusehen. Er hatte sie fast alle durchgeblättert, als Mrs Teaberry in den leeren Klassenraum zurückkehrte.

Die Falten in ihrem Gesicht verzogen sich zu einem Ausdruck der Überraschung. „Liam", sagte sie. „Was in aller Welt machst du hier? Du solltest mit den anderen draußen sein."

Er klappte das letzte Buch zu und schob es zurück ins Regal. „Ich wollte zuerst Ihre Bücher lesen."

Sie lachte. „Du meinst, du hast sie dir jetzt lange genug angeschaut? Die sind ein bisschen zu erwachsen für dich."

Er drehte sich um und sah sie mit schiefgelegtem Kopf an. „Nein, ich habe sie gelesen. Jetzt bin ich fertig."

Ihre Brauen zogen sich zusammen, und ihr Lächeln wich etwas sehr viel Strengerem. „Ich schätze Kinder nicht, die Lügengeschichten erfinden. Du hast diese Bücher nicht alle in fünf Minuten gelesen. Du hättest sagen sollen, dass du sie dir nur angesehen hast."

Verwirrt blinzelte er. Er dachte sich keine Lügengeschichten aus.

Moment … Nannte sie ihn etwa einen Lügner? Er

wusste es nicht genau. Ihn hatte noch nie jemand einen Lügner genannt.

„Nein", wiederholte er geduldig. „Ich habe sie gelesen."

Er wartete darauf, dass sie ihm Fragen zu den Büchern stellen würde, wie es Mom und Dad getan hätten.

Stattdessen wurde ihre Miene kalt und ihre Stimme schärfer. „Geh nach draußen, junger Mann. Wir reden später darüber."

Worüber sollten sie später reden?

Noch verwirrter und allmählich ein bisschen ärgerlich gehorchte er und ging hinaus.

Draußen waren so viele Kinder, viel mehr als nur die aus seiner Klasse. Alle Klassen waren hier, auch die höheren. Liam blieb stehen und betrachtete das Bild, das sich ihm bot.

Der Vormittag war sonnig und heiß geworden. Über den Himmel trieben bauschige, weiße Wölkchen. Er hielt das Gesicht in die Sonne und wäre so gern mit den Wolken geflogen, aber das war nicht das, was von ihm erwartet wurde.

Irgendwo, ganz in der Nähe des Schulgeländes, hielten Hugh und einige anderen Posten Wache, doch sie blieben im Verborgenen. Liam dachte daran, Hugh anzurufen, um Hallo zu sagen, aber sein Handy sollte nur für den Notfall sein, und er glaubte nicht, dass es ein Notfall war, sich einsam zu fühlen.

Auf dem Spielplatz liefen einige Kinder schreiend umher, andere turnten auf dem Klettergerüst. Wieder andere schwangen auf der Schaukel hin und her, und einige saßen vor einem Baum in der Hocke und buddelten in der Erde.

Da er erst später in die Pause gekommen war, wusste er nicht genau, wie er sich beteiligen sollte. Sollte er schreiend herumlaufen oder auf dem Klettergerüst spielen? Weil er auf keins von beidem Lust hatte, machte er sich stattdessen auf die Suche nach dem Dunkle-Fae-Mädchen.

Das dauerte eine Weile. Sie war nicht leicht zu finden, was ihn neugierig machte und sein Interesse noch steigerte. Sein Jagdinstinkt schaltete sich ein, und er fing an, an weniger offensichtlichen, verborgeneren Stellen zu suchen: hinter Bäumen oder am Fuß einer nackten Betontreppe. Als er um eine Ecke des Schulgebäudes bog, fand er das Mädchen, aber sie steckte in der Klemme.

Er erfasste alles mit einem Blick. Außer dem Mädchen waren noch vier Jungen dabei. Einer davon lag auf dem Boden und schniefte.

Das Mädchen schubste einen der drei anderen. „Lass ihn in Ruhe!"

Der Junge schubste sie zurück, so fest, dass sie ins Stolpern geriet, während die anderen beiden sie umringten. „Ich hab dir gesagt, du sollst dich da raushalten", zischte der erste Junge. „Hör auf, deine Nase in Sachen zu stecken, die dich nichts angehen."

Liam spürte, wie sich seine Augenbrauen hoben. Er hatte keine Ahnung, worum es hier ging, doch das Raubtier in ihm erkannte instinktiv, was die drei Jungen vorhatten. Sie taten so, als wäre das Dunkle-Fae-Mädchen ihre Beute, doch das ließ sie nicht mit sich machen.

Der vierte Junge allerdings, der auf dem Boden lag, verhielt sich ziemlich wie Beute. Er war kleiner als die anderen, zierlicher gebaut und strahlte Angst aus.

Einen langen Augenblick sah Liam ihn an. Auch wenn er sich wie Beute verhielt, war er weder ein wildes Tier noch eine Kuh. Er war eine Person. Liam vermutete, dass er ein Mensch war, während die drei anderen zu Wyr-Arten gehörten.

Das Dunkle-Fae-Mädchen ballte die Fäuste. Gewalt lag in der Luft, unsichtbar und doch sehr real.

Die Hände in den Taschen seiner Khaki-Shorts, berührte Liam mit einem Finger den Rand seines Handys, ließ es dann aber wieder los.

Er sagte: „Hey Jungs. Was läuft so?"

Der Junge, den das Dunkle-Fae-Mädchen geschubst hatte, fuhr wütend herum. „Geht dich nichts an. Mach 'ne Fliege."

Noch einmal betrachtete Liam den Menschenjungen. Seine Wange war gerötet. Es sah aus, als hätte ihn jemand geschlagen.

Liam richtete seine Aufmerksamkeit wieder auf den Jungen, der ihn aufgefordert hatte, eine Fliege zu machen. War er der Anführer der Bande? Liam hatte sich immer gefragt, wie es sein mochte, einem Bandenführer zu begegnen.

Er sagte: „Nein, das werde ich eher nicht tun. Ich finde, ihr solltet damit aufhören."

Der Bandenführerjunge starrte ihn an. „Bist du blöd?"

„Nein." Schnell sah er zu dem Dunkle-Fae-Mädchen. „Das glaube ich nicht."

Der Ausdruck auf ihrem Gesicht war, wie er zugeben musste, ein wenig skeptisch.

Der Bandenführerjunge trat vor, seine Haltung war aggressiv, sein Blick ausdruckslos. Die beiden anderen Jungen flankierten ihn. Liam begriff, was sie taten. Dad hatte ihm davon erzählt, und er hatte es Rudelverhalten genannt.

Der Bandenführerjunge sagte: „Tja, ich halte dich für ziemlich blöd."

In Liams Körper gingen interessante Dinge vor sich. Er

fühlte sich erhitzt und nervös, gleichzeitig wütend und sehr wachsam.

Ihm kam der Gedanke, Gewalt könnte eine gute Idee sein.

Also nahm er die Hände aus der Tasche und ging auf den Anführer zu. Er blieb nicht stehen, bis er mit der Brust so fest gegen die des anderen Jungen stieß, dass dieser zurückweichen musste. Verblüffung legte sich auf das Gesicht des Bandenführers. Seine Faust sauste auf Liams Gesicht zu.

Liam stellte fest, dass er schneller war als der andere und ihm daher reichlich Zeit blieb, um zu reagieren. Während er beobachtete, wie die Faust des Jungen auf ihn zukam, versuchte er zu entscheiden, was er tun sollte.

Inzwischen schien alles in ihm schneller und kraftvoller zu arbeiten. Sein Herz hämmerte, als wäre er gerannt, und das gefiel ihm. Es war ein gutes Gefühl.

Er hob einen Arm, um den Schlag abzublocken und gleichzeitig den Bandenführer an der Kehle zu packen. Der Junge sah erschrocken aus und hustete.

Hinter ihnen bewegten sich das Dunkle-Fae-Mädchen und die beiden anderen Jungen. Der Menschenjunge krabbelte ein paar Meter, stand dann auf und rannte davon.

Nichts davon war wichtig. Liam sah dem Anführer in die Augen. Du, dachte er. Du bist Beute.

Meine Beute.

Die Augen des Anführers weiteten sich, und zur Boshaftigkeit gesellte sich Angst.

Liams Handy klingelte, und der Moment war vorüber.

Für einen Augenblick rührte er sich nicht. Es war ein zu schönes Gefühl, die Kehle des Jungen im Griff zu haben. Dann klingelte sein Handy noch einmal, und weil auf dieser

Welt nur drei Personen seine Nummer hatten – Hugh, Mom und Dad –, ließ er den Bandenführer los und griff in seine Hosentasche.

In diesem Moment verzog der andere das Gesicht. Er rieb sich den Hals und fauchte: „Du darfst kein Handy mit zur Schule bringen."

Vor Liams Augen stolperte der Bandenführer rückwärts zu seinen Freunden, und alle drei rannten davon, verschwanden um die Ecke und im Schulgebäude.

Er nahm sein Handy aus der Tasche und meldete sich. „Hallo?"

In sanftem, ungezwungenem Tonfall fragte Hugh: „Hi, Liam. Was machst du so, Kumpel?"

Allein die Tatsache, dass Hugh diese Frage stellte, ließ Liam vermuten, dass er die Antwort ganz genau kannte. Er hob den Kopf und sah sich um. Er konnte Hugh nirgends entdecken, aber das musste nicht heißen, dass der Wächter ihn nicht trotzdem sehen konnte.

Er rieb sich den Hinterkopf. „Das ist ein bisschen schwer zu erklären."

„Alles in Ordnung?"

„Klar, schätze schon." Er drehte sich einmal um die eigene Achse und sah sich um. Bis auf das Dunkle-Fae-Mädchen, das ihn mit großen, skeptischen Augen ansah, waren alle anderen verschwunden. Er sagte zu Hugh: „Ich bin sehr wütend auf jemanden geworden und hätte fast die Beherrschung verloren."

„Aber es ist nichts passiert."

„Nein." Aber es hätte passieren können. Es war furchtbar knapp gewesen. War er deshalb schlecht? Aufrichtigerweise musste er hinzufügen: „Jedenfalls nicht dieses Mal."

Hugh klang weder schockiert noch besorgt. Er klang genauso sanftmütig wie immer. „Gut gemacht, Sportsfreund. Alles okay mit dir?"

„Ja, ich glaub schon."

„Ruf an, wenn du mich brauchst."

„Mach ich."

Er legte auf und sagte zu dem Dunkle-Fae-Mädchen: „Hi, ich heiße Liam."

Am liebsten hätte er die Sache mit Null-Null-Peanut und Rockstar hinzugefügt, aber er glaubte nicht, dass sie das so lustig gefunden hätte wie er.

Ohne seinen Gruß zu erwidern, sagte sie: „Ich bin Marika." Sie zeigte auf das Handy. „Erstens: Das wird dir Ärger einbringen. Du bist in Mrs Teaberrys Klasse, oder?"

„Ja."

„Sie kann wirklich gemein sein, wenn sie einen auf dem Kieker hat. Sie hat schon Kinder zum Weinen gebracht."

Er steckte das Handy in die Tasche. „Ich soll mein Handy immer dabei haben, also muss es okay sein."

Kopfschüttelnd sagte Marika: „Zweitens: Ausgerechnet diese Jungs? Sie werden weder vergeben noch vergessen, was du gerade getan hast. Für einen Erstklässler bist du ziemlich groß, und du bist wirklich, *wirklich* schnell. Vielleicht bist du sogar das schnellste Kind, das ich je gesehen habe. Und außerdem siehst du stark aus. Aber das sind Drittklässler, und du stehst jetzt auf ihrer Abschussliste, und das ist kein angenehmer Ort." Finster zog sie die Brauen zusammen und fügte ein gemurmeltes „Ver-dammt!" hinzu. „Entschuldige, ich weiß, dass ich in der Schule nicht fluchen soll."

Liam, der allmählich anfing, die Sache unterhaltsam zu finden, steckte die Hände wieder in die Hosentaschen und wippte auf den Fußballen.

„Schon gut", sagte er und dachte an die Wächter, an Hugh und Eva. Auch an Mom, aber vor allem an Dad. „Ich lebe mit einem Haufen Leute zusammen, die ständig fluchen."

Marika sah ihn von der Seite an, als wäre sie nicht sicher, ob er alle Tassen im Schrank hätte. „Hör mal, ich versuche, dir etwas zu erklären. Du hast gerade eben ein paar üble Kids ziemlich wütend auf dich gemacht."

Er wusste nicht recht, was er darauf erwidern sollte. Heute geriet er in jede Menge unbekannte Situationen. Er rieb sich abermals den Hinterkopf und dachte darüber nach. Weil ihm „cool" nicht ganz die richtige Antwort zu sein schien, verfolgten seine Gedanken ein anderes Thema. „Wer waren diese Jungen, und warum haben sie den anderen tyrannisiert?"

Sie hielt inne, als hätte er sie überrascht. Dann sagte sie: „Der Junge, der dich boxen wollte, heißt Andrew. Er ist der Anführer."

Ach ja, Bandenführerjunge. Er nickte.

„Joel und Brad sind seine Handlanger. Sie machen alles, was Andrew sagt, aber das heißt nicht, dass sie nichts tun. Das Kind, auf dem sie rumgehackt haben, ist Perrin. Wir gehen alle in dieselbe Klasse. Im letzten Jahr hat Perrin etwas sehr Dummes getan. Er hat die anderen dabei beobachtet, wie sie ins Lehrerzimmer eingebrochen sind, und hat sie verpetzt. Sie bekamen Riesenärger und durften nicht zum großen Picknick am Ende des Schuljahres. Und jetzt lassen sie ihn nicht mehr in Ruhe."

„Was haben sie getan?"

Ihre Züge spannten sich. „Ich hab dir gesagt, sie sind wirklich schlimm. Sie haben ihm Geld gestohlen und ihm öfter das Mittagessen weggenommen. Sie haben seine Hausaufgaben zerrissen und ihn ein paar Mal verprügelt. Einmal musste ihn seine Mom ins Krankenhaus bringen, und er wurde genäht. Ich habe Perrin gesagt, er muss zu Ende bringen, was er da losgetreten hat. Er sollte seinen Eltern erzählen, wer ihn verletzt hat, doch er hat zu große Angst bekommen und redet nicht mehr. Die Sommerferien sind lang. Ich hätte gedacht, sie hätten inzwischen etwas anderes im Kopf." Sie sah ihn mit ihren großen grauen Augen fest an, und ihre Miene veränderte sich. „Da du dich eingemischt hast, haben sie das jetzt vielleicht wirklich."

„Du meinst, sie könnten anfangen, auf mir herumzuhacken?", fragte er.

Sie sah verärgert aus. „Das versuche ich dir die ganze Zeit zu sagen."

„Okay, danke für die Warnung." Er mochte sie immer noch, auch wenn er einräumen musste, dass sie ziemlich grummelig zu sein schien. „Und was ist mit dir? Du hast dich auch für Perrin eingesetzt."

Sie sah wütend und ein bisschen verloren aus. „Das musste ich. Er ist mein Nachbar, wir sind sozusagen zusammen aufgewachsen. Als wir klein waren, mussten wir zusammen spielen. Und er hat einfach überhaupt keine Ahnung von *gar nichts*."

Also hatte auch sie Perrin als Beute erkannt. Liam atmete tief aus. „Dann lassen sie auch dich nicht in Ruhe."

„Wie ich schon sagte, hat sich das wahrscheinlich gerade geändert, weil du ihre Party gesprengt hast. Kaum zu glauben, dass du dir in deiner allerersten Pause schon so viel Ärger eingehandelt hast."

Ihr zu erzählen, dass er nach ihr gesucht hatte, erschien ihm nicht allzu klug.

Sie wandte sich dem großen Spielplatz zu. „Hör zu, ich muss jetzt gehen. Versuch, nicht allzu dumm zu sein, ja?"

Das klang nach einem tollen Ratschlag. Als sie davonrannte, rief er ihr nach: „Danke, das werde ich."

Die Pausenklingel ertönte, und alle stürzten los, um sich vor ihren Klassenräumen aufzustellen. Einige Minuten lang liefen alle Kinder auf dem Spielplatz durcheinander und drängten sich aneinander vorbei, um sich in die richtige Schlange zu stellen.

Etwas traf Liam heftig zwischen den Schulterblättern, so fest, dass er vornüber auf ein Knie fiel. Vor Überraschung über den scharfen Schmerz musste er husten, als er sich vorbeugte und sich mit den Händen auf dem Asphalt abstützte.

Dann durchfuhr ihn ein Energiestoß. Schwer atmend sprang er auf die Füße, wirbelte im Kreis und sah sich um. Weder von Andrew noch einem seiner Handlanger Joel oder Brad war etwas zu entdecken. Er war von anderen Kindern umringt, die zu laut und zu schrill durcheinanderredeten. Niemand achtete auf ihn oder machte den Eindruck, als wäre irgendetwas nicht in Ordnung. Trotzdem wusste Liam, was passiert war.

Das war kein normaler Schubser gewesen. Jemand hatte ihn geschlagen. Fest.

Noch nie hatte ihn jemand geschlagen.

In seinen Adern rauschte das Blut, während er die Schultern kreisen ließ, um den Schmerz zu lindern. Das war eine gute Lektion gewesen.

So stark und schnell er auch war, konnte ihm dennoch jemand in den Rücken fallen und ihm sehr wehtun. Und wenn er nicht auf der Hut war, würde er es nicht kommen sehen.

Der Rest des Vormittags schleppte sich dahin. Mrs Teaberry lächelte ihn nicht an und rief ihn nicht auf, ganz egal, wie oft er die Hand hob, wenn sie Fragen stellte. Immer nahm sie jemand anderen dran, bis Liam sich irgendwann gar nicht mehr meldete.

Ratlos musterte er sie. Sie verhielt sich fast so, als wäre sie böse auf ihn oder als würde sie ihn nicht mögen. Er wusste nicht recht, wie er damit umgehen sollte. Normalerweise mochten ihn andere Leute, aber die Schule erwies sich als sehr viel kniffliger, als er erwartet hatte.

Er war froh, als es zur Mittagspause klingelte. Am liebsten hätte er Marika gesucht, aber die Klasse sollte in einer Reihe bleiben, während sie ihre Tabletts holten und sich an die langen Tische setzten. Hungrig aß er seinen Teller leer, obwohl einiges darauf wenig appetitlich war.

Nach dem Essen gingen sie nach draußen in die Pause. Es war ein heißer Tag geworden, und einige Kinder versammelten sich im Schatten der großen Bäume. Liam aber mochte den Sonnenschein und wärmte sich darin.

Die Stelle zwischen den Schulterblättern, wo ihn der Schlag getroffen hatte, schmerzte immer noch. Er ließ die Schultern kreisen. Sally, die beim Essen neben ihm gesessen hatte, fragte: „Willst du ‚Himmel und Hölle' spielen?"

In diesem Moment entdeckte er Andrew, Brad und Joel. Sie lehnten an dem Metallgeländer, das die Betontreppe säumte, und sahen in Liams Richtung, während sie miteinander sprachen.

Andrew schaute Liam in die Augen. Die Blicke der anderen Jungen waren starr und kalt, und die Stelle zwischen seinen Schulterblättern pochte.

Er sagte zu Sally: „Danke, aber im Moment nicht. Vielleicht morgen."

„Okay." Sally ging davon.

Er beobachtete, wie Sally zu ein paar anderen Mädchen lief und sie anfingen, „Himmel und Hölle" zu spielen. Dann sah er sich wieder nach Andrew und seinen Handlangern um.

Während er nicht hingesehen hatte, war einer der beiden verschwunden. Andrew und Joel hatten die Ellbogen auf das Geländer gestützt und sahen immer noch in Liams Richtung.

Sein Herz machte einen Satz. Reflexartig drehte er sich um sich selbst, doch Brad war nirgends zu sehen. Andrew lächelte ihn an, aber es war kein freundliches Lächeln.

Offensichtlich planten sie etwas. Aber was? Liam wusste es nicht. Langsam wurde er wieder nervös, und nach dem ersten überraschten Satz hämmerte sein Herz nun immer weiter, aber diesmal war es nicht angenehm. Diesmal hatte er keine Ahnung, was er tun oder wohin er gehen sollte.

Hatte sich so Perrin gefühlt, als die drei ihn gequält hatten?

Während Liam Andrew anstarrte, begann sich eine schwere, wilde Wut durch seine Unsicherheit zu brennen.

Ich bin keine Beute. *Ich werde niemals Beute sein.*

Aber sie konnten ihm trotzdem etwas tun.

Sie konnten ihm wehtun. Ihm und anderen Kindern.

Als Andrew den Finger zu einer unmissverständlichen Einladung krümmte, lief er los und ließ dabei den Blick über die Gebäude und das offene Gelände hinter dem Schulzaun schweifen. Noch immer waren weder Hugh noch einer der anderen Wachposten zu sehen.

Während er sich dem anderen Jungen näherte, schob er eine Hand in die Hosentasche.

Und schaltete das Handy aus.

Kapitel Vier

HEIß SCHIEN LIAM die Sonne auf Kopf und Schultern, als er über die Asphaltfläche zu den beiden Jungen hinüberging. In ihm brannte die Energie.

Außerdem hatte er reichlich Zeit, über alles nachzudenken, genau wie in der ersten Pause, als Andrew versucht hatte, ihn zu schlagen.

Was werde ich jetzt tun? Was sollte ich jetzt tun?

Vielleicht waren das zwei verschiedene Dinge.

Weitere Fragen kamen ihm in den Sinn. Was würde Dad tun? Oder Onkel Graydon oder Hugh? Oder Mom?

Das herauszufinden, war viel verzwickter als der Versuch, einen Verhüllungszauber aufrechtzuhalten. Es waren sehr unterschiedliche Personen, was bedeutete, dass sie sehr unterschiedliche Entscheidungen treffen würden.

Vielleicht bedeutete das, dass es mehr als eine richtige Art gab, mit etwas umzugehen … und auch mehr als eine falsche.

Um sicher zu sein, dass er wirklich das Richtige tat, würde er vielleicht noch größer werden müssen. Seine Drachenseite mochte diese Idee und drängte ihn zu wachsen, doch er schaffte es, diesen Drang für den Augenblick unter Kontrolle zu halten. Irgendwann würde der Drache in ihm gewinnen, und Liam würde einen weiteren Wachstumsschub durchleben, aber noch konnte er es für einige Zeit aufhalten.

Er wusste nur, dass es sehr viel leichter war, mit Kühen fertig zu werden als mit Andrew und seinen Handlangern. Denn über die Kühe (und die Jagd auf alle anderen Beutetiere) hatte Hugh gesagt: „Nimm dir nur so viel, wie du brauchst, töte sie schnell und lass sie nicht leiden."

Als er sich der Treppe näherte, richteten sich die beiden Jungen auf, stießen sich vom Geländer ab und kamen auf ihn zu. Beide gingen ein wenig großspurig und wechselten immer wieder Blicke.

Stachelten sie sich gegenseitig an? Wohin war Brad verschwunden?

Nach einem letzten Blick auf den Bereich jenseits des Spielplatzes lief Liam locker die nackten Betonstufen hinunter. Am Fuße der Treppe gab es nichts als etwas trockenes Laub und eine verschlossene Metalltür, die ins Schulgebäude führte.

Niemand würde sehen können, was hier unten geschah, es sei denn, Hugh oder einer der anderen Wachposten flog direkt darüber, was vielleicht der Fall sein würde, Liam allerdings nicht hoffte.

Er wandte sich um und sah zu den beiden Jungen hinauf, die am oberen Ende der Treppe standen. Dann wurde das Raubtier in ihm ganz ruhig und wartete ab.

Kommt schon, dachte er. Vorhin war ich schnell, und das hat euch überrascht. Aber ich bin nur ein Erstklässler, und ihr seid in der Dritten. Ich bin allein, während ihr zu zweit seid.

Andrew und Joel mussten zu dem gleichen Schluss gekommen sein, denn sie grinsten sich an und kamen ebenfalls die Stufen herunter.

Also gut. Er machte sich bereit.

Andrew fragte: „Wie geht's deinem Rücken? Ich hab gehört, du bist vorhin hingefallen und hast dir Aua gemacht."

Joe kicherte.

„Vielleicht fällst du bald wieder hin", sagte Andrew. Der Ausdruck in seinen Augen war fiebrig geworden, er wirkte aufgeregt. „Vielleicht kriegst du dann mehr als ein Aua. Vielleicht fließt richtiges Blut."

Hell und heiß wie die Sommersonne loderte die Wut in Liam auf. Er stürzte sich auf die beiden Jungen, und bevor sie reagieren konnten, hatte er jeden von ihnen mit einer Hand an der Kehle gepackt und drückte sie gegen die Wand. Der Schock stand ihnen ins Gesicht geschrieben, als sie verzweifelt nach ihm schlugen und traten.

Er war zu wütend, um die Treffer überhaupt richtig zu spüren. Das Gewicht auf die Arme gestützt, hielt er die beiden fest und spürte ihren hektischen Puls unter seinen Händen.

„Ich weiß nicht, warum ihr andere Kinder quälen müsst", sagte er. Er dachte an das, was er heute Morgen in den Lehrerbüchern gelesen hatte, und an mögliche Gründe für Verhaltensauffälligkeiten. „Vielleicht macht ihr gerade eine schwere Zeit durch, oder vielleicht seid ihr einfach nur fies. Da ich keinen von euch mag, ist es mir ziemlich egal."

Wieder schlug Andrew nach Liam. „Du machst einen schweren Fehler", knurrte er. „Wir sind zu dritt, und du bist allein, und ich werde dir dafür *sehr, sehr wehtun*."

Liams Wut wurde zu rasendem Zorn. Er verstärkte den Druck seiner Arme, hielt sein Gesicht dicht vor Andrews und zischte.

Hitze strömte aus seinem Mund und mit ihr eine züngelnde Flamme. Das erschreckte ihn so sehr, dass er aufhörte.

Habe ich gerade in meinem Menschenkörper Feuer gespien?

Die beiden anderen hörten auf zu zappeln und starrten ihn an. „Was für ein Wyr bist du?", keuchte Andrew.

„Oh", sagte Joel. Tränen rannen ihm über die Wangen. „Oh, Mann. Ich hab das alles nicht so gemeint. Ich schwör's. *Er* hat mich gezwungen." Ruckartig deutete er mit dem Kopf in Andrews Richtung.

Dass er jemanden zum Weinen gebracht hatte, tat Liam leid, doch er zwang sich, hart zu sein. Vermutlich hatte keiner von ihnen Perrin geschont. Und auch Marika nicht.

„Schwöre, dass du damit aufhörst", forderte Liam. „Lass Perrin und Marika in Ruhe. Und hack auch auf sonst niemandem herum, nie wieder."

„Ich schwör's", beeilte sich Joel zu versichern.

Liam ließ ihn los und wischte sich die Hand an seinen Shorts ab. Während Joel die Treppe hinaufstürmte, widmete Liam sich Andrew, den er noch immer an die Wand gedrückt hielt.

„Du kannst versuchen, mir noch einmal auf den Rücken zu schlagen oder mir irgendwie anders wehzutun", sagte er zu dem Jungen. „Aber ich weiß jetzt, dass ich nach dir Ausschau halten muss, und alles, was du versuchst, wird mich nur wütend machen. Wenn du nicht aufhörst, andere zu quälen, werde ich dich finden. Ich werde dich jagen und zur Strecke bringen. Dafür bin ich nämlich geboren, zum Jagen. Und wenn ich dich finde, schlage ich dich mit dem Gesicht auf den Boden."

Joel war rot geworden, doch Andrews Gesicht verfärbte sich kalkweiß. Hastig sah er sich in dem Treppenaufgang um und flüsterte unsicher: „Das würdest du nicht wagen."

„Ich kann sofort damit anfangen, wenn du willst", erklärte Liam.

So schnell, dass der andere Junge ihn nicht aufhalten konnte, schleuderte er Andrew herum. Er hielt den Hinterkopf des Jungen mit einer Hand fest und drückte dessen Gesicht gegen die Betonmauer.

Andrew schrie auf. „Okay, okay. Ich glaube dir. Ich schwöre, dass ich aufhöre. *Ich höre auf!*"

Schwer atmend konzentrierte sich Liam auf Andrews Worte. Ebenso wie seine Fähigkeit, die Artenzugehörigkeit einer Person zu identifizieren, war auch sein Wahrheitssinn noch nicht sehr ausgeprägt, trotzdem konnte er in der Stimme des Jungen Aufrichtigkeit erkennen.

Die Sache war nur, dass Liam ihm nicht glaubte. Joel würde sein Wort vermutlich halten, aber Andrew schien anders zu sein als Brad und Joel. Mit ihm stimmte etwas nicht, etwas wirklich Schlimmes, etwas tief in ihm. Vielleicht würde er eine Zeit lang aufhören, bis er wieder glaubte, nicht mehr erwischt zu werden. Aber Liam war sicher, dass er anderen früher oder später wieder wehtun würde, weil es ihm einfach zu gut gefiel.

Doch um dagegen etwas zu unternehmen, war Liam noch nicht alt genug. Ihm blieb nur die Möglichkeit, Andrew so viel Angst einzujagen, dass das nicht zu bald geschah.

Er beugte sich vor, legte die Lippen dicht an Andrews Ohr und versuchte sich abermals an einem Zischen. Wieder strömte Hitze zwischen seinen Lippen hervor und versengte dem Jungen die Haarspitzen. Mit einem Aufschrei krümmte Andrew sich an der Wand zusammen.

Das sollte genügen. Zufrieden ließ Liam ihn los, und Andrew sauste auf die Treppe zu.

Liam folgte ihm die Stufen hinauf. Als er aufsah,

entdeckte er Marika, die sich über das Geländer beugte und ihn anstarrte. Ein ernster Ausdruck lag auf ihrem Gesicht, und ihre grauen Augen wirkten riesig.

Oben angekommen, setzte er sich, streckte die Beine aus und betrachtete sie. Er hatte sich ein paar blaue Flecke an den Schienbeinen eingehandelt, wo ihn die Jungen getreten hatten. Sie würden schon bald verblassen, hoffentlich noch vor heute Abend.

Die wütende Energie verebbte. Er spürte, wie der Drache in ihm wieder mit aller Macht wachsen wollte, und diesmal fiel es ihm schwer, die Oberhand zu behalten. Nachdem er mehrere Mahlzeiten hintereinander keinen großen Appetit gehabt hatte, fühlte er sich jetzt hohl und leer. Er wollte Fleisch, aber bis Schulschluss würde er nichts mehr bekommen, also richtete er sich darauf ein, ein paar Stunden lang Hunger zu haben.

Marika hockte sich neben ihn. Sie strich sich das glänzend schwarze Haar hinter ihr spitzes Ohr. „Das war verdammt cool. Entschuldige meine Ausdrucksweise."

Wärme stieg ihm in die Wangen. „Jemand musste sie aufhalten."

„Ja, ich weiß. Sonst werden sie eines Tages jemanden wirklich schwer verletzen." Sie betrachtete ihn einen Augenblick lang. „Das war richtig gut. Und Mensch, Alter, du hast Feuer gespien."

„Das habe ich wohl, was?" Er lächelte Marika von der Seite an. Sie lächelte zurück. Einem Impuls folgend, sagte er: „Hey, möchtest du ein paar Tage lang meine Freundin sein?"

Überraschte Röte legte sich auf ihre blassen Wangen. Sie starrte ihn an. „Nur ein paar Tage?"

Das hatte er ganz vergessen. Sie wusste nicht, wer er in

Wirklichkeit war, und auch sonst nichts über ihn. „Vielleicht auch eine Woche. Das ist schwer zu erklären", sagte er. „Ich werde nicht sehr lange Kind sein, deshalb kann ich keine langfristigen Verpflichtungen eingehen."

Sie lachte. „Du bist echt komisch, weißt du das? Welche Wyr-Art kann Feuer speien?"

In seiner Schuhsohle steckte ein Kiesel, und er bückte sich, um ihn herauszuholen. „Meine Art, schätze ich."

„Du willst es geheim halten? Ehrlich?"

Als er den Mund öffnete und ihr sagen wollte, dass er nicht wusste, ob es ein Geheimnis war oder nicht, kam ein großes Mädchen auf sie zu gerannt, das er nicht kannte. Es war eines von den älteren Kindern. „Bist du Liam Giovanni?"

Er nickte.

„Mrs Teaberry schickt mich, du sollst ins Klassenzimmer kommen."

Enttäuscht sah er zu Marika, die jetzt vielleicht seine Freundin war, vielleicht aber auch nicht. „Aber die Pause ist noch nicht um."

Das fremde Mädchen zuckte die Achseln. „Nicht mein Problem. Die Lehrerin will dich sprechen."

Seufzend stand er auf, und Marika tat es ihm gleich. Sie lächelte ihn an. „Ja."

Es dauerte einen Moment, bis er begriff, was sie meinte. Dann lächelte er glücklich zurück. „Wirklich?"

„Ja, du Spinner. Bis später." Sie boxte ihn leicht gegen die Schulter und verschwand.

Liam sagte zu dem fremden Mädchen: „Ich gehe jetzt mit einer älteren Frau."

Ohne sich zu einer verbalen Antwort herabzulassen, rümpfte das fremde Mädchen die Nase, bevor auch sie davonging.

Fröhlich lief Liam ins Klassenzimmer. Es war komisch, heute Morgen war alles noch so fremd gewesen, doch jetzt kannte er den Weg, und die Flure und Klassenräume wirkten vertraut.

Als er in die Klasse kam, war dort niemand außer Mrs Teaberry, die in einer Ecke Plastikwannen mit Unterrichtsmaterialien aufeinanderstapelte.

Er fragte: „Sie wollten mit mir sprechen?"

Sie richtete sich auf und wandte sich zu ihm um, und die Falten in ihrem Gesicht sahen überhaupt nicht freundlich aus. „Ja, das wollte ich", sagte sie. „Wir haben zwei Angelegenheiten zu klären. Erstens solltest du wissen, dass Lügner es in meiner Klasse nicht weit bringen. Sie bringen es überhaupt nirgendwo weit."

Seine Freude verblasste und wich Verwirrung. Verstört legte er den Kopf schief. „Meinen Sie damit mich?"

Mit verärgerter Miene antwortete sie: „Natürlich meine ich dich. Du hast sicher nicht vergessen, dass du behauptet hast, du hättest mein ganzes Bücherregal in ein paar Minuten durchgelesen."

Er ballte die Fäuste und erwiderte zwischen zusammengebissenen Zähnen: „Aber das habe ich."

Sie zeigte mit dem Finger auf ihn. „Du musst jetzt die Wahrheit sagen und zugeben, dass du gelogen hast."

Mit offenem Mund starrte er sie an. „Ich soll was?"

„Du musst dein Verhalten ändern, sonst verspreche ich dir, dass du ein sehr hartes erstes Schuljahr vor dir hast. Und damit kommen wir zu der zweiten Angelegenheit, über die wir sprechen müssen. Ich habe gehört, du hast ein Handy und hast in der ersten Pause telefoniert. Das verstößt gegen die Schulregeln. Du musst es abgeben." Mit ausgestreckter

Hand kam sie auf ihn zu.

Er dachte daran, wie Andrew und Joel ihn in der Pause so zufrieden lächelnd angesehen hatten, während Brad außer Sichtweite verschwunden war. Marika hatte gesagt, das Handy würde ihm Ärger einbringen, und wie es aussah, hatten die anderen Jungen dafür gesorgt, dass das auch wirklich geschah.

Als Mrs Teaberry auf ihn zukam, wich er zurück. „Das darf ich nicht. Ich soll mein Handy immer bei mir tragen."

„Da ist nicht akzeptabel. Gib es mir. Sofort." Sie krümmte auffordernd die Finger.

Er schüttelte den Kopf und sagte noch einmal: „Das darf ich nicht."

Ihre Miene nahm einen ungläubigen, wütenden Ausdruck an. „Du steckst in großen Schwierigkeiten, junger Mann. Das hier ist meine Klasse, und andere Regeln gelten hier nicht. Du tust, was ich dir sage. Gib es mir."

So hatte noch nie jemand mit ihm gesprochen. Davon abgesehen glaubte er ihr nicht. Dads Regeln galten überall.

Sein Körper wurde erst sehr heiß, dann kalt. Diese Situation fühlte sich völlig anders an als vorhin mit den Jungen. Bei ihnen hatte er sich von seinem Instinkt leiten lassen, von einem gewissen Maß an raubtierhafter List und von dem, was er von den Wächtern über den Umgang mit ihren Problemen aufgeschnappt hatte. Aber Mrs Teaberry war eine Erwachsene und seine Lehrerin.

Er müsste auf sie hören, aber er durfte auch nicht gegen die Sicherheitsregeln verstoßen. Er fing an zu zittern, während er den Kopf schüttelte. „Nein."

Mrs Teaberrys Augen blitzten auf. Sie stürzte sich auf ihn und packte ihn an der Schulter.

Erschrocken versuchte Liam, sich aus ihrem Griff zu

winden, aber sie hielt ihn zu fest. „Wenn du es mir nicht gibst", sagte Mrs Teaberry, „muss ich es mir wohl holen."

Sie schob die Hand in seine Tasche, um nach dem Handy zu suchen. Er wehrte sich. „Hören Sie auf – das dürfen Sie nicht. Ich soll es immer dabeihaben."

Wie Klauen bohrten sich ihre Finger in seine Schulter, und sie schüttelte ihn. „Immer denken alle, die Regeln würden für sie nicht gelten", fauchte sie. „Aber das tun sie. Sie gelten auch für dich, Mister."

Er durfte nicht zulassen, dass sie ihm das Handy wegnahm, und sie tat ihm weh. Außerdem machte sie ihm Angst. Weil er das Handy ausgeschaltet hatte, konnte er Hugh nicht anrufen. Auch nicht Mom oder Dad.

Er fühlte sich bedrängt und in die Ecke getrieben. Mit einem Mal spürte er, wie sich seine Finger veränderten und seine Zähne länger und spitzer wurden. Fauchend machte er einen Schritt auf Mrs Teaberry zu.

Sie schrak vor ihm zurück. Fast augenblicklich richtete sie sich auf und stand sehr gerade. Mit verkniffenen Lippen brachte sie hervor: „Wage es nicht, mich zu beißen, du kleines Tier."

Immer stärker zitternd, fuhr er sich über das Gesicht und betrachtete ihre Hände. Sie hielt das Handy in einer Hand umklammert.

Schwer atmend schob er das Kinn vor und verlangte: „Geben Sie es mir zurück."

Verblüffung legte sich auf ihre Miene. Sie schwenkte das Handy vor seinem Gesicht. „Ich habe gesagt, du darfst es in der Schule nicht haben."

Mit einem tiefen Knurren ging er auf sie zu. Sie wich zurück, bis sie mit dem Rücken gegen die Wand stieß. Dunkel war ihm bewusst, dass mit seinem Gesicht etwas nicht stimmte. Er hatte zu viele Zähne, und sie fühlten sich spitz auf seiner Zunge an. Als er die flache Hand ausstreckte, sah er, dass sie mit langen, scharfen Krallen bewehrt war.

Vorsichtig, mit weit aufgerissenen Augen legte Mrs Teaberry das Handy auf seine Handfläche.

Als Liam es einschaltete, dachte er erst daran, Hugh anzurufen, weil er so schnell wie möglich ein freundliches Gesicht sehen wollte. Dann dachte er daran, Mom anzurufen, weil er sich danach sehnte, ihre Liebe zu spüren und von ihr zu hören, dass alles gut werden würde.

Aber heute hatte er es in so vieler Hinsicht vermasselt, dass er sich direkt nach ganz oben wenden musste.

Er drückte die Kurzwahltaste Nummer zwei.

Dad meldete sich noch während des ersten Klingelns. „Was ist los, Liam?"

Er holte tief Luft und sagte: „Kannst du mich abholen kommen? Ich glaube, ich werde rausgeschmissen."

Kapitel Fünf

DRAGOS NAHM SEINE Drachengestalt an. Im Direktflug würde er die Schule viel schneller erreichen, als wenn er über die kurvigen Landstraßen fuhr. Pia, die auf seinem Rücken saß, murmelte besorgt vor sich hin. *Hat er dir gesagt, was passiert ist?*, fragte sie.

Nein, erwiderte Dragos, und das war die reine Wahrheit.

Von dem, was Hugh ihm über Liams Konfrontationen in den Pausen berichtet hatte, erwähnte er nichts. Zwar hatte er vor, seiner Gefährtin alles zu erzählen, aber im Moment wusste er noch nicht, wie er sich zu diesen Vorfällen äußern sollte.

Er war verflucht stolz darauf, wie sein Sohn mit den Schlägern fertiggeworden war, und er war sowohl überrascht als auch fasziniert von Liams neuentwickelter Fähigkeit, in seiner Menschengestalt Feuer zu speien. Aber er war nicht sicher, ob Pia das genauso empfinden würde. Manchmal war die Familiendynamik ein interessantes Rätsel.

Außerdem hatte er vor, Andrew und seine Familie überprüfen zu lassen. Wie Hugh angemerkt hatte, brauchte der Junge vielleicht Betreuung oder musste auf eine spezielle Schule geschickt werden.

Dragos hielt den Verhüllungszauber aufrecht, bis er gelandet war und wieder Menschengestalt angenommen hatte. Er fasste Pia an der Hand, und sie liefen zügig zu den

Verwaltungsräumen der Schule.

Die Sekretärin führte sie ins Büro der Direktorin Doreen Chambers. Diese erwartete sie zusammen mit einer älteren Frau und Liam.

Mit einem einzigen Blick taxierte Dragos die ältere Frau. Sie war gemischter Abstammung, teils Mensch, teils Dunkle Fae, und hatte eine schmallippige, selbstgerechte Miene. Er richtete die Aufmerksamkeit auf seinen Sohn, der still und würdevoll dasaß. Es dauerte einen Augenblick, bis Dragos registrierte, dass sein Sohn zitterte. Sein Handy fest in beiden Händen haltend, sah er weder die Direktorin noch die ältere Frau an.

In Dragos' Kehle braute sich ein stummes Knurren zusammen. Während Pia auf Liam zueilte, wandte er sich direkt an die beiden anderen Frauen im Raum. Mit leiser, streng beherrschter Stimme verlangte er: „Erklären Sie das."

Als die ältere Frau ihn und Pia erblickte, veränderte sich ihre Miene. Natürlich erkannte sie sie. Jetzt sah sie nicht mehr selbstgerecht, sondern besorgt aus.

Und dazu hatte sie allen Grund.

Doreen Chambers trat hinter ihrem Schreibtisch hervor und reichte ihm die Hand. „Lord und Lady Cuelebre, das ist Liams Lehrerin, Elora Teaberry. Ich muss mich bei Ihnen allen aufrichtig entschuldigen. Wissen Sie, an dieser Schule gilt die Regel, dass Kinder keine Handys mitbringen dürfen ... Und über all die Dinge, die zum Schuljahresbeginn angefallen sind, habe ich einfach vergessen, Elora davon zu unterrichten, dass wir in Liams Fall eine Ausnahme machen."

Dragos ignorierte die ausgestreckte Hand der Direktorin und konzentrierte sich stattdessen auf Liams Lehrerin. Nicht nur ihr Gesichtsausdruck hatte sich verändert, sie fing außerdem an, nach Nervosität zu riechen.

Das allein hätte nicht ausgereicht, um sein Misstrauen zu wecken. In seiner Nähe rochen die Leute ständig nervös. Doch als er ihre Nervosität mit Liams Verunsicherung in Verbindung brachte, gefiel ihm das Bild, das sich dabei abzeichnete, überhaupt nicht.

Elora Teaberry hob das Kinn. „Mr und Mrs Cuelebre", sagte sie steif. „Wenn man mir gesagt hätte, dass Ihr Sohn in meine Klasse kommt, wäre wahrscheinlich alles ganz anders gelaufen. Unter den gegebenen Umständen habe ich darauf bestanden, dass er mir sein Handy aushändigt, daraufhin hat er geknurrt und nach mir geschnappt. Ich muss Ihnen sicherlich nicht erklären, dass das inakzeptables, gefährliches Verhalten ist …"

Dragos hörte ihr nicht weiter zu, sondern wandte sich an Pia und Liam. Tröstende Worte flüsternd, hockte Pia neben Liams Stuhl. Mit gesenktem Kopf rückte Liam seinen Stuhl so, dass er sich bei ihr anlehnen konnte. Pia legte den Arm um ihn, fasste ihn an der Schulter und drückte sie.

Zischend sog Liam die Luft ein, verzog das Gesicht und wand sich aus der Umarmung. Die Situation veränderte sich drastisch.

Pia runzelte die Stirn und fragte mit scharfer Stimme: „Was ist los, mein Schatz? Tut dir irgendetwas weh?"

„Nein, nicht schlimm. Schon okay", murmelte Liam.

Pias Blick glitt kurz zu Dragos. Dann ging sie vor Liam in die Hocke, sodass sie ihn vom Rest des Zimmers abschirmte, und verstummte. Liam sah sie an, nickte und schüttelte dann den Kopf. Sie waren zur Telepathie übergegangen. Sie zog den Ausschnitt seines T-Shirts zur Seite, und auf einer seiner schmalen Schultern kamen Blutergüsse in der Form von Fingerabdrücken zum

Vorschein.

„O mein Gott", sagte die Direktorin erbleichend.

Dragos bisher stummes Knurren wurde nun hörbar. Pia wirbelte zu Elora Teaberry herum, ihr Gesicht vor ungläubiger Wut verzerrt. „Sie sind handgreiflich geworden? *Sie haben ihn geschüttelt?*"

Die Nervosität der Lehrerin wurde zu echter Angst, hektisch blickte sie sich um. „Ich habe aus reinem Selbstschutz gehandelt. Ihr Sohn hat mich angefaucht. Er wirkte, als ob er mich beißen wollte. Er hatte sich teilweise verwandelt, hatte Krallen und Zähne …"

Mit klarer, fester Stimme sagte Liam: „Sie sind eine Lügnerin. Sie lügen."

Er rutschte von seinem Stuhl, stellte sich neben Pia, die immer noch davor hockte, und legte den Arm um sie. Für Dragos' Augen sah es wie eine schützende Geste aus. Liam beschützte seine Mutter.

Er zügelte seine eigene Wut soweit, bis er zumindest nach außen ruhig wirkte, ehe er Liam fragte: „Was ist wirklich passiert?"

Liam sagte: „Also, zuerst hat sie behauptet: ‚Du kannst nicht diese ganzen Bücher gelesen haben, du bist ein Lügner.' Ich habe darauf erwidert: ‚Ich habe sie doch gelesen', aber sie hat mich nie über Lernmethodik oder Alphabetisierung der ersten Klasse abgefragt und auch nicht über etwas anderes, das in den Büchern stand. Dann hat sie gesagt: ‚Es verstößt gegen die Regeln, ein Handy dabei zu haben, also gib es mir sofort, junger Mann.' Und ich habe gesagt: ‚Nein, das darf ich nicht, das ist gegen die Regeln.' Da hat sie mich gepackt, und ich wollte mich losmachen, und sie hat mich geschüttelt, und da wuchsen mir die Zähne, und sie hat gesagt: ‚Wage es nicht, mich zu beißen, du kleines Tier.'" Er atmete schwer, in seinen Augen blitzte dunkelviolettes Feuer. „Und sie hat mir das Handy aus der Tasche genommen, deshalb habe ich gesagt: ‚Geben Sie es zurück.' Und das hat sie gemacht. Dann habe ich dich angerufen."

Nachdem er geendet hatte, legte sich bedrückendes Schweigen über das Zimmer, und alle starrten Elora Teaberry an, die mit dem Rücken zur Wand stand. „So ist es nicht gewesen", widersprach sie schwach. „Er hat zuerst geknurrt. Er hat nach mir geschnappt. Er glaubte, die Regeln würden für ihn nicht gelten."

Dragos konnte die Lüge in ihrer Stimme hören. Sie war so offensichtlich, dass die beiden anderen Frauen es gewiss ebenfalls hören mussten.

Die Miene der Direktorin war entsetzt, und Pia sah so mörderisch wütend aus, wie Dragos sie noch nie erlebt hatte. Er selbst wusste sehr genau, dass auf seinen Gesichtszügen der Tod dieser Lehrerin zu lesen war.

„Das ist so weit von allem entfernt, was angemessen oder akzeptabel wäre, dass mir die Worte fehlen", erklärte die Direktorin atemlos.

„Sie sollten sich lieber ein paar einfallen lassen", fauchte Pia, indem sie sich aufrichtete. „Und zu den ersten Worten, die aus Ihrem Mund kommen, sollten besser ‚es tut mir unendlich leid' und ‚wir werden das zur Anzeige bringen' gehören."

Dragos fand es süß, dass Pia sofort an das Justizsystem dachte, während sich seine eigenen Gedanken eher auf Dinge wie Ausweiden und Zerstückelung richteten.

Er senkte den Blick und sah Liam an. Jetzt, da er seine Geschichte erzählt hatte, wirkte der Junge vollkommen ruhig und betrachtete Elora Teaberry mit analysierendem

Blick. Er hatte aufgehört zu zittern, und alle Anzeichen seiner Verunsicherung waren verschwunden.

Was ging in diesem genialen, unberechenbaren, gefährlichen jungen Kopf vor sich?

Dragos beschloss, es herauszufinden, und fragte telepathisch: *Was meinst du, was mit Mrs Teaberry passieren sollte?*

Liam sah zu ihm auf. *Andere Kinder haben mich gewarnt, dass sie gemein werden könnte. Ich möchte wissen, ob sie noch anderen wehgetan hat.*

Dragos zog die Augenbrauen hoch. *Das ist eine ausgezeichnete Frage,* sagte er. *Ich denke, wir sollten es herausfinden, und wenn es stimmt, die Eltern dieser Kinder benachrichtigen.*

Liam nickte. Er hatte den Arm um Pias Taille gelegt und sich wieder an sie gelehnt. Seine Miene war ernst. *Wir müssen sicherstellen, dass es diesen Kindern gut geht.*

Man hatte ihm wehgetan, er war so verstört und verängstigt gewesen, dass er seine Gestalt teilweise verwandelt hatte. Aber anschließend galt sein erster Gedanke anderen Kindern.

Eine mächtige Woge von Stolz wetteiferte mit Dragos' Zorn. Schon jetzt war sein Sohn ein viel besserer Kerl, als er es selbst je sein würde.

Er ging zu Pia und Liam hinüber und fragte sanft: *Geht es euch gut?*

Der Junge lächelte schwach, und für einen kurzen Moment sah Dragos die alte Seele, die in diesem jungen Körper wohnte. *Ja. Ich habe mir das Handy von ihr nicht wegnehmen lassen.*

Er streichelte Liams helles, seidiges Haar. *Guter Junge.*

„Oh, fast hätte ich es vergessen", sagte Liam laut. Mit einem schiefen Lächeln sah er zu seiner Mutter auf. „Ich habe jetzt eine Freundin."

Dragos wünschte, er hätte ein Foto von diesem Moment machen können, denn der Ausdruck auf Pias Gesicht war einfach unbezahlbar.

✧ ✧ ✧

VIELLEICHT WAR DOCH nicht alles ganz so furchtbar.

Einige der Wachposten, die zusammen mit Hugh die Schule bewacht hatten, kamen herein und führten Mrs Teaberry ab, allerdings nicht bevor Dad lange schweigend mit ihr in einer Ecke gestanden hatte. Liam sollte nie erfahren, was Dad zu ihr sagte, aber was es auch war, es ließ ihre Haut teigig weiß werden und brachte ihre Hände zum Zittern.

Kurz glaubte Liam, sie täte ihm leid, aber dann tat sie es doch nicht. *Tut mir leider gar nicht leid.*

Nachdem die Wachposten Mrs Teaberry aus dem Raum gebracht hatten, unterhielten sich Mom, Dad, Mrs Chambers und er. Mom fragte: „Wie findest du die Schule jetzt?"

„Ich mag sie!", sagte er. Es war ein ereignisreicher erster Tag gewesen, und undercover unterwegs zu sein, war mindestens so spannend, wie er es sich vorgestellt hatte.

„Möchtest du morgen wiederkommen?" Mom beobachtete ihn genau.

„O ja! Heißt das, ich bekomme einen neuen Lehrer?"

„Auf jeden Fall", sagte Dad.

Während die Erwachsenen noch eine Weile miteinander sprachen, verlor Liam das Interesse an ihrer Unterhaltung. Er ging zu den Regalen in Mrs Chambers Büro und las in der Zwischenzeit ein paar Bücher. Mrs Chambers sagte: „Die Klasse bekommt einen Ersatzlehrer, bis ich jemanden fest anstellen kann. Ich kann Ihnen nur noch einmal sagen, wie leid mir tut, was passiert ist. Elora arbeitet schon seit Jahren hier, und noch nie habe ich das leiseste Wort über einen solchen Fall gehört."

Verstohlen sah Liam zu seiner Mom hinüber, die nicht besänftigt wirkte. „Manchmal hört man leise Worte nur, wenn man auch richtig hinhört."

Daraufhin sah Mrs Chambers zugleich entsetzlich schuldbewusst und ziemlich beleidigt aus, was Liam für einen ziemlich komplizierten Gesichtsausdruck hielt. Aber sie musste Mom recht gegeben haben, denn sie sagte kein Wort.

Kurz darauf verließen sie die Schule. Liam wäre lieber in seine Klasse zurückgegangen, aber Mom und Dad hatten beschlossen, dass es für diesen Tag reichte. Eva lehnte draußen an der Stoßstange des SUV, und als Dad die Hand ausstreckte, warf sie ihm den Schlüssel zu.

„Danke", sagte er. „Du kommst allein nach Hause, ja?"

„Alles klar", antwortete Eva.

„Ich setze mich zu Liam auf den Rücksitz", erklärte Mom.

Dad lächelte die beiden an. „Gute Idee."

Obwohl Liam nicht darauf gekommen wäre, sie darum zu bitten, war er froh darüber. Eine Zeit lang fuhren sie schweigend, und als er die Hand in die seiner Mutter schob, schloss sie die Finger fest darum.

Plötzlich platzte sie heraus: „Ich möchte sie schlagen, mitten in ihr bösartiges, verlogenes Gesicht."

Heißes Gold blitzte auf, als Dragos sie mit zusammengekniffenen Augen im Rückspiegel ansah. Absolut ernst sagte er: „Das kann ich einrichten."

Eigentlich war es nicht lustig, aber irgendwie doch. Liam fing lauthals an zu lachen, und nach ein paar Augenblicken fielen seine Eltern ein. Mom hob seine Hand an und küsste sie. Er rutschte unter seinem Gurt zur Seite, um den Kopf an ihre Schulter legen zu können, und in diesem Augenblick war er vollkommen glücklich.

„Es tut mir so leid, dass du das durchmachen musstest", flüsterte sie. „Ganz besonders an deinem ersten Schultag."

„Mir nicht", antwortete er.

Mit überraschter Miene drehte sie sich zu ihm um. „Wirklich?"

„Klar. Ich meine, für ein paar Minuten hat sie mir ganz schön Angst gemacht, aber es hat nicht lange gedauert, und sie sollte keine Lehrerin sein."

„Kindermund …", sagte Dad.

„Was möchtest du zum Abendessen?", fragte Mom.

„Jede Menge Spaghetti", antwortete er. „Ich bin am Verhungern."

Sie kicherte. „Dein Dad und ich werden vielleicht etwas anderes essen, aber du kannst diese Woche jeden Abend Spaghetti haben, wenn du willst."

Also hatte sich am Ende fast alles zum Guten gewendet.

Fast.

An diesem Abend aß er so viel Spaghetti, dass Mom sagte, er würde sich noch in eine riesige Nudel verwandeln, und darüber musste er so sehr lachen, dass er vom Stuhl fiel.

Der Rest der Schulwoche verlief gut. Der Vertretungslehrer war toll, ein kluger, freundlicher Mann namens Mr Huddleston. Nach ein paar Tagen kam Mrs Chambers in die Klasse, um bekanntzugeben, dass Mr Huddleston ihr regulärer Lehrer werden würde, und alle Kinder jubelten.

Dad berichtete, dass Mrs Teaberry ins Gefängnis kommen würde. Wie sich herausgestellt hatte, war sie auch zu anderen Kindern gemein gewesen, und Dad zufolge hatten viele Eltern Anzeige erstattet. Andrew, Brad und Joel verhielten sich in den Pausen ruhig und ließen die anderen Kinder in Ruhe.

Mom setzte sich mit den Eltern von Marika und Perrin in Verbindung, und eines Tages kamen die beiden nach der Schule zum Spielen vorbei.

Liam amüsierte sich prächtig. Perrin war ein seltsamer, nervöser kleiner Sonderling, aber schließlich entspannte er sich und lief ausgelassen mit Marika und Liam herum. Sie erkundeten die Wälder hinter dem Haus und spielten Piraten, bis die Sonne unterging und die anderen Kinder nach Hause mussten.

Eigentlich hätte das Leben also kaum besser sein können, bis auf eine Sache, die die ganze Zeit schwer auf seiner Seele lastete. Am Freitagabend hielt er es schließlich nicht mehr aus.

Nach dem Essen backte er mit Mom vegane Reisplätzchen, und zusammen aßen sie die ganze Portion auf. Dann, als Mom nach oben ging, um ein Bad zu nehmen, machte er sich auf die Suche nach Dad und fand ihn in der Bibliothek, wo er in einem der Geschichtsbücher las.

Liam ging zu ihm und hielt sich an der Armlehne seines Sessels fest. Über den Rand seines Buches hinweg sah Dad ihn an. „Hast du etwas auf dem Herzen?"

„Ja, vielleicht." Weil er es nicht aushielt, Dads eindringlichem Blick zu begegnen, senkte er den Kopf, um zu fragen: „Kann ich dich unter vier Augen sprechen?"

Dad sah sich in der Bibliothek um, doch anstatt darauf hinzuweisen, dass das Zimmer bis auf sie beide bereits leer war, sagte er nach einem kurzen Augenblick: „Lass uns spazieren gehen."

Liam schluckte und nickte.

Sie verließen das Haus.

Die Sonne war gerade hinter den nahegelegenen Bergen versunken, aber es war immer noch warm und hell genug. Über ihnen färbte sich der Himmel in allen Farben des Regenbogens. Es wäre ein schöner Abend gewesen, um zu fliegen, aber Liam war überhaupt nicht danach zumute.

Dad schlug den Weg ein, der zum See führte, und kurz darauf schlenderten sie am Strand entlang in Richtung des halbfertigen Bürokomplexes – dem einzigen Ort, an den Mom nicht mehr ging.

Liam warf einen unsicheren, nachdenklichen Blick auf Dads Gesicht. Obwohl es unmöglich war, Dads Miene zu lesen, war Liam sicher, dass er diesen Ort nicht zufällig ausgewählt hatte.

Versuchsweise sagte er: „Ich mag den See."

„Ich auch", antwortete Dad. An einem Stapel Betonblöcke blieb er stehen, setzte sich auf den Rand und streckte die langen Beine aus. Er lächelte Liam von der Seite an. „Mach dir keine Sorgen. Mom wird darüber hinwegkommen. Ich glaube, wenn das Haus erst einmal fertig ist und die Leute eingezogen sind, wird sie oft herkommen. Sie lässt sich nicht so leicht kleinkriegen, weißt du."

Liam nickte und richtete den Blick auf das Wasser, auf dem sich die Regenbogenfarben des Himmels spiegelten. Der See verschwamm, weil seine Augen feucht wurden, und sein Mund zitterte, als er fragte: „Bin ich böse?"

Mit sehr leiser Stimme fragte Dad: „Wie kommst du auf eine solche Frage?"

Liam hockte sich hin, hob einen Stock auf und stocherte damit im Boden herum – hauptsächlich um zu verbergen, dass ihm die Tränen jetzt aus den Augen liefen. „Letzten Sonntag habe ich Wyr-Spion gespielt, und da habe ich gehört, wie du und Mom darüber gesprochen habt, dass ich die Schule brauche, damit ich lerne, mich zu beherrschen."

Einen Moment schwieg Dad. Dann sagte er: „Wir waren auf dem Balkon. Wo warst du?"

„Ich bin auf den Balken da…darunter geklettert."

Aus den Augenwinkeln sah er, wie Dad kurz die Augen schloss und vor sich hinmurmelte: „Verdammt, ich habe nichts davon gemerkt."

Das hieß wohl, dass sein Verhüllungszauber ziemlich gut geworden war. Mit eingezogenem Kopf sagte er: „Da waren ein paar böse Jungs in der Schule. Ich habe einen von ihnen zum Weinen gebracht und einem anderen ziemliche Angst eingejagt. Und das mit Absicht. Es … es hat mir gefallen. Oh, und außerdem kann ich Feuer speien. Guck mal."

Er hielt den Stock an seine Lippen, konzentrierte sich darauf, seine magische Energie zu benutzen, und zischte. Hitze strömte aus seinem Mund, begleitet von einer züngelnden Flamme. Der Stock fing Feuer.

„Das ist doch mal was", sagte Dad mit sanfter Stimme. „Kannst du es löschen?"

„Klar." Er fing an, den Stock zwischen seinen Füßen im Sand zu vergraben.

Dad fasste ihn sacht am Handgelenk, um ihn aufzuhalten. „Nicht so. Versuch, das Feuer mit deinen Gedanken zu löschen."

Unsicher sah Liam ihn an, dann konzentrierte er sich auf den Stock. Nach einigen Augenblicken sagte er: „Ich glaube, das kann ich nicht."

„Das ist okay. Vielleicht kannst du es jetzt noch nicht,

aber ich bin sicher, du lernst es noch. Wir werden es üben." Dad fuhr mit einer Hand über den Stock, und die winzige Flamme erstarb. „Okay, das Wichtigste zuerst. Komm mal her."

Als er aufstand, tat Dad etwas, das er nicht mehr sehr oft tat: Er hob ihn hoch wie ein kleines Kind. Liam schlang die Beine um den Bauch seines Vaters und lehnte den Kopf an seine Schulter.

Sein Dad setzte sich wieder und hielt ihn fest in den Armen. Es war ein schönes Gefühl, so als wäre er von einem warmen, tröstenden Feuer umgeben. Dad bettete das Kinn auf seine Schulter. „Deine Mom und ich wissen schon, was mit diesen Jungen passiert ist."

„Wirklich?", nuschelte er.

„Mhm. Hugh hat es uns erzählt. Nachdem wir darüber gesprochen haben, sind wir zu dem Schluss gekommen, dich nicht darauf anzusprechen, bis du von allein damit anfängst."

„Oh." Er dachte darüber nach und flüsterte dann: „Es tut mir nicht leid."

Tut mir leider gar nicht leid.

Dad rieb ihm den Rücken. „Weißt du, was ich finde?"

Er schüttelte den Kopf.

„Ich finde, du hast das hervorragend gemacht."

Hervorragend. Er hob den Kopf. „Wirklich?"

„Wirklich. Du hast in ihrer Sprache mit ihnen gesprochen. Du hast sie eingeschüchtert und davon abgehalten, anderen Kindern wehzutun. Und du hast dich beherrscht und sie nicht verletzt."

„Ich hab ihnen ziemlich große Angst gemacht." Das musste er klarstellen.

„Ja, das hast du." Dads Miene war ruhig. „Wenn du mit

Menschen über diese Sache reden würdest, würden die wahrscheinlich sagen, solche Situationen sollten anders gelöst werden. Und das respektiere ich. Aber Liam, du darfst nicht vergessen, dass wir keine Menschen sind, und diese Jungen auch nicht. Sie sind stärker als Menschen und auch gefährlicher. Sie sind Raubtiere, und sie haben eine Grenze überschritten. Du weißt, was passiert, wenn Wyr bösartig werden, oder? Sie können sehr viele Leute verletzen, bevor sie zur Strecke gebracht werden."

„Das ist die Aufgabe der Wächter", sagte er.

„Genau. Das gehört unter anderem zu den Aufgaben der Wächter." Dad machte eine Pause. „Außerdem glaube ich, solltest du nicht vergessen, dass dein Wesen zwei Seiten hat. Du hast etwas von mir, aber auch etwas von deiner Mom."

„Das klingt logisch", murmelte er.

„Deine Mutter ist sehr viel friedfertiger als ich, daher wird es dir manchmal passieren, dass diese beiden Seiten miteinander in Konflikt geraten. Wenn das passiert, musst du dir Zeit nehmen, um darüber nachzudenken. Du kannst jederzeit mit deiner Mom oder mir reden. Wir drei zusammen finden immer eine Lösung, da bin ich sicher. Okay?"

Blinzelnd, um wieder klar sehen zu können, nickte er. „Okay."

Dad blickte über das Wasser und wieder zu Liam. „Du weißt, wie alt ich bin, oder?"

„Ja." In Wahrheit war es schwierig zu erfassen, wie alt Dad wirklich war, aber er hatte eine ungefähre Ahnung.

Dad lächelte ihn an. „In all dieser Zeit bist du das Beste, was ich je zustande gebracht habe. Du bist der allerbeste Teil von mir, und ich bin so stolz auf dich. Deine Mom ist auch stolz auf dich, und sie versteht dich besser, als du vielleicht glaubst. Du bist zwar gefährlich, aber du könntest niemals böse sein. Nur eine Sache musst du mir versprechen."

Die Last hob sich von seinen Schultern, bis er sich wieder leicht und frei fühlte. „Was denn?"

„Du musst aufhören, Erwachsene auszuspähen, besonders deine Mom und mich. Manchmal sagen wir Sachen, die privat sind, und wir sagen sie auf eine Art, die zwar der andere versteht, aber niemand sonst. Das nennt man ‚Dinge im Kontext verstehen'. Wenn du Sachen mithörst, die du nicht hören solltest, kann es leicht passieren, dass deine Gefühle wegen nichts und wieder nichts verletzt werden."

Das klang logisch. Er seufzte schwer. „Darf ich mit meinen Freunden trotzdem noch Wyr-Spion spielen?"

„Ja, das darfst du."

„Okay. Ich mach's nicht mehr, versprochen."

„Guter Junge. Bist du soweit, dass wir wieder reingehen können?"

„Ja."

Dad drückte ihn fest an sich, ehe er ihn auf dem Boden absetzte und sich erhob.

Als Liam aufsah, blieb sein Blick an der feinen weißen Narbe auf der Stirn seines Vaters hängen.

Dad war so groß, so stark. Stärker als alle, die er kannte. Und trotzdem … konnte er verletzt werden. So stark und alt und schnell er auch war, konnte ihm jemand in den Rücken fallen.

Und Liam liebte ihn so sehr, dass es wehtat. Es war ein guter, tiefer Schmerz.

Wenn ich mit dem Großwerden fertig bin, dachte er, werde ich niemals zulassen, dass dir oder Mom etwas zustößt.

Nicht, solange ich da bin!

Dad hielt ihm die Hand hin, und Liam ergriff sie. Zusammen gingen sie in der friedlichen, tiefer werdenden Dämmerung zurück zum Haus.

Vielen Dank!

Liebe Leser,

Danke fürs Lesen von *Familienalbum eines Drachen*. Es ist eine Erzählungsreihe bereits veröffentlichter Novellen und einer Kurzgeschichte: *Dragos macht Urlaub*, *Pia rettet die Lage* und *Peanut kommt in die Schule*.

Obschon jede meiner Novellen der Alten Völker für sich allein gelesen werden können, sind sie doch alle in deren Welt und Geschichte angesiedelt. Viele von ihnen sind thematisch miteinander verbunden und machen am meisten Spass, wenn man sie zusammen liest. So ist zum Beispiel die erste Novelle der Alten Völker, *Das Herz des Wolfes*, zugleich die erste in einer Reihe von Erzählungen rund um die Tarot-Karten, der *Die Stimme der Jägerin*, *Die Augen der Medusa* und *Die Verlockung der Assassine* folgen. Wenn ihnen das gefallen hat und Sie die vorhergehenden Geschichten noch nicht gelesen haben, schauen Sie hinein!

Möchten Sie in Kontakt bleiben und über Neuerscheinungen informiert werden? Sie können:

- meinen Newsletter abonnieren unter: www.theaharrison.com
- mir auf Twitter folgen unter
  @TheaHarrison
- meine Facebook Seite liken unter
  facebook.com/TheaHarrison.

Buchkritiken helfen Lesern, Bücher zu finden, die ihnen gefallen. Ich freue mich über jede Buchbesprechung, positv und negativ.

Viel Spass beim Lesen!
Thea

jetzt verfügbar

Dragos geht nach Washington

Dragos Cuelebre, Lord der Wyr, muss eine Party schmeißen, ohne dabei jemanden zu verstümmeln.

Das ist nicht ganz so einfach, wie es sich vielleicht anhört. Nach den zerstörerischen Ereignissen der letzten achtzehn Monate machen sich die Alten Völker jetzt auf den Weg nach Washington D.C., um den Frieden mit der Menschheit zu fördern. Da Dragos nicht für sein diplomatisches Wesen bekannt ist, muss er sich auf seine Gefährtin Pia verlassen, wenn es darum geht, ihm dabei zu helfen, durch ein Schlachtfeld von Worten und höflichem Lächeln zu navigieren, anstatt seine Krallen zu benutzen. Da Dragos' Paarungstrieb nahe an der Oberfläche brodelt, ist sein Temperament unberechenbarer als je zuvor und drohende Gewalt liegt in der Luft.

Dann wird die menschliche Ehefrau eines berühmten Politikers ermordet und für Dragos und Pia beginnt ein Wettlauf gegen die Zeit. Sie müssen diejenigen finden, die dahinter stecken, bevor sie selbst für das Verbrechen verantwortlich gemacht werden.

Für Fans von *Im Bann des Drachen* und *Das Versprechen des Blutes* hält die neueste Novelle der Alten Völker Leidenschaft, Gefahr, politische Intrigen und Offenbarungen bereit, die Dragos' und Pias Leben für immer verändern werden.

Dragos geht nach Washington ist der erste Teil einer Serie aus drei Geschichten über Pia, Dragos und ihren Sohn Liam. Jede Geschichte ist eigenständig, aber Fans wollen wahrscheinlich alle drei lesen: *Dragos geht nach Washington, Pia übernimmt Hollywood* und *Liam erobert Manhattan.*

Lesen Sie auch diese Titel
von Thea Harrison

Die Romane der Alten Völker – Romane in voller Länge

Im Bann des Drachen
Gebieter des Sturms
Der Kuss der Schlange
Das Feuer des Dämons
Das Versprechen des Blutes
Das Lied der Harpyie
Die Versuchung des Vampyrs
Der Kuss Der Hellen Fae
Das Ende der Schatten

Novellen der Alten Völker

Der Kuss des Wolfes
Die Stimme der Jägerin
Die Augen der Medusa
Die Verlockung der Assassine
Nachtschwingen
Dragos macht Urlaub
Pia rettet die Lage
Peanut kommt in die Schule
Dragos geht nach Washington
Pia übernimmt Hollywood
Liam erobert Manhattan

Rising-Darkness-Reihe

Rising Darkness – Schattenrätsel
Rising Darkness – Schicksalsstunde

Lightning Source UK Ltd.
Milton Keynes UK
UKHW020642170321
380507UK00013B/978